조국과 민족을 위해 모든 것을 바친

애국지사들의 이야기·3

– The story of Korean patriots

애국지사 기념 사업회 (캐나다)
Canadian Association for Honouring Korean Patriots

Korea

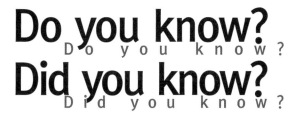

Do you know?
Do you know?
Did you know?
Did you know?

2019

신세림출판사

조국과 민족을 위해 모든 것을 바친

애국지사들의 이야기·3

– The story of Korean patriots

『애국지사들의 이야기·3』을 발간하며

애국지사기념사업회(캐나다) 회장 **김 대억**

9년 전 애국지사기념사업회(캐나다)가 발족될 때 기쁜 마음으로 동참했다. 강탈당한 나라를 되찾기 위해 "이슬같이 사라질 각오"로 일제에 항거한 독립투사들의 고귀한 정신을 이역 땅에 살고 있는 동포들과 우리들의 후손들에게 심어주는 것처럼 필요하고도 보람된 일은 없다고 믿었기 때문이다.

하지만 기념사업회에 몸담고 일하면서 적지 않은 동포들이 이 사업의 중요성과 필요성을 느끼지 못하고 있는 것을 발견하고 놀라움을 금할 수 없었다. 일본과 우리나라의 암울했던 역사를 모르는 젊은이들뿐만이 아니었다. 일제가 불법으로 우리의 국권을 빼앗고 35년간 가혹하게 탄압한 식민통치를 직접 체험했거나 그들의 잔혹상을 잘 알고 있는 일부 동포들로부터도 "캐나다에 살면서 그런 일까지 해야 할 필요가 있느냐?"는 말을 수없이 많이 들었다. 그럴 때마다 어안이 벙벙해 질 수밖에 없었다.

하지만 그런 동포들과 애국지사가 누구이며, 그 분들이 무엇을

애국지사기념사업회(캐나다) 회장 김 대억

왜? 했는지 조차 알지 못하는 아이들에게 오늘 날의 자랑스러운 대한민국을 있게 하기 위해 그들의 삶을 바친 애국지사들의 조국애와 민족애를 알려주는 것이 기념사업회의 설립 목적임을 상기하며 미력하나마 최선을 다해 왔다.

기념사업회의 종사자들이 그런 사명감과 노력이 서서히 결실을 맺기 시작하는 것을 보며 기쁘고 감사할 뿐이다. 많은 동포들이 애국지사기념사업의 의미와 그 중요성을 인식하기 시작했을 뿐 아니라, 격려하며 후원해 주게까지 되었기 때문이다. 특별히 지난 3월 1일 있었던 100주년 기념 3.1절 행사에서 동포사회가 기념사업회에 보여준 관심과 성원은 우리들에게 큰 용기를 북돋아 주었음은 물론 크나 큰 보람을 느끼게 해주었다.

기념사업회는 이 같은 동포들의 협조와 기대에 부응하기 위해 『애국지사들의 이야기·3』을 펴내게 되었다. 지난 9년 간 기념사업회의 실적 중 가장 의미 있고 보람된 사업이이라 자부하는 『애국지사들의 이야기』 제3권에는 열한 분 애국지사들의 생애와 업적에 관한 글들을 수록했다. 특히 우리의 독립을 위해 헌신해 주신 다섯 분의 캐나다 선교사들의 이야기를 특집으로 다루었다. 우리들이 그들을 잊지 않고 그들에게 진심으로 감사하고 있음을 알리기 위함이다.

이번 책자 발간을 격려해 주시는 동포사회 주요 단체장들의 기고문들을 한데 묶어 편집한 것은 동포사회의 기념사업회에 대한 바람을 기억하며 최선을 다하겠다는 우리의 각오를 다짐하는 의미에서다. 이 책의 발간을 축하하며 격려의 글을 써 주신 정태인 토론토 총영사님, 이진수 토론토 한인회장님, 송선호 재향군인회 캐나다 동부지회 회장님, 김연수 민주평통 토론토 협의회 회장님에게 감사드린다. 아울러 이 책의 출판을 위한 필진에 참여해 주신 권천학님, 유영식 교수님, 윤여웅 교수님과 김정만, 김승관, 백경자, 손정숙, 최봉호 이사님들께도 진심으로 감사드린다. 특히 애국지사기념사업의 중요성과 필요성을 강조하며 우리들에게 힘을 실어주기 위한 글들을 기고해 주신 노삼열 교수님, 이은종 목사님, 김세영, 최승남 회장님과 황환영 관장님께도 머리 숙여 감사드린다. 세 번째로 발간되는 애국지사들의 이야기도 정성들여 편집해 주신 신세림 출판사 이시환 사장님에게도 진정 고마운 마음을 전해드린다.

지금 대한민국은 격동하는 국제정세와 각가지 국내 문제들로 인해 극심한 혼란에 빠져있다. 이 같은 상황에서 우리 조국이 하루 빨리 안정을 되찾고, 전 국민이 피와 땀으로 이룩한 경제대국의 위치

를 유지하며 전진하려면 우리 모두 무엇이 진정한 애국인가를 깨달
아 실천해야 할 줄 안다.

『애국지사들의 이야기·3』을 읽은 이마다 위기에 처한 대한민국을
살리기 위해 마땅히 해야 할 일을 찾아내어 과감하게 실천할 수 있
게 되기를 바라는 마음 간절하다.

『애국지사들의 이야기』3권
발간을 축하드리며…

주 토론토 총영사 정 태인

2014년 1권, 2018년 2권에 이어 금번 『애국지사들의 이야기』 3권 발간을 진심으로 축하드립니다.

그간 애국지사기념사업회는 다양한 기념사업들을 통해 우리 한인 동포 및 동포 2세들에게 애국지사들의 숭고한 항일 독립운동 정신과 국가 발전의 민족사를 널리 알리기 위해 많은 노력을 기울여 왔습니다.

이러한 노력의 대표적인 예가 바로 『애국지사들의 이야기』 책자 발간이라고 생각되며, 특히 금번 3권은 3.1운동 및 임시정부 수립 100주년을 맞은 올 해에 발간되어 더욱 의미가 크다고 하겠습니다.

아울러, 금번 3권에는 스코필드 박사를 비롯한 캐나다인 독립유공자 다섯 분의 독립운동 활약상과 한국사랑 이야기도 포함되어 캐나다인들의 우리 독립운동에 대한 기여를 재조명하고 한-캐 우호관계 역사도 살펴볼 수 있는 또 한 번의 좋은 계기가 될 것이라고 평가합니다.

우리 정부는 금년 3.1운동 및 임정수립 100주년을 맞아 '기억, 화해 그리고 평화'라는 주제 아래 전 국민과 전 세계 740만 재외동포들과

주 토론토총영사 정 태인

함께 성대하고 뜻 깊은 기념행사들을 개최하고 있습니다. 지난 3.1-2 일간 캐나다 토론토에서도 100주년 기념행사가 성공적으로 개최되었고 애국지사기념사업회도 기념행사 개최에 큰 기여를 하였습니다.

　단재 신채호 선생과 영국의 전 총리 윈스턴 처칠은 '역사를 잊은 민족에게 미래는 없다(A nation that forgets its past has no future)"고 말하였습니다. 우리는 우리 민족에게 일어난 비극적 역사가 다시는 되풀이되지 않도록 기억하되, 독립운동의 숭고한 정신을 바탕으로 상호간 진정한 이해와 미래지향적 협력·공존에 기반을 둔 화해를 구현하고, 한반도 및 동북아, 전 세계의 평화에 기여하는 일원이 될 수 있기를 기대합니다.

　다시 한 번 『애국지사들의 이야기』 3권 발간을 축하드리며, 금번 책자 발간을 위해 수고하신 김대억 애국지사기념사업회 회장님과 관계자 분들의 노고를 치하 드립니다.

　감사합니다.

『애국지사들의 이야기』 출판기념축사

토론토한인회장 **이 진수**

『애국지사들의 이야기』 3권 발간을 진심으로 축하드립니다.

아울러 이런 뜻 깊은 출판기념사업에 축사를 하게 되어 영광으로 생각합니다.

이번 『애국지사들의 이야기』 3권의 발간으로 한국을 조국처럼, 한국인을 동포처럼 사랑한 3·1정신의 전도자 스코필드 박사를 비롯한 캐나다인들의 숭고한 희생과 나라사랑정신이 캐나다에 널리 알려질 뿐만 아니라 한국의 위상을 높이는 소중한 역사적 자료가 될 것입니다.

또한, 잊혀져가는 애국지사들의 활동을 통해 우리후손들이 스스로의 민족정체성을 재확인하고 애국심을 고취하는 데 크게 기여할 것으로 믿습니다.

이를 위해 그동안 수고를 아끼지 않으신 애국지사기념사업회 김대억 회장님과 임원진여러분들의 노고에도 찬사의 박수를 보냅

니다.

　마지막으로 다시 한 번 애국지사들의 이야기 3권 발간을 축하드리며 이번기념행사가 한국과 캐나다의 우호를 증진하고, 한국의 독립을 위해 평생 애국지사들의 정신과 가치를 되새기는 소중한 기회가 되길 바랍니다.

　감사합니다.

2019. 5

『애국지사들의 이야기·3』 발간을 축하합니다

재향군인회 캐나다 동부지회 회장 **송 선호**

"과거를 모르는 민족은 미래도 없다."는 말이 있습니다.

애국지사기념사업회가 발간하는 『애국지사들의 이야기·3』은 현대를 살고 있는 우리들이 꼭 알아야 할 이야기들이며, 후세인들에게 필히 알려주어야 할 필요한 이야기들입니다.

36년간의 일제강점기에서도 굳세게 살아남아 세계 11위의 경제대국이 될 수 있었던 것은 조국을 위해 목숨과 청춘을 바친 애국지사들의 노고와 희생이 없었다면 오늘 날의 대한민국이 되기는 힘들었을 것입니다.

중국벌판에서, 추운 러시아에서, 하와이 수수밭 농장에서 오직 조국의 독립만을 위해 모든 것을 바친 우리 선조들의 위대하고 영웅적인 희생이야말로 무엇으로 표현할 수 있겠습니까? 본인도 2010년 애국지사기념사업회의 초창기 회원으로서 그 뜻을 잘 알고 있기 때문입니다.

오늘날 대한민국은 눈부신 발전을 했다고 하지만 물질적으로만 풍

재향군인회 캐나다 동부지회 회장 송 선호

족해졌지 정신적으로는 궁핍해 졌다고 봅니다. OECD 국가 중 젊은 이들의 자살수가 1위인 점을 보면 알 수 있고, 가슴이 아플 뿐입니다.

우리는 인생을 한 번밖에 살지 못합니다. 그 모든 인생을 조국의 독립을 위해 바친 애국지사들의 깊은 뜻과 희생을 기억하며 감사함을 느껴야겠습니다. 제가 캐나다에 살면서 느낀 점은 어린이, 장애인, 노인 등 약자를 우선 배려하는 사회이며, 국가를 위해 회생한 군인들을 국가가 보상과 업적을 높이 기린다는 점입니다. 선진국이란 물질적으로 풍부한 나라가 아니라 정신적으로 높은 뜻을 기리는 나라라고 생각합니다.

현재 대한민국은 독립되었지만 남북이 분단 된지 어느덧 70년이 지났습니다. 하루빨리 남북의 분단을 종식하고 평화통일이 오기를 바랄뿐입니다.

『애국지사들의 이야기·3』은 후세의 젊은이들에게 어떻게 인생을 살아야 하는지를 말해주고 있습니다. 다시 한 번 『애국지사들의 이야기·3』의 발간을 축하드리며 무궁한 발전을 기원합니다.

『애국지사들의 이야기·3』 발간을
축하드리며…

민주평통 토론토협의회 회장 김 연수

3·1독립운동 및 임시정부수립100주년에 『애국지사들의 이야기·3』의 발간은 더욱 큰 의미가 있으리라 생각합니다.

100년 전 우리민족이 이끈 자주독립의 여망이 거대한 물줄기를 이루며 평화와 번영의 새로운 100년을 기약하는 동력으로 잇게 한 우리애국지사 선열들의 숭고한 정신을 글로 남겨 후손들에게 한민족으로서의 정체성을 갖고 애국애족정신을 승계하기위한 애국지사 기념사업회(캐나다)의 노력을 진심으로 경하하는 바입니다.

2019년 3월1일 토론토 노스욕 시청 광장에서 100년 전 그날을 재현한 "아, 그날이여" 공연에서 '나라에 바칠 목숨이 오직 하나밖에 없는 것만이 이 소녀의 유일한 슬픔입니다.'의 유관순열사의 비통한 외침을 이 책에 자존과 긍지를 지켜낸 민족혼의 상징으로 남겨놓으리라 확신합니다.

민주평통토론토협의회 회장 **김 연수**

　이번 애국지사기념사업회가 3번째 이야기를 책자로 발간하게 됨은 과거의 한 이야기가 아니라 우리민족이 걸어온 역사를 기억하고 되새기며 새로운 100년을 여는 걸음이 되기를 희망하는 바입니다.

차례 애국지사들의 이야기·3

Kim Koo : The Great Patriot of Korea / 20
– by Dae Eock(David) Kim

〈 애국지사들의 이야기 〉

〈 모셔온 이야기 〉

〈특집 1〉 캐나다인 독립유공자 5인의 한국사랑
Five Canadian Missionaries and Korea's Independence Movement.

〈특집 2〉 위대한 유산

김 세영   노 삼열

이 은종   최 승남   황 환영

〈부록 1〉 3 .1운동과 대한민국 임시정부 _ 최 봉호

〈부록 2〉 일제의 대한제국 강탈과정과 매국노 _ 최 봉호 / 276

〈부록 3〉 애국지사기념사업회(캐나다) 약사 및 사업실적 / 282

Kim Koo
The Great Patriot of Korea

Kim Koo(1876, 8,29~1949, 6, 26)

If God asks me, "What is your wish?" I will answer without hesitation, the "Independence of Korea."
If he asks me for the second time, "What is your second wish?" I will answer in a louder voice, "Independence of my country, Korea."
If he asks me for the third time, "What is your third wish?" I will answer in the loudest voice, "My wish is the complete independence of my country Korea." - Kim Koo

KIM KOO
- The Great Patriot of Korea -

by Dae Eock (David)Kim

The Republic of Korea is a country with a rich history, and beautiful traditions. However, this small peninsula in Southeast Asia has frequently been invaded by external forces during its five-thousand year history. During such invasions, Koreans have united to defend their nation. But on August 29, 1910, Korea became a colony of Japan.

On this fateful day, five cabinet members of the government turned Korea over to Japan. The leader of the government was then prime minister, Lee Wan Yong. Across the land, Koreans cried out in protest, and many patriots who loved their country stood up to get their nation back. However, the Japanese not only ignored the requests of Koreans who asked to nullify the illegal annexation, but began to commit brutal acts of murder, as well as arrest and imprison Korean patriots. Yet, determined to have their country back, Koreans continued to fight back fearlessly. Kim Koo was one such person who arose to take his place among the great patriots of Korea.

Kim Koo was born in Haeju, Hwanghae Province on August 29th, 1876—the same year Korea signed the Ganghwa Treaty with Japan. The signing of this treaty was the result of the Unyangho incident that happened in the vicinity of Ganghwa Island on September 20, 1875. Coincidentally or not, Kim Koo would make it his life's work to free Korea from Japan.

Kim Koo's given name was Chang Am. As a baby, he suffered from small pox, and as result, was left with deep scarring on his face. However, he grew up to be a playful boy. On rainy days he would scatter various colors of paints in nearby streams, wistfully watching the colours mix and swirl in the waters. He was also a child who was unafraid to stand up for himself. For instance, one day a group of children beat him up without any seemingly good reason. In response, Kim Koo went to the children's house with a kitchen knife, but was caught and beaten up once again.

One of Kim Koo's ancestors, Jajeom Kim had been branded as a rebel which led to the massacre of his family. After this disaster, his ancestors had lived hiding their social status in Haeju, Hwanghae Province. As a result, Kim Koo's father Kim Sun Young and mother Kwak Nak Won lived as poor farmers. In turn, this motivated Kim Koo to prepare for the national civil service examination to help his poor family. But at the age of seventeen, Kim Koo who took the examination found a shocking truth. Even though he was fully qualified, government officials would not let applicants without a certain standard of economic and social status pass the national exam.

Kim Koo was furious and deeply disappointed, and gave up the intention to support his family by becoming a government official. Instead, he started studying *feng shui* and physiognomy as his father suggested. While studying, he kept telling himself, "It is better to be a person with a good body than a good appearance, and it's better to be a person with a good heart than a good body." Indeed, this was the maxim that he became determined to live by.

When turned 18 years old, Kim became fascinated by the Donghak Peasant Movement, the teachings of which stated, "all people regardless of status can build a new country." Kim Koo joined the movement, and became a leader of the Hanghae Donghak soldiers. He attacked the Haeju fortress, but was defeated by government forces. He fled and found shelter in the house of the officer An Tae Hun. It was there that Kim Koo met An Tae Hun's son Joong Guen. It was also there that Kim Koo was introduced to Ko Neung Seon, a well-known scholar in the region. While studying under his supervision, Kim Koo decided to become a man with a good heart.

Around this time, Kim Koo also changed his name from Chang An to Chang Su. It was also during this time that Queen Myeongseong of the Joseon Dynasty was assassinated by Japanese soldiers who broke into her residence, the Kyongbok Palace. The government then issued the order of cutting topknot. Kim Koo was so furious that he went to Manchuria, China to join the righteous army, but he did not stay there long. When returning, he found out that many changes had been made in the country. One of them was that the topknot cutting order was cancelled.

In May of 1896 when Kim Koo was on his way home, it was at an inn in Chihawa port, Hwanghae Province, where he met a Japanese who was pretending to be a Korean. Kim Koo noticed he was hiding a sheath, a type of a knife only Japanese soldiers carried. Seeing this, Kim Koo came to the conclusion that this man must have murdered Queen Myeongseong. At that point, Kim Koo took away the man's knife and killed him. It turned out that this man was actually an officer of the Japanese army, Tsuchida Josuke. He was in Korea on a spy mission. Three months later, Kim Koo was arrested at home and sent to the jail in Incheon. Brutally tortured there, Kim Koo confessed that he killed the soldier to avenge the assassination of the Queen.

As a result of trial proceedings, Kim Koo was sentenced to death. While waiting for execution, he learned of the Enlightenment Ideology, as well as about Modern Sciences by reading many books he received from the prison guard. Kim Koo shared his learning with fellow prisoners. As the execution day approached, everybody but Kim Koo was anxious. However, in the late evening, good news was reported that Emperor Gojong issued a special order to stop the execution of Kim Koo. This message was sent via telephone, lines for which were only connected between Seoul and Incheon three days prior. Learning of this seemingly divine intervention, people began to spread the idea that Kim Koo must be a man God sent to Korea in order to deliver the country from Japanese tyranny.

Although Kim Koo avoided execution, he realized that there was no chance of being released from prison. After careful consideration, he decided to break out of prison with his fellow prisoners. In March of 1898, they managed to escape. After escaping from the prison, Kim Koo lived a life in hiding, moving from place to place frequently. At one point, he lived as a monk in Magok Temple in Gonju. Eventually, he deceided to go back home. Shortly after his return home, however, Kim's father passed away, and he established the Save-the-Nation Movement. The foundation of the movement was the New People's Association. In the meantime, he devoted himself to the education of the Korean people by founding Yangsan School and Bogang School, because he firmly believed that what the nation needed most to regain national independence was education for all people.

Around that time, An Joong Guen assassinated Itō Hirobumi who played a major role in annexing Korea to Japan at Harbin station. In 1911, An's cousin, An Myung Geun was arrested for plotting to assassinate the Governor General of Japan. In connection with these arrests, Kim Koo and other patriots were also arrested by the Japanese police, and Kim Koo was sentenced to a 17 year prison term. In prison, Kim Koo adopted the pen name of Baekbeom means "ordinary person." Kim Koo wished for all ordinary Koreans to fight for the independence of Korea.

Paroled in August of 1915, Kim Koo returned home and became a director for the education of farmers in his hometown. By the time Kim Koo had devoted himself to the education of farmers, the Samil Independent Movement broke out on March 1st, 1919. As the result of this historical movement the surveillance of the Japanese police was intensified. Kim Koo thought that it would be more effective to fight against Japan outside the nation rather than inside Korea. He crossed the Yalu River to go to Shanghai.

Arriving in Shanghai, Kim Koo asked An Chang Ho to give him the position of cleaning the floor of the building where the Provisional Government of the Republic of Korea was. The reason why he wanted that particular job was very clear and simple. "When I was in prison, whenever I cleaned the floor of the prison, I prayed to God to make me sweep the floor and wipe the windows of our government building. Now is the time to realize my dream." Accepting his request, An Chang Ho and other government officials appointed him as the Police Chief, the head of the Presidential Office,

Kim Koo worked as the Police Chief as well as the member of the assembly and Domestic Affairs Minister, and then became the President of the Provisional Government of the Republic of Korea. In the meantime, the government faced so many unexpected problems and obstacles that it seemed impossible to achieve Korea's independence. Government officials, one by one, started to give up this dangerous and difficult independence movement. The biggest issue was to obtain enough money to run the government.

Kim Koo's new position was not a life of comfort. He slept in the office of the government and had to rely on others for sustenance. Yet, he did not give up. He organized the Korean

Patriotic Corps to train independent fighters, as he believed that well-trained young men could fight the Japanese and release suffering Koreans from the bondage of Japan. Lee Bong Chang and Yoon Bong Gil were members of the Corp. It was Kim Koo who ordered Lee Bong Chang to assassinate the Japanese emperor in Tokyo, and Yoon Bong Gil who set off a bomb at the Japanese Emperor's birthday at Hongkou Park, Shanghai.

In his autobiography, Kim Koo wrote that although Lee Bong Chang failed to kill the Emperor of Japan, the Korean spirit killed the Emperor and this surely showed the world that we were not assimilated to Japan. The newspaper of the Republic of China, The Min Guk Daily Times, reported that "Lee Bong Chang attempted to kill the Emperor of Japan but unfortunately failed, and other newspapers also emphasized the failed attempt, pitying the unsuccessful patriotic action of Lee Bong Chang.

On April 29th of the same year, Yoon Bong Gil set off a bomb at the ceremony of the Emperor's birthday at Hongkou Park, killing General Shirakawa, and Kawabata, the government minister for Japanese residents in Shanghai. Lieutenant General Udea of the Imperial Japanese Army and Japanese Envoy Shigemitsu were injured. This incident announced to the whole world how willing Koreans were to fight against Japanese brutality and for their desire for independence.

Lee Bong Chang was sentenced to death, and Yoon Bong Gil was executed by the firing squad. However, because of their deaths, the Chinese government began to show a sincere interest in the independence movement of Koreans. Seeing two young Korean men devoting their lives to this cause inspired respect for Korean independence fighters. Most importantly, these two honorable deaths led to a meeting between General Chang, Kai-Shek, the leader of China at that time, and Kim Koo. In turn, this led to an agreement to support the Provisional Government of the Republic of Korea.

Kim Koo founded a special military school to train the independent fighters and continued the independence movement by sending independence fighters to destroy the military facilities of Japan in China. Kim Koo also had to deal with different opinions among many organizations that were fighting for the independence of Korea. In May 1939, while Kim was presiding a meeting, he was shot by an intruder, Lee Yun Han. Doctors thought Kim Koo was dead. But after four hours, he was taken to the hospital, and was miraculously resuscitated. After that point, however, Kim Koo always had difficulty moving around as the bullet remained right beside his heart. In addition, his hand would tremble whenever he wrote. What many felt was most distressing, however, was the fact that Kim Koo, the great patriot, was shot by a fellow Korean.

Still, Kim Koo, went on to organize the Liberation Army in 1940, and the Provisional Government of the Republic of Korea declared war on Japan in December of that year. Kim Koo firmly believed that the Provisional Government should join the Allied Forces and enter the Korean peninsula with them. But his plan could not be realized, because Japan surrendered unconditionally on August 15, 1945.

Japan's surrender, while victorious to Korea, led Kim Koo to be concerned that other countries forcing Japan's surrender would intervene and that Korea would once again find itself under the rule of another country. Divided into North Korea and South Korea at the 38th parallel, North Korea was to be controlled by the Soviet Union, while South Korea was to be controlled by the United States of America. On December 28, 1948, the United State of America, the Soviet Union, and Britain signed the document that "the United States of America, China, Britain, and the Soviet Union will govern Korea for the next five years." Kim Koo strongly opposed to this. His position was clear: "No foreign country will control Korea. We will establish our own government at any cost."

Meanwhile, the United States set up a plan to implement an independent government in South Korea under the leadership of Rhee Syngman. Kim Koo vigorously opposed the plan. His belief was that establishing a separate government in South Korea would divide the nation. In order to prevent the United States of America from implementing this plan, Kim Koo attempted to negotiate with North Korea. Kim Koo's intentions were left unfulfilled in his lifetime, however, as alas, he was shot to death by Second Lieutenant An Doo Hee. The entire nation was shocked and mourned his death. Kim Koo was given the honour of a national funeral on July 5, 1949.

This "Requiem for Kim, Koo" shows how the people of Korea felt about his death.

Oh!

A sound of crying and stamping

A sound of crying and howling

Heaven and the earth are crying

Even the sea is crying

Endless crying

Come, our love. Where are you going?

Come, our love. Where are you going?

The path of nation is still chaotic and blurred.

We felt relieved to have you.

Why are you abandoning the split nation?

Where are you going, leaving your eternal desire?

Where are you going?

We can feel in our hearts how much Kim Koo loved his people by reading "My desire" written in his autobiography Baekbeom Ilj.

If God asks me, "What is your wish?" I will answer without hesitation, the "Independence of Korea."

If he asks me for the second time, "What is your second wish?" I will answer in a louder voice, "Independence of my country, Korea."

If he asks me for the third time, "What is your third wish?" I will answer in the loudest voice, "My wish is the complete independence of my country Korea."

Yes, what Kim Koo wanted most was Korea's complete independence. He fought for this until his dying day, that fateful day he was shot by a fellow countryman.

Kim Koo also hoped that after the Republic of Korea became a fully independent country, it would grow to be "a beautiful country," as opposed to "a nation with great power." His preference stemmed from his personal understanding of suffering caused by the invasion of others, and never wanting to inflict that same pain on others. Kim Koo was not only a great patriot who loved his nation and his people, but also a great example of someone who lived with undeniable purpose. Indeed, Kim Koo once said, "You have to be careful when walking on snow-covered paths, because your foot prints may be a signpost to other people."

Seventy years have passed since Kim Koo's death. Koreans have overcome countless hardships and obstacles since then, and have since established the Republic of Korea as one of the most developed countries in the world. But the unification of Korea, for which Kim Koo sacrificed his life, is still a dream yet to be realized. With his heart, determination, and endless hope as signposts, perhaps together, we will achieve the unification of our country and become the beautiful country that Kim Koo envisioned.

애국지사들의 이야기

김 대억 회장 편
▶ 조국의 독립과 통일을 위해 바친 삶 **우사 김 규식** 박사

김 승관 이사 편
▶ 근대 개화기의 선구자 **서 재필** 박사

김 정만 이사 편
▶ 임정의 수호자 **석오(石吾) 이 동녕** 선생

백 경자 이사 편
▶ 한국 최초의 여성 의병장 **윤 희순** 열사
▶ 댕기머리소녀 **이 광춘** 선생

손 정숙 이사 편
▶ '독립군의 어머니'라고 불린 **남 자현** 지사

김 대억 편

▶ 조국의 독립과 통일을 위해 바친 삶

우사 김 규식 박사

김규식 박사

김규식 박사(1881. 2. 28~1950. 12. 10)

대한민국 임시정부 부주석을 지낸 한국의 독립운동가, 정치인.독립운동가 중 그 누구보다 현실을 냉정히 통찰했던 당대의 엘리트로 손꼽혔다. 무려 8개 국어를 유창하게 회화할 수 있었던 어학의 천재로도 알려져 있다. 광복 이후 이승만, 김구와 함께 우익 3영수로 불렸으나, 상대적으로 인지도가 많이 떨어지는 것이 현실이다. 이러한 이유는 김규식의 성품 때문이다. 김규식은 호방하기보다는 내성적이어서 남들 앞에 나서기보다 사색을 즐기는 문인 기질의 학자형 인물이었다. 그 때문인지 광복 직후 대표적인 정치인치고는 인지도가 많이 낮다.

독립 운동가는 하루에도 몇 번씩 변성명을 해야 했다. 그래서 자기 본명을 자기도 잊곤 했다.

- 1945년 귀국 직후 인사말 중

조국의 독립과 통일을 위해 바친 삶
우사 김 규식 박사

김 대 억

일제의 식민통치 35년 간 잃어버린 나라를 되찾기 위해 수많은 애국지사들이 목숨을 건 항일투쟁을 감행했다. 무력으로 일본에 맞선 독립투사들이 있었는가 하면, 외교적인 방법으로 강탈당한 국권을 회복하고자 시도한 이들도 있었고, 무력과 외교를 병행하며 악랄한 일제에 대항한 애국지사들도 있었다. 이처럼 각기 다른 수단과 방법으로 수많은 독립 운동가들이 자신들의 인생을 조국의 광복을 위해 바쳤다. 그들 중 무력과 외교, 교육과 훈련을 비롯하여 가능한 모든 전략을 동원하여 삼천만 동포가 하나 된 항일투쟁만이 일제의 식민통치를 종식시키고 그들을 삼천리금수강산에서 몰아낼 수 있다는 신념으로 조국의 광복을 위해 전 생애를 바친 분이 계시니 그 분이 곧 우사 김규식 박사시다.

김규식은 1881년 2월 28일 경상남도 동래부에서 아버지 청풍 김씨 김지성과 어머니 경주 이씨의 삼남으로 태어났다. 아버지 김지성은 동래부에서 무역과 회사경영에 관여했기 때문에 일본상인들과 빈번한 거래를 해야 했다. 그러는 과정에서 권력의 보호를 받는 그들의 부당한 행위로 인해 피해를 입게 되는 일이 잦아지자 그 시정을 요구하는 상서를 올리게 되었다. 그러나 그로 인해 그 자신이 귀양을 가게 되는 어처구니없는 일이 일어났다. 김규식이 4살 되던 해에 일어난 일이었다. 그로부터 2년 후 어머니마저 세상을 떠나자 김규식은 의지할 곳 없는 신세가 되어버렸다. 그때 그를 돌보아 준 사람이 미국 선교사 언더우드였다. 언더우드 부부는 김규식을 리틀 존(Little John)이라 부르며 극진히 보살펴 주었다. 그러나 그들을 만나기 전에 이미 6살 어린 나이에 거의 죽게 될 정도로 영양실조에 걸렸었던 김규식은 평생을 건강문제로 고생해야 했다.

김규식은 언더우드가 1886년 5월 11일에 문을 연 고아학교에 다니게 되었는데 어린 나이에 놀라운 어학능력을 보이며 영어를 익혀 주위 사람들을 놀라게 했다. 서울에서 언더우드 부부와 함께 지내던 김규식은 1891년 귀양에서 풀려난 아버지를 만나 강원도 홍천으로 내려갔다. 그러나 1년 후 아버지가 폐결핵으로 세상을 떠나고, 그에게 한학을 가르쳐 주던 할아버지도 돌아가시자 13살 소년 김규식은 다시 서울로 올라왔다. 그가 서울에 왔을 때 관립 한성 영어학교가 문을 열었고, 어릴 적부터 영어에 소질을 보였던 김규식은 그 학교에 입학하여 발군의 실력을 보였다. 하지만 중도에 학교를 그만두고 독립협회의 개화운동에 참여했다. 미국에서 돌아온 서재필이 발족시킨 독립협회에 가입한 김규식은 1년 남짓 거기서 활동하면서 급변하는 세계정세 속에서의 한반도의 운명을 생각할 기회를 갖게 되었다. 이때 김규식은 '독립신문'을 통해 한글에 대하여도 관심을 기울이게 되었다. 독립신문 발행의 주역이었던 근대 한글의 아버지라 불리는 주시경의 영향을 받았기 때문이었다.

　김규식은 서재필과 만나면서 미국유학을 계획하기 시작했다. 영어에 상당한 자신을 가졌던 그에게는 미국에 가서 공부한다는 것이 큰 도전은 아니었다. 마침내 17세 되던 1897년에 미국유학 길에 올라 그해 가을 미 동부 버지니아 주에 있는 로녹대학에 입학했다. 루터교 계통의 로녹대학은 규모가 크지 않은 단과대학으로서 많이 알려진 대학은 아니었다. 하지만 미국에서 제일 먼저 인종장벽을 허문 대학이었다. 김규식이 입학할 때 학장이었던 드레허(Julius Dreher)가 워싱턴의 한국공사관을 방문하여 한국유학생들을 받아들이겠다고 자청했을 정도로 그 대학은 한국에 대해 깊은 관심을 가지고 있었다. 때문에 고종의 서자인 의친왕 이강을 비롯하여 30여 명이나 되는 한국학생들이 로녹대학에서 수학했으며 김규식은 그들 중 하나였다.

　로녹대학에서 김규식은 뛰어난 학업성적을 올렸다. 특히 어학분야에 탁월한 재능을 보여 영어는 물론 중국어, 일어, 프랑스어, 러시아어, 독일어, 라틴어, 인도어 등 8개 국어를 구사할 수 있을 정도였다. 김규식은 공부에만 매달리지 않고, 클럽활동에도 적극성을 보여 고대 희랍의 웅변가 이름을 본 딴 '데모스테니안 문학회(Demosthenean Literary Society)에 가입했다. 그 클럽에서 김규식은 유창한 영어와 뛰어난 웅변술을 인정받아 회장에 선출되기도 했다. 뿐만 아니라 김규식은 로녹대학에 재학하면서 국권을 찬탈당하고 일제의 가혹한 식민통치 밑에서 신음하는 한국과 급격이 바뀌는 국제정세에 관한 글들을 발표하여 넓은 식견과 깊은 통찰력을 지닌 학생논객으로 인정받았다.

1903년 우수한 성적으로 로녹대학을 졸업한 김규식은 프린스톤 대학 대학원에서 장학금을 주겠다고 제의해 왔지만 조국의 앞날이 염려된다며 1904년 봄에 귀국했다. 김규식이 돌아오자 한국에 들어와 있던 외국상사들과 은행들이 다투어 그를 영입하려 했다. 그 당시 한국인으로서 그만큼 영어실력이 탁월한 인재를 찾을 수 없었기 때문이었다.

1905년 을사늑약이 체결됨에 따라 설치된 조선총독부에서도 그를 회유하여 기독교의 친일화를 꾀하려 했다. 그러나 김규식이 관심을 가졌던 것은 위기에 처한 나라와 민족을 구하는 것 뿐 이었다. 어렸을 때 그를 친어머니처럼 돌보아 준 언더우드 부인이 "청년 김규식에게는 물질보다 더 중요한 사명감이 있었고, 그에게는 무엇보다 민족을 향상시키고 계몽해야 한다는 굳은 목적의식이 있었다."라 말한 사실은 김규식이 어째서 그 좋은 제안들을 다 뿌리쳤나를 잘 말해준다.

김규식은 그때 전국에서 일어나기 시작한 계몽운동에 참가하기로 결심하고 힘을 배양하여 국권을 되찾자는 목적으로 윤효정, 장지연, 윤치호 등이 출범시킨 '대한자강회'에 가입하여 강연에 나서고, 대한자강회 월보를 편집하는 등 활발한 활동을 전개했다. 대한자강회가 통감부에 의해 해산 당하자 김규식은 새로 발족한 '대한협회'의 발기인으로 동참하였다.

김규식은 계몽운동과 교육운동에도 적극적으로 참여했다. 그 즈음 외국어와 새로운 기술을 가르치기 위한 목적으로 민영환이 설립한 '홍화학교'가 그의 순국으로 난관에 봉착해 있었다. 김규식은 홍화학교를 살리는데 앞장섰으며, 그 학교에서 영어를 가르치며 나라 잃은 국민들이 무엇을 해야 할 것인가를 일깨워 주기도 했다. 김규식은 홍화학교에서 뿐만 아니라 서울에 있는 '광화신숙'과 '상업전문학교'와 평양의 기독교 계통 학교인 '숭실중학'에서도 가르쳤는데 조병옥도 그에게 배운 학생 중의 하나였다.

직접 학생들을 가르친 것 외에도 김규식은 계몽운동과 관련하여 '대한소년회'를 위해서도 활약하는 등 다양한 일들을 했다. 그들 중 주목할 것은 그가 최초의 한글 문법책 중의 하나인 '대한문법'을 펴낸 것이다. 김규식이 그 책을 쓰게 된 동기 중의 하나는 그가 독립협회에서 활동할 때 함께 일했던 한글학자 주시경이 벌인 한글운동의 영향 때문이었다. 그러나 그것 보다 더 중요한 이유는 민중을 계몽하기 위해서는 한글을 체계화하여 널리 보급하는 것이 필요하다고 믿었기에 김규식은 시간과 노력을 투입하여 대한문법을 집필하여 발간한 것이다.

김규식은 기독교운동에도 참여했는데 불공평한 사회 속에서 억눌려 살던 서민들의 마음속에 타오르는 믿음의 불길은 조국의 광복을 위해 싸우는 원동력이 된다고 믿었기 때문이었다. 김규식은 일찍이 언더우드와 함께 지낼 때 기독교와 접하게 되었고, 미국에서 세례 받고 귀국한 후 새문안교회의 교인으로서 중요한 행사가 있을 때마다 교회를 대표하며 참가하는 적극성을 보였다. 그러던 중 같은 교인인 조은애와 1906년 5월 21일 화촉을 밝혔다. 그 다음 해에 태어난 맏아들 진필은 몇 달 후 죽고 말았다. 어려서 고아가 되었기에 누구보다 가족의 사랑에 굶주렸던 김규식에게는 크나 큰 아픔이요 슬픔이었지만 믿음의 힘으로 이겨낼 수 있었다.

김규식은 1903년 10월에 창립된 '기독청년회'(YMCA)에도 몸담아 기회 있을 때마다 강연과 연설을 하는 열성을 보였다. 그의 연설과 강연의 내용은 '문명의 기초', '우리 한국의 앞길', '청년은 나라의 원기' 등이었다. 제목이 말해주듯이 위기에 처한 나라와 민족을 위해 국민들 특히 청년들이 해야 할 일들에 관한 것들이었다.

다양한 활동을 전개하는 김규식 주변에는 그와 마찬가지로 나라의 앞날을 염려하는 김필순, 안창호, 이태준 같은 청년들이 있었다. 김필순은 한국최초의 의사 중의 하나로 민족의식이 투철했으며, 안창호는 김규식보다 3살 위이기기는 했지만 김규식이 어려서 다녔던 고아학교가 전신인 구세학당에서 공부했고 독립협회에서 김규식과 같은 시기에 활동하기도 했다. 이태준은 세브란스 출신의 의사로서 김필순에게서 배운 사제지간이었다. 따라서 김규식, 김필순, 안창호, 이태준 등 네 사람은 같은 기독교인이면서 강한 민족의식을 지녔기에 국권회복이라는 동일한 목적을 위해 투쟁하는 동지가 될 수 있었던 것이다.

김규식은 1913년 4월에 아내와 1살 된 아들 진동을 남겨둔 채 중국으로 떠났다. 그때 상당수의 민족지도자들이 중국으로 망명하기는 했지만 김규식처럼 기독교인으로서 미국유학까지 한 사람이 중국으로 가는 경우는 흔하지 않았다. 하지만 김규식은 "일본 놈들이 못살게 굴어서 모든 것을 집어치우고 새로운 길을 개척해 보기로 했다."면서 중국으로 향했다.

그가 미국에서 돌아왔을 때 일제는 동경외국어대학 교수직과 동경제국대학 동양학과 장학금을 주겠다며 그를 회유하려 했다. 그러나 김규식은 그들의 제의를 마다하고 기독교 민족운동과 계몽운동에 몰두하는 한편 기독청년회 활동을 통해 민족의식을 고취시키는 데 앞장섰다.

하지만 일제의 기독교 탄압에 굴복하여 일부 기독교 지도자들이 변절했으며, 일제가 친일분자를 침투시켜 기독청년회를 일본의 영향권으로 끌어들이려 하자 김규식은 국내에서는 그가 계획하는 구국운동이 어렵게 되었다고 판단했다. 때문에 김규식은 그의 활동무대를 중국으로 옮기기로 결정했던 것이다. 일제의 핍박만을 피하기 원했다면 그에게는 미국으로 가는 것이 훨씬 편하고 안전했을 것이다. 그럼에도 불구하고 김규식이 중국을 택한 것은 독립운동을 하고자 하는 강한 의지의 반영이었다. 그가 "새로운 길을 개척하기 위해 중국으로 간다."고 한 것은 일제의 압제로부터 나라를 구하기 위한 항일투쟁의 방안을 모색하겠다는 뜻이었던 것이다.

중국에 간 김규식은 그보다 먼저 온 이태준이 의사로 활동하고 있는 난징으로 갔다. 거기서 여러 애국지사들과 접촉하면서 그는 각자의 방식대로 하는 민족운동을 하나로 통합하기 위해 애썼다. 그는 강력한 힘을 지닌 일제에 대항하여 싸우기 위해서는 모든 세력들이 하나로 뭉쳐야 제대로 힘을 발휘할 수 있다고 믿었고, 그런 그의 신념과 노력은 해방의 날까지 지속되었다. 김규식은 신규식, 박은식, 신채호, 조소항, 홍명희 등과 만나면서 그의 뜻을 이루려고 심혈을 기울였으나 이렇다 할 성과를 거둘 수 없게 되자 1914년 가을에 몽골로 들어갔다. 그가 몽골로 간 까닭은 그곳에 군사학교를 세워 일본과 무력투쟁을 할 수 있는 군사력을 기르기 위함이었다. 몽골은 중국대륙의 내륙에 위치해 있었기에 거리도 멀고 교통이 불편해서 중국내의 다른 지역들처럼 동포사회가 제대로 형성되지 못한 곳이었다. 따라서 거기서 독립군을 양성할 군사학교를 설립할 자금을 마련하기는 대단히 힘들었다.

김규식이 그런 지역을 일본과의 무력투쟁을 위한 근거지로 삼으려 한데는 그럴만한 이유가 있었다. 쉽지는 않지만 동포들이 그리로 이주하고, 군사학교 설립과 운영을 위한 재정지원을 확보할 수만 있다면 일제의 영향력이 미치기 힘든 몽골의 광활한 초원이야 말로 독립투사들을 양성하기에 적합한 곳이라는 것이 김규식의 생각이었던 것이다. 대한제국 무관출신인 유동열이나 망명 전부터 동지였던 이태준과 김필순도 같은 생각이었다. 그러기에 김규식은 상당한 자신감을 가지고 몽골에 군사학교를 세우려는 계획을 추진하려 했다. 그러나 해방 후 그가 스스로가 밝혔듯이 국내 지하조직에서 보내주기로 한 자금이 오지 않음으로 인해 몽골의 군사학교 설립계획은 실현될 수 없었다.

김규식이 중국에서 동분서주하며 독립운동에 매진하던 1917년에 그의 아내 조은애가 폐결핵으로 세상을 떠났다. 참으로 가슴 아픈 일이었다. 김규식은 육촌 여동생 김은식에게 아들의 양육을 맡기고 독립운동을 계속했지만 생계를 위하여 학생들을 가르치며, 외국인 상사에서 일도 해야 했다. 이같이 김규식이 바쁜 나날을 보내는 동안 세계정세도 급변해 갔다. 1917년에 러시아 혁명이 일어났고, 같은 해 4월에는 미국이 독일에 선전포고를 함으로 세계 1차 대전의 전세가 연합군 쪽으로 기울기 시작했다. 이같이 세계정세가 바뀌자 독립운동가들도 기존의 전략을 수정하기 시작했다. 그 좋은 본보기가 1917년에 발표된 '대동선언'이었다. 이 선언서에는 김규식을 비롯하여 신규식, 조소앙, 홍명희, 박은식 등 14명이 서명했는데 이들 중에 동제사 회원이 8명이나 되었다. 결국 동제사가 주축이 된 대동단결 선언에서는 세워질 새 나라는 주권이 국민으로부터 나오는 민주국가이며, 의회중심의 민주공화정부가 되어야 할 것임을 밝히고 있다. 동시에 이 선언을 기점으로 임시정부라는 형태를 중심으로 통합된 독립운동을 전개하자는 논의가 본격화하게 되었다.

1차 세계대전이 연합군의 승리로 끝난 후 파리강화회의에서 미국의 윌슨 대통령이 주창한 '민족자결론'이 논의 된다는 사실이 알려지자 여운형, 서병호, 한진교, 장덕수 등은 '신한청년당'을 창설하고 그 대표를 파리에 파견하기로 결정하였다. 그 회의에 일본이 한국의 주권을 무력으로 강탈하고 가혹하게 탄압하고 있는 실상을 폭로하기 위함이었다. 신한청년당 대표가 되어 파리로 떠나기 전 김규식은 김필순의 동생인 김순애와 재혼했다. 원래 그의 첫 부인 조은애와 결혼하기 전에 김규식과 김순애 사이에 혼담이 오고 갔었다. 그러나 김순애가 나라를 위해 일하기 위해 독신으로 지내겠다고 고집하는 통에 그들의 결합은 이루어지지 못했었다. 그러다 13년이 지난 후 홀로된 김규식은 김순애를 아내로 맞아들인 것이다.

여러 가지 난관을 극복하고 파리에 도착한 김규식은 한국대표관을 설치하고 통신국을 병설한 후 본격적인 활동을 시작했다. 한편 국내에서 삼일운동이 일어난 직후 1919년 4월 11일에 상해에서 출범한 대한민국 임시정부에서는 김규식을 외무총장으로 선임함과 동시에 파리강화회의의 한국대표로 추천했다. 따라서 김규식은 신한청년당과 대한민국을 대표하여 활동할 수 있게 되었다. 그러나 회의 주최국인 프랑스 외무성이 대한민국은 국제적으로 인정받는 정부가 아니라는 이유로 김규식이 회의에 참석하는 것을 허락하지 않았다. 같은 이유로 진정서를 본회의에 제출하는 것조차 허용되지 않았다. 일이 이렇게 되자 김규식은 일본을 제외한 각국 대표들을 개별적으로 찾아다니며 한국이 일본의 통치를 받게 된 과정과 한국인들이 얼마나 독립을 갈망하는 가를 설명했다. 동시에 그는 '한국민족의 주장'을 작성 배부하여 일제의 한국식민통치의 부당성을 지적했으며, '한국의 독립과 평화'라는 소책자를 만들어 한국독립의 당위성을 알리기도 했다.

김규식의 이 같은 필사적인 노력도 별다른 성과를 거두지는 못했다. 힘이 곧 정의라는 논리가 파리강화회의를 지배했으며, 한국인들에게 큰 희망을 안겨준 윌슨 대통령의 민족자결론도 패전한 독일의

식민지였던 동유럽 국가들에게만 적용되었기 때문이었다. 힘없는 민족이 부르짖는 정의에 대하여는 국제사회가 냉담하다는 서글픈 현실을 김규식은 뼈저리게 느끼게 된 것이다. 그러나 김규식은 국제사회에 대한 기대를 완전히 접지는 않았다. 미국에 한국의 독립의지를 알리기 위해 한국대표관에서 그를 돕던 이관용과 황기만에게 파리의 일을 맡기고 여운홍, 김탕과 함께 1919년 8월 9일에 뉴욕으로 갔다.

김규식이 미국에 도착하자 임시정부의 공식적인 추대를 받기 전부터 대통령으로 자처하고 있던 이승만은 자기가 임의로 설치한 임시사무소를 '구미위원부'로 개편하고 그를 위원장으로 임명했다. 두 가지 이유에서였다. 하나는 미국 내에서 그와 대립하는 안창호가 김규식과 가까운 사이였다는 점이고, 또 다른 하나는 김규식이 미국유학생이었다는 사실 때문이었다. 이승만은 김규식의 어학적 재능과 외교적 능력을 활용하기 위해서가 아니라 후원금 모금을 극대화하기 위해 그를 이용하려했던 것이다. 김규식이 앞에 나서면 자기와 대립관계에 있던 안창호를 지지하는 동포들도 모금운동에 참가할 것이며, 미국에서 공부한 김규식을 아는 사람들도 후원금을 낼 것이란 것이 이승만의 계산이었던 것이다.

이승만과 김규식은 같은 기독교인이면서 미국에서 수학했다는 공통점을 지니고 있으면서도 생각하는 바는 상당히 달랐다. 우선 김규식은 이승만이 자기를 후원금 모금을 위해서만 활용하였지 그 외의 다른 일들은 혼자서 결정하고 실시하는 독선에 크게 실망하고 있었다. 김규식은 재미동포들의 정성어린 후원금은 상해 임시정부로 보내는 것이 마땅하다고 주장했지만 이승만은 자기가 미국에서 써야 한다고 고집했다. 그보다 더 큰 대립은 이승만이 1919년 3월 초에 윌슨 대통령에게 제출한 '위임통치 청원서' 때문이었다. 이승만은 그 청원서에서 "한국은 당장 독립하기도 어려울 뿐 아니라 자치 능력도 없으니 당분간 미국이 주관하여 국제연맹으로 하여금 통치하게 해 달라."고 요청했다. 한국을 일본의 식민통치로부터 미국이 관리하는 점령지로 만들어 달라는 청원이었다. 조국의 즉각적인 독립을 원하는 김규식으로서는 받아들일 수 없는 요청이었던 것이다. 김규식 뿐만 아니라 대부분의 독립운동가들도 이승만의 위임통치청원을 신랄하게 비난했으며, 임시정부 내에서도 그로 인해 큰 파장이 일어났다.

독립운동 자체를 보더라도 김규식과 이승만의 전략은 달랐다. 이승만은 미국을 상대로 하는 외교활동이 가장 효과적이라고 믿었기에 중국이나 국내에서의 항일투쟁이나 외교노선 아닌 다른 형태의 독립운동의 중요성과 필요성을 인정하려 하지 않았다. 이에 반해 김규식은 미국에서의 외교활동이 독립을 위한 유일한 방안이라 여기지 않았다. 중국내륙에 자리 잡은 몽골에 군사학교를 세우려고까지 했던 김규식에게는 무력항거가 외교 못지않게 중요한 통일방안이었던 것이다.

파리강화회의에서의 좌절과 미국에서 일어나는 일들을 보며 김규식은 이승만과 결별하고 중국으로 돌아가 무력투쟁의 길을 모색하기로 마음먹었다. 그러나 이승만은 김규식을 쉽게 보내려고 하지 않앉다. 자신이 원하는 바를 얻기 위해 김규식을 붙잡아 두기 원했기 때문이었다. 거기다 건강까지 악화되어 뇌종양 수술을 받게 되어 김규식의 중국행은 연기될 수밖에 없었다. 수술을 받은 지 반년 후인 1920년 10월 3일 김규식은 미국을 떠나 필라델피아, 샌프란시스코, 하와이, 호주를 거쳐 1921년 초에 상해에 도착했다.

돌아와 보니 그곳 동포사회는 물론 독립운동 진영 내에도 갈등과 내분이 있고, 임시정부 내부도 심각하게 분열되어있었다. 그 분열의 중심에 이승만이 있었다. 윌슨 대통령에게 낸 '위임통치청원'으로 인해 이승만이 많은 독립투사들의 지탄을 받고 있었기 때문이다. 동시에 이승만의 친미 외교노선과 러시아와 협력하여 무장투쟁을 벌여야 한다는 국무총리 이동휘의 주장은 대립할 수밖에 없었다. 그러기에 상해로 돌아온 김규식은 "우리의 최고기관(임시정부)부터 여러 단체와 민족 모두가 단합해야 한다."고 외치며 하나로 단결하여 일제에 항거해야만 광복을 날을 맞이할 수 있다고 역설했다. 그러나 김규식의 애타는 호소와 필사적인 노력에도 불구하고 서로 다른 이념과 각자의 다른 생각 때문에 동포사회와 독립운동 단체들 사이에 벌어진 분열의 틈은 쉽게 좁혀지지 않았다.

단합된 독립운동의 실현도 확실하지 않고 외교적 접촉을 통해서도 미국을 비롯한 세계의 열강들은 한국의 독립에 별다른 관심이 없음을 확인한 김규식은 1922년 1월에 이동휘, 박진순, 여운형 등과 함께 모스크바에서 열린 '극동피압박인민대회(인민대회)'에 참석했다. "약소민족은 단결하라."는 표어를 내걸고 개최된 이 회의에서는 한국의 독립을 지지하는 입장을 보여주었다. 회의와는 별도로 레닌까지 만나 한국을 독립에 관해 논의한 김규식 일행은 상해로 돌아와 '국민대표회의'를 열었다. 그 회의에서 임시정부의 진로와 독립운동의 방안에 관해 논의했지만 새로운 임시정부를 만들자는 '창조파'와 기존의 임시정부를 개조하자는 '개조파'가 대립하여 구체적인 타협이나 결의는 이루어지지 못했다. 뿐만 아니라 1924년 1월에 레닌이 사망함에 따라 러시아의 한국독립에 대한 입장이 바뀌자 김규식은 러시아에 대한 기대마저 접을 수밖에 없었다.

　김규식은 중국으로 오기 전에 국내에서부터 관심을 가지고 실시했던 '교육'을 통해 동포들의 민족의식을 일깨워 주고 매일 변하는 세상을 바로 볼 수 있게 하여 독립운동을 이끌어 갈 인재들을 양성하고자 했다. 그 목적을 달성하기 위해 김규식은 중등과정의 고등보습학원을 세워 운영했으며, 상해의 혜령영어전문 학교와 후단대학에서 영어를 가르쳤다. 뿐만 아니라 중국 국민당 간부육성기관인 중앙정치대학의 교수까지 역임했다. 이는 김규식이 교육을 통해 독립운동을 뒷받침 했을 뿐 아니라 한국과 중국의 교육 자체에도 크게 이바지했음을 말해준다. 베이징 대학의 위센룽 박사가 "김규식은 대한민국 임시정부의 항일구국투쟁에 적극 동참했을 뿐만 아니라 중국 교육사업에 있어서도 공을 세웠다."라 말한 사실은 김규식은 독립운동가였음은 물론 자타가 인정하는 교육자였음을 말해주는 것이다.

　눈에 보이는 성과는 나타나지 않았지만 김규식은 독립운동의 통일전선 구축을 포기하지 않았다. 임시정부의 각료로서 독립운동 단체들의 결속을 위해 여러 가지 방안을 제시하며 끝까지 고군분투했기 때문이다. 1932년 4월 29일 상해 홍구공원에서 윤봉길 의사가 행한 의거로 내부분열로 어수선하던 임시정부는 어느 정도 안정되면서 활기를 되찾았다. 임시정부와 독립운동에 대한 국민당 정부와 중국인들 그리고 세계의 관심이 집중되었기 때문이다. 하지만 일제는 윤봉길 의거의 배후 인물인 김구를 체포하려고 혈안이 되었으며 독립투사들을 대대적으로 탄압하기 시작했다. 이 같은 상황에서 외무총장에 선임된 김규식은 여러 단체들 간에 쓸모없는 대립을 중지하고 효율적인 항일투쟁을 벌일 수 있는 임정을 만들기 위해 총력을 기울였다. 하지만 기존의 임정체제를 지지하는 세력도 만만치 않아서 김규식의 의도는 좌절되고 말았다. 거기다 건강까지 악화되자 김규식은 임정에서 손을 떼고 교육에만 전념하였다.

김규식이 임정을 떠나있는 동안 중일전쟁이 일어나고, 일본의 진주만 기습공격으로 태평양전쟁이 확대되는 등 국제정세에 큰 변동이 일어났고, 중국내의 독립운동 진영의 흐름도 변하고 있었다. 이런 때에 김규식이 1943년 1월에 8년이나 떠나있던 임정으로 되돌아 온 것은 일본의 패망과 한국의 독립이 다가오는 시점에서 독립운동가들이 이념을 떠나 임시정부 중심으로 뭉쳐야 한다는 결론에 도달했기 때문이었다. 김규식은 내분으로 인해 제구실을 감당 못하고 우왕좌왕하는 임정의 존재 자체를 부정한 적도 있었다. 하지만 임정을 주축으로 독립운동 체제가 확립되어야 할 때가 왔다고 판단한 것이다.

김규식은 임정에 복귀하여 선전부장으로, 그리고 1년 후에는 부주석으로 통합된 통일전선을 확대하여 일본과 무력투쟁을 전개하여 우리의 자주독립을 획득해야 한다고 외치기 시작했다. 실제로 임시정부는 1940년 이청천 장군을 사령관으로 한 광복군을 창설하였으며, 1941년 12월 10일에는 일본과 독일에 선전포고까지 했다. 일본의 패세가 짙어질 무렵에는 OSS(Office of Strategic Service:미국전략 사무국)과 합동하여 광복군을 국내로 침투시키기 위하여 비밀리에 훈련까지 실시하였다. 그러나 1945년 8월 15일 일본의 무조건 항복으로 임시정부에서 광복군을 국내로 투입하여 일제를 무력으로 무너뜨려 독립을 쟁취하려든 계획은 무산되고 말았다.

김규식은 1945년 11월 23일에 임시정부 부주석의 자격으로 김구 주석과 함께 귀국했다. 그러나 미군정은 그들을 대한민국 임시정부의 주석과 부주석 아닌 개인자격으로 받아들였으며, 그들의 환국을 극비로 취급하여 국민들에게는 알리지도 않았다. 그들이 돌아왔을 때 해방정국은 건국의 주도권을 놓고 소용돌이 치고 있었다. 여운형을 주축으로 한 '건국준비위원회'가 건국준비에 박차를 가했는가 하면, 좌익세력을 중심으로 인민공화국 수립운동이 확산되었고, 임정 요인들에 앞서 귀국한 이승만도 건국의 주도권을 잡으려 동분서주하고 있었던 것이다. 이런 혼란스러운 사태에 직면한 김규식은 "민족의 단합과 통일만이 진정한 광복"이라 호소하며 좌우합작을 이루려 노력했다. 김규식은 그의 모교회인 새문안 교회를 방문했을 때도 "교회의 통일이 곧 정치적 통일로 이어질 수 있다."고 역설함으로 그의 오랜 신념인 민족통일의 중요성과 필연성을 강조하였다.

그의 뜻과는 달리 남과 북에서 각기 단독정부를 수립하려는 움직임이 가시화되자 김규식은 이를 막기 위해 혼신의 힘을 기울였다. 민족분단으로 흐르는 역사의 물줄기를 바로잡기 위해 온갖 오해와 비난을 받으면서도 1948년 4월에 김구와 함께 평양에 가서 남북협상까지 시도했지만 남북에서 단독정부가 출범함으로 38선을 중심으로 국토가 양단되고 말았다. 그런데도 원한의 38선을 무너뜨리고 통일정부를 수립하려는 김규식의 의지는 꺾기지 않았다. 하지만 1949년 6월 26일 백범 김구 선생이 안두희의 흉탄에 쓰러지면서 통일 민족국가를 세우려는 김규식의 꿈은 추진력을 잃고 말았다. 함께 남북한 단독정부수립을 주장하던 김구를 잃은 상황에서 김규식의 입지는 약화될 수밖에 없었기 때문이었다.

김구가 암살된 후 실의와 울분에 쌓여 1년을 지내던 김규식은 1950년 5월 30일에 총선에 출마하라는 권유를 받았다. 하지만 그는 그 제의를 거부하고 일체의 정치활동을 중지했다. 1950년 6월 25일 남침을 감행한 북괴가 3일 만에 서울을 점령하고 수많은 지도자들을 납치했는데 김규식도 그 중에 끼어있었다. 괴뢰군들에게 끌려 북으로 간 김규식은 심장병과 위장병 등의 병세가 악화되어 반포 근방의 군병원에 입원했으나 12월 10일 밤중에 조용히 숨을 거두었다.

조국과 민족을 위해 평생을 투쟁한 애국지사 김규식은 아무도 지켜보는 이 없는 가운데 쓸쓸하게 죽어간 것이다. 그의 시신은 12월 12일 반포 근처 야산에 매장되었다가 1970년 말 북한 당국에 의해 평양 애국열사능에 이장되었다. 대한민국 정부에서는 김규식이 납

북인사라는 이유를 들어 독립투사로서의 그의 공적을 인정하지 않다가 1989년에 건국훈장 중장(대한민국장)에 추서했다.

빼앗긴 나라를 되찾기 위해 수많은 독립투사들이 "이 몸이 죽어서 나라가 선다면 이슬같이 죽겠다."는 결단을 하고 일제와 맞서 싸웠다. 모두가 숭고한 민족애와 조국애에 불타는 애국자들이었다. 그들 중 우사 김규식 박사는 참으로 다재다능한 인물이었다. 그는 영어를 비롯하여 8개 국어에 능통했던 어학의 귀재였으며, 박학다식한 학문을 사랑한 학자이며 교육자였을 뿐 아니라 유능한 외교관이기도 했다. 그러기에 그는 미국유학에서 돌아와서 학자로서 또는 교육자나 외교관으로서 얼마든지 존경받으며 안락하게 살 수 있었다. 그러나 잃어버린 나라를 찾겠다는 불타는 애국심은 그로 하여금 개인적인 욕구들 모두 던져버리고 나라와 민족을 위해 자신의 삶을 희생하는 길을 걷도록 만들었다.

그가 택한 인생항로는 때와 장소는 다르지만 눈앞에 펼쳐진 찬란한 미래를 마다하고 온갖 핍박과 수난을 당하며 하나님의 은혜의 복음을 온 세상에 전하며 인생의 경주를 달린 바울의 그것을 닮은 것이었다. 바울은 명문가에 태어나서 그 당시 최고의 율법학자였던 가말리엘의 문하에서 수학했다. 지혜와 지식이 충만한 청년 학자 바울 앞에는 탄탄대로가 뚫려있어 그의 앞길을 가로막는 장애물은 아무것도 없었다. 바울이 출세를 향한 그 넓은 길을 주저 없이 달려가고 있을 때 부활하신 예수 그리스도가 그의 앞에 나타나셨다. 그리고는 명령하셨다. 평탄하고 안락한 길을 버리고 환난과 고난의 좁은 길을 걸으며 죄의 사슬에 묶여 있는 사람들에게 진정한 자유가 무엇인지를 알려주라고. 그 명령을 듣는 순간부터 바울은 그에게 주어진 진정한 인생의 몫을 감당하며 살기로 결단하고 세상을 향한 모든 욕망을 배설물로 여기며 세상 모든 사람들에게 진정한 자유의 전달자가 되어 인생의 경주를 달렸다.

김규식이 바울과 같은 심정으로 조국의 광복을 위한 험난한 길로 뛰어들었는지는 알 길이 없다. 그러나 분명한 것은 그가 미국에서 그의 앞에 놓인 모든 기회들을 버리고 귀국한 까닭은 "조국의 앞날이 걱정되었기 때문이며", 국내에서 그를 회유하려는 달콤한 제의와 유혹들을 떨쳐버린 것도 풍전등화의 위기에 처한 나라와 민족을 구해야겠다는 사명감 때문이었다.

김규식은 어려서 부모를 잃고 고아가 되었으며, 첫째 아내와는 10여 년 만에 사별했고, 두 번의 결혼을 통해 6남매를 두었지만 맏아들과 맏딸과 둘째 딸이 10살도 되기 전에 죽었다. 그 자신도 어려서부터 제대로 먹지도 못했고, 몸이 약했던 까닭에 평생을 병으로 고생했으며, 뇌종양 수술까지 받았으며 그 후유증으로 죽을 때까지 만성두통으로 고통당했다. 뿐만 아니라 그 많은 재능을 가졌으면서도 김규식은 경제적인 풍요를 한 번도 누리지 못하고 항상 쪼들리며 살았다.

이 같이 기구한 인생을 살면서도 그는 조국의 독립을 위해 일제에 항거하는 인생의 목표를 변경하지 않았다. 그는 탁월한 어학적 재능과 시시각각으로 변화는 복잡한 국제정세를 파악하는 통찰력으로 때로는 외교노선을 통해, 경우에 따라서는 무력투쟁의 길을 모색하는 등 다양한 전략으로 독립운동에 전력투구했다. 그는 독립운동의 시작은 교육이라 믿었기에 젊은이들에게 민족의식을 고취시키고. 변화하는 세계정세 속에서 그들의 역할이 무엇인가를 알려주었다. 그는 언제나 독립운동 진영의 연대와 통일의 필연성을 강조했으며, 혼란한 해방정국 속에서도 민족이 하나로 뭉치는 것이 모든 것에 우선 되어야 한다고 주장했다.

김규식의 모교인 로녹대학 신문에 그 대학 부학장 카렌(Kenneth R. Carren)은 "한국의 조지 워싱톤 이곳에 묵다"란 제목으로 쓴 글 속에 다음과 같은 구절이 있다. "로녹대학 1903년 졸업생인 김규식은 진실로 한국의 조지 워싱톤, 토마스 제퍼슨, 그리고 패트릭 헨리이다." 김규식을 미국에서 가장 존경받는 대통령 중의 하나인 워싱톤, 미국 독립선언서의 기초자 제퍼슨, "자유가 아니면 죽음을 달라."고 외친 미국의 위대한 독립운동가 헨리의 자질을 전부 지닌 인물로 평가한 것이다.

이 위대한 한국의 독립투사 김규식은 "내가 일어나지 못하고 이대로 가면 누가 조국의 통일을 완성할 것인가"라고 한탄하며 눈을 감았다. 우리는 이처럼 나라와 민족을 사랑하고 통일된 조국을 갈망하던 애국지사 김규식 박사처럼 조국과 민족을 사랑하는 마음을 간직하고 대한민국의 자유민주통일과 영원한 발전을 위해 몸과 마음을 바쳐야 할 것이다.

김 승관 편

▶ 근대 개화기의 선구자 서 재필 박사

서 재필 박사

서 재필 박사(1864. 1. 7~1951. 1. 5)

미국 국적의 한국 독립운동가로 미국에서는 해부학자, 시인, 소설가, 의사. 조선에서는 문신, 군인, 의학자, 정치인, 언론인으로 활동했다. 일명 제이슨(Philip Jason)이라고도 자칭.
1882년 문과 증광시에 최연소 합격. 21살이던 1884년 김옥균, 박영효 등과 함께 갑신정변을 일으켰다 실패, 일본으로 망명했다가 다시 1885년 미국으로 망명했다. 미국에서 주경야독으로 대학에 진학해 의사가 되었다. 나아가서 의대 강사가 되어 강의까지 했으나 곧 그만두고 의사로 개업했다. 1895년 귀국 이후 정부의 지원을 받아 독립신문을 창간하고 독립협회를 창립하여 민중을 바탕으로 한 근대화 운동을 전개하였다.

일본은 한국에 가한 잘못을 교활하게 은폐하고 있다. 우리는 이 사실을 미국에 알려 미국으로 하여금 한국의 독립을 지지하게 만들어야 한다.

- 1919년 4월호 『코리아 평론』 논설

근대 개화기의 선구자 서 재필 박사

김 승관

　서재필(Philip Jaisohn) 박사는 근대 개화기의 선구자이며 독립 운동
가이다. 그는 한인 최초로 미국 시민권과 의사면허를 받은 사람으로
미주 한인사회의 기념비적인 존재이다. 그가 그런 생을 일구기까지
는 그가 태어난 구한말부터 해방 직후까지 역사의 시련기 속에서 파
란만장한 생애를 살아야만 했다.

　서재필은 1864년 전남 보성에서 서광효(徐光孝)의 둘째 아들로 태
어났다. 어렸을 때 충청도 진잠현(鎭岑縣)의 7촌 아저씨 서광하(徐光夏)
에게 입양되었다.

　일곱 살 때에 상경하여 외삼촌인 김성근(金聲根)의 집에서 한학을
수학하고, 1882년 3월, 18세의 나이로 별시문과 병과에 세 번째로
합격하여 교서관(校書館)의 부정자(副正字)에 임명되었다.

　이 무렵 서재필은 개화파의 중심인물인 김옥균, 서광범, 홍영식,
박영효 등과 교유하며 개화사상에 관심을 가지게 되었다. 당시 개화
파는 서울 서대문에 자리한 봉원사를 중심으로 결속하였다. 이들은
봉원사에서 비밀리에 '개화당'을 결성 하였는데, 이때 서 재필은 20

세로 가장 어린 나이였다. 김옥균 보다 12세나 연하였다. 이런 나이차에도 불구하고 김옥균은 서재필을 동생이라 불렀고, 서재필은 김옥균을 정신적 지주로 삼았다.

1882년 임오군란 이후 조선은 국방근대화가 시급했다. 김옥균은 자주권을 확립하려면 국방을 키우는 것이 중요하다고 믿었다. 이에 1883년 고종을 설득하여 서재필 등 17명의 청년들을 일본 도야마육군학교[戶山陸軍學校]로 보내 근대식 군사기술을 배워오도록 하였다. 서재필은 이 학교에서 1년간 현대 군사훈련을 교육 받고, 1884년 7월 귀국해 사관학교의 설립을 건의하여, 국왕으로부터의 승낙을 받아 조련국(操鍊局)을 만들어 사관장이 되었다.

1884년 12월, 명성황후 중심의 집권 세력과 긴장관계에 있던 개화파는 일본의 메이지 유신을 모델로 하여 '갑신정변'을 일으켰다. 이들은 '우정국' 설립 축하연에 참석한 집권 세력을 제거하고 개혁을 단행했다. 여기에 일본유학 사관생도들이 행동 전위대로 나섰다. 공을 세운 서재필은 병조참판 겸 후영영관(後營領官)에 임명되었다.

개화파는 '혁신정강 14조'를 선포하고, 청나라에 대한 조공폐지, 문벌폐지, 평등권의 수립, 탐관오리 처벌, 국가재건 등의 개혁을 시도하였다. 그러나 명성황후 측에서 청나라에 원군을 요청하여 진압 갑신정변은 3일 만에 실패로 돌아가고 말았다.

조선정부는 갑신정변을 역모로 규정하여 부모형제 등 서재필 일가는 역적으로 몰렸다. 그러자 부모, 형, 아내는 음독자살하고, 동생 서재창(徐載昌)은 참형되었으며, 두 살 된 아들은 굶어 죽었다.

한편 갑신정변의 주역들은 일본으로 망명했으나 일본이 외교문제로 비화될 것을 우려하여 이들을 냉대했다. 그러자 신변의 위협을 느낀 서재필은 일본에 망명한지 4개월 뒤인 1885년 4월 박영효, 서광범 등과 함께 미국으로 망명하였다. 1885년 5월 마침내 이들은 선교사의 도움으로 샌프란시스코에 도착했다.

훗날 서재필은 회고록을 통해 갑신정변이 실패할 수밖에 없었던 두 가지 이유를 밝혔다. 첫째는 개화파들이 일반 민중의 지지를 받지 못했다는 점이고, 둘째는 외세, 특히 일본을 너무 쉽게 믿고 의존하였다는 점이라고 했다.

의사로 변신한 서재필의 미국생활

서재필이 미국에서 처음 구한 일자리는 가구점에서 광고지를 배달하는 일이었다. 남들이 하루 5마일 뛸 때 서재필은 10마일을 뛰어다닐 정도로 열심히 일했다. 저녁에는 YMCA 야간학교에서, 주말에는 교회를 다니며 영어를 배웠다. 이때 홀렌백(John W. Hollenback)이라는 펜실바니아 출신 사업가를 만났다. 그의 도움으로 서재필은 정규교육을 받을 수 있었다.

1886년 서재필은 펜실바니아 Wilkes Barre의 명문 고등학교인 Harry Hillman Academy에 입학했다. 그 학교에서 라틴어, 그리스어 수학 등 여러 과목에서 우등생이 되었고, 졸업식에서는 대표로 고별연설을 할 정도로 성적이 특출했다.

당시 서재필은 고등학교 교장 집에서 집안일을 도우며 숙식을 해결하고 있었다. 마침 법관으로 퇴임한 교장의 장인과 함께 있게 되어 그로부터 미국의 역사와 민주주의에 대해 많은 것을 배웠다.

서재필이 고등학교를 졸업하자, 홀렌백은 프린스턴대학에서 신학을 공부하여 조선에 선교사로 간다면 모든 학비를 대주겠다는 제안을 했다. 그러나 그는 당시 역적으로 몰려 조선으로 돌아갈 수가 없었다. 그래서 홀렌백의 제안을 거절할 수밖에 없었고 결국 은인인 그와도 결별하게 되었다.

자기 앞길은 스스로 개척해 나가기로 결심한 서재필은 1889년 9월, 펜실베이니아주 이스튼시에 있는 라파예트(Lafayette)대학에 진학했다. 그러나 학비를 조달하기가 어려워 워싱턴시로 갔다. 그곳에서 낮에는 육군의학도서관에서 일하고 밤에는 컬럼비아의과대학 야간부(Columbia Medical College: 지금의 조지워싱턴대학교 의과대학)에서 공부하였다. 마침내 1892년 한인 최초로 미국 의학사(M.D.)가 되었고, 1893년에는 정식 의사면허를 취득하였다.

한편 대학 재학 중이던 1890년 6월 10일에는 한인 최초로 미국 시민권을 받았다. 당시 아시아인으로서는 매우 이례적인 일이었다. 의사면허를 취득한 후에는 정부 의학연구소에서 병리학과 세균학 연구를 시작하였다. 이어 의사 개업을 하였으나 당시 미국사회의 인종차별로 인해 많은 어려움을 겪었다.

1894년 서재필은 뮤리엘(Muriel Armstrong)을 만나, 같은 해 6월 워싱턴포스터지 등 당시 언론의 조명을 받으며 성대한 결혼식을 올렸다. 뮤리엘은 남북전쟁 당시 철도우편국을 창설했던 George Buchanan Armstrong의 딸이며, 그의 아버지는 미국 15대 대통령 James Buchanan과 이종사촌 지간이었다. 결혼 후 이들은 두 딸을 두었다.

최초의 한글신문 발행과 독립협회 건설
1895년 가을, 서재필은 10년 전에 헤어졌던 개화파 박영효를 위싱턴에서 재회했다. 그의 권유로 같은 해 12월 귀국하였다. 고국을 떠난 10년 동안 조선에서는 많은 정치적인 변화가 있었다. 명성황후 일족이 실권하고 개혁내각이 들어서면서 갑신정변 연루자들의 죄가 사면되었다. 개혁내각은 서재필에게 관직을 제의했으나, 그는 거절하고 신문발행 작업에 착수하였다. 갑신정변의 실패가 민중의 동의를 구하지 못했기 때문이라고 생각한 그는, 조선을 바로 세우기 위한 근본적인 개혁은 바로 민중의 마음을 새롭게 하는 '교육'에 있다고 보았기 때문이었다.

서재필의 신문 발간사업은 정부로부터 4,400원의 재정지원과 온건개화파의 각종 보호와 지원을 받아 1896년 4월 7일 마침내, 우리나라역사상 최초의 한글신문『독립신문』을 창간하는 데 성공하였다.

서재필은 독립신문 논설을 통해 교육, 민주주의, 산업개발의 중요성과 여성평등, 악습폐지, 공중보건 개선 등을 주장하였다. 또한 조선에서 이권 다툼을 벌이던 러시아와 일본을 경계할 것을 주장하였으며, 탐관오리들의 학정과 부정부패를 공개적으로 비판하기도 하였다.

또한 서재필은 선교사 아펜젤러가 설립한 '배재학당'에 나가 세계사를 강의하면서 학생 토론회 조직인 '협성회(協成會)'를 조직하고 지도하였다. 배재학당에서 서재필의 강의를 들었던 학생들 중에는 이승만, 주시경 등이 있었다.

이승만은 처음에 영어를 배우기 위해 배재학당에 입학하였으나, 서재필로부터 영어보다 훨씬 중요한 정치적 자유의 사상을 배우게 되었다고 회고하였다. 주시경은 배재학당에 다니면서 독립신문사에 취직하여 한글 조판을 담당하면서, 나중에 그가 만든 '조선어 문법'

의 토대를 쌓았다. 서재필은 독립신문에 한글 띄어쓰기를 도입함으로서 문법의 기초를 놓았다.

서재필은 조선의 독립의지를 공표하기 위해 '독립문'을 세우고 그 옆에 독립공원을 조성할 것을 제안하였다. 그리하여 1897년 프랑스의 개선문을 모델로 하여 독립문을 세웠다. 독립문은 중국의 사신을 영접하던 '영은문(迎恩門)'이 있던 자리에 세워졌다. 독립문은 각계각층의 적극적인 호응과 국민의 성금으로 건립되었다. 독립문 뒤쪽에 있던 중국을 숭상한다는 말뜻의 '모화관' 자리에는 독립관을 세웠다.

여기서 서재필이 말하는 독립은 '다만 중국으로부터의 독립을 의미하는 것이 아니라, 모든 열강으로부터의 독립을 의미' 하는 것이었다. 이런 사업들을 추진하기 위해서 만들어진 단체가 '독립협회'이다. 초기에는 안경수, 이상재 등이 중심인물로 참여하여 독립문 건립을 위한 모금운동을 벌였고, 나중에는 대중 토론회도 개최하였다. 독립협회 토론회가 한 단계 발전된 것이 1898년 12월부터 개최된 '만민공동회'이다. 만민공동회는 독립관에서 열렸던 토론회와 달리 서울 종로 한 복판에서 열려 일반 대중이 대규모로 참여할 수 있게 되었다.

당시 만민공동회는 러시아, 일본, 독일 등의 부당한 이권요구를 좌절시키는 실질적인 효과도 가져왔는데, 대표적인 것이 부산 앞바다의 절영도를 대여하여 쓰겠다는 러시아의 요구를 무력화 시킨 것이다. 이러한 만민공동회의 성공적 개최로 그 영향력은 전국적으로 확대되었다. 이때 도산 안창호가 감명을 받아 평안도 만민공동회 지부를 맡아 활약하였다. 서재필과 안창호는 그후 미국에서 독립운동을 하면서 우의를 계속 이어 나갔다.

서재필은 수구파 정부를 비판하고 열강의 이권침탈에 대해서 정면으로 비판했다. 그러자 수구파 정부가 그를 그대로 내버려두지 않았다. 일본과 러시아도 미국정부에 서재필을 미국으로 소환할 것을 요구하였다. 결국 수구파정부와 국제열강들의 합동작전과 꼼수에 의해 서재필은 1898년 5월 미국으로 추방되었다.

미국으로 추방되기 전, 서재필은 미국에 있는 장모가 위독하다는 다급한 전보를 받았다. 서재필은 미국에 도착해서 장모가 그런 전보를 보낸 적이 없다는 말을 듣게 되었다. 발신자를 추적한 결과, 러시아 측이 서재필을 조선에서 내쫓기 위해 미국인을 매수하여 거짓으로 전보를 보낸 사실을 밝혀냈다.

독립운동으로 파산한 서재필

미국으로 추방된 서재필은 군의관으로 미국-스페인 전쟁에 잠시 참전한 후, 필라델피아에 있는 University of Pennsylvania에서 몇 년간 연구원 생활을 하였다. 1905년부터는 출판 및 인쇄사업을 시작하여 70여명의 직원을 둔 사업체의 사장으로 성공하였다. 당시 그는 필라델피아 실업인협회의 재무이사로서 사회발전에 공헌 하였으며, 로타리클럽, 프리메이슨 등의 회원으로 활약하면서는 필라델피아 시장을 비롯한 정치인과 언론 및 종교 인사들과도 많은 교분을 쌓았다.

1905년 일본에게 나라를 강탈당하자 젊은이들이 그에게 조선독립을 보장해 달라는 청원서를 미국 대통령에게 보내자고 하였다. 서재필은 이들과 함께 청원서를 작성하여 대통령에게 전달될 수 있도록 하였다. 훗날 서재필은 청년들이 독립을 위해 뛰어다니는 것을 보고 "내가 뿌린 독립의 씨앗들이 열매를 맺고 있다"고 감동하였고, 조국을 위해 장차 일을 도모하기 위해서는 무엇보다도 경제적인 능력이 필요하다는 생각에서 사업을 시작하였다고 회고했다.

1919년 본국에서 3.1운동이 일어나자 서재필은 필라델피아 한인들을 소집 '제1차 한인회의(The First Korean Congress)'를 개최하였다. 4월 14일 부터 사흘 동안 Little Theater(현재는 Plays and Players Theatre)에서 열린 이 대회에는 140명의 한인들을 비롯하여 미국인 인사들도 많이 참석하였다. 그 중에는 톰킨스(Floyd Tomkins) 목사, 제임스 딘(James Dean) 빌라노바대학 총장 등이 있다.

필라델피아 시장은 대회 직후 한인들이 비를 맞으며 150년 전 미국독립 선언을 채택한 독립기념관까지 행진할 때 기마대와 시악대를 보내 격려해 주었다. 이 대회에서 한국이 독립을 하게 되면 민주공화정을 수립할 것을 결의하고, 대한민국 임시정부에 보내는 결의문과 미국 국민 및 정부에게 보내는 호소문도 채택하였다.

서재필의 제1차 한인의회 직후 '한국 친우동맹(The League of Friends of Korean)'을 결성됐다. 톰킨스 목사를 회장으로 1919년 5월 필라델피아에서 결성된 이 조직은 이후 시카고, 샌프란시스코, 워싱턴 등 대도시를 비롯하여 오하이오 주 등 여러 주에 20여개의 지부를 두었다. 나중에는 영국 런던, 프랑스 파리에도 각각 지부를 세웠다. 추산인원 25,000명의 회원을 가진 친우동맹은 한국독립을 지지하는 강연회를 개최하였고, 국무장관이나 상원의원 등의 인사들에게 편지를 보내 미국 정부가 한국독립을 지지해 줄 것을 요청하였다. 1920년 3월 1일에는 뉴욕지부 주최 3.1운동 기념행사가 뉴욕시에서 열렸는데, 1,000여명의 미국인들도 참석하여 한국의 독립을 지지하였다.

한편, 서재필은 자신의 필라델피아 사무실에 '한국 홍보국(Korean Information Bureau)'을 설립하고, 매월 2,000부가 넘는 '한국평론(The Korean Review)'를 발행하여 정부기관, 대학, 교회 등지에 배포하였다. 여기에 여러 미국인들도 필자로 참여하여 한국독립을 주장하였다. 1921년 서재필은 당시 대통령 당선자인 하딩(Warren Harding) 등과의 직접 면담을 통해, 워싱턴에서 열릴 군축회의에서 한국문제를 정식 의제로 다루어줄 것을 부탁하였다. 서재필은 이승만, 정한경과 함께 군축회의 대표로 파견되어, '한국의 호소(Korea's Appeal)라는 문건을 제출하였는데, 군축회의에서는 일본의 방해로 받아들여 지지 않았지만, 대신 미국 상원에서 공식의제로 채택되었다.

워싱턴 군축회의가 끝날 즈음, 서재필은 심각한 재정적 곤란을 겪고 있었다. 독립운동으로 사업을 돌볼 겨를이 없었던 데다가 많은 개인재산이 지출되었는데, 1920년대 당시 금액으로 70,000달러가 넘었다고 한다. 1924년 서재필은 결국 파산신청을 하게 되었다. 필라델피아 시내에 있던 집도 은행으로 넘어가고, 1925년에 인근의 소도시인 미디아(Media)로 이사를 했다. 이 집이 지금의 '서재필기념관'이다.

조국의 독립과 개화를 바친 삶

1926년 서재필은 펜실바니아 대학에 특별학생으로 입학했다. 독립 운동하느라고 오랫동안 손에서 놓고 있던 의학공부를 다시 시작하기 위해서였다. 그의 나이 62세 때였다. 그 후 전문의 및 병리학자로서 영국왕립의학 저널을 비롯한 여러 저널에 많은 연구논문을 발표하였다. 1934년에는 과로로 폐결핵 진단을 받아 웨스트 버지니아에서 가족들과 떨어져 지내야만 했다. 그러다가 1938년 비로소 개업을 하게 되었다. 동시에 여러 학교와 주립기관에 의사로 일했다. 그의 나이는 74세 때였다. 그러나 그는 자신이 거주하고 있는 미디아시의 신문 'Media News'에 국민건강을 위한 기사를 정기적으로 게재하는 등 미국 사회에도 공헌하였다.

한편 50년 가깝게 그를 내조했던 부인 뮤리엘 메리 암스트롱이 1941년 병으로 세상을 떠났다. 그는 아내를 보내고 크나큰 슬픔에 잠겼다. 그러나 그는 엄마를 잃고 슬퍼하는 두 딸을 위해서, 자신의 고통을 잊기 위해서 일에 전념했다.

이와 같이 순탄치 않은 삶과 슬픔 속에서도 그는 결코 고국을 잊지 않았다. 한때 고국은 그를 추방시키기도 했지만, 그의 삶은 조국의 독립과 개화를 위해 일생을 바쳤다.

1926년 하와이 범태평양 회의에 한국대표로 참석하여 한국 독립 문제를 부각시킨 것을 비롯해 신문, 잡지 등에 꾸준히 기고를 하면서, 많은 독립 운동가들에게 조언과 협조를 아끼지 않았다. 1941년 미국과 일본간에 태평양전쟁이 일어나자, 서재필은 징병검사관으로 3년 남짓 자원봉사를 하였다. 그는 태평양전쟁에서 미국의 승리를 믿었고, 미국이 일본을 이김으로서 한국이 독립될 것이라는 확신이 있었기 때문이었다. 미국 정부와 의회는 1945년 서재필의 공로를 인정하여 훈장을 수여하였다.

고국에서 마주친 현실과 결과

1945년 8월 15일, 마침내 한국이 해방을 맞았다. 서재필은 1947년 7월 미군정 최고고문 자격으로 50년 만에 귀국했다. 처음에 미군정의 초청을 받았을 때 그는 "나는 지위도 원치 않고 명예도 바라지 않는다. 나의 유일한 관심은 국민교육에 있다."고 했을 정도로 조국과 민족을 사랑했다.

1948년 5월에는 초대 대통령 선거가 있었다. 이때 백인제 등을 중심으로 '서재필 박사 대통령추대운동'이 일어났다. 서재필 박사 대통령추대운동이 확산되자 이승만 측이 적극적으로 견제했다. 특히 서재필이 미국 국적임을 문제 삼았다. 아울러 각 신문에 서재필에 관한 각종 비난을 담은 선전문을 일제히 게재하기도 했다. 같은 해 7월 초 백인제, 최능진, 김대중을 비롯한 1929명이 서재필에게 "한국 초대 정부 대통령으로 추대하고자 하니 대통령 출마를 승낙해 달라"는 내용의 요청서를 보냈다. 그러나 그는 "미국 시민으로 남겠다"며 불출마를 선언했다.

1948년 9월 10일, 서재필은 미군정청 최고의정관 직을 사임했다. 그는 "이념대립을 딛고 통일된 조국을 건설해달라."는 당부를 남기고 사임 다음날 둘째딸 뮤리엘 제이슨과 인천항을 떠났다. 그는 배에 오르기 전에 "인민들은 정부에 맹종만 하지 말것이며, 정부는 인민의 종복이고, 인민이 곧 주인이라는 사실을 망각해서는 안 된다."는 말을 남기고 떠났다. 선거는 인민의 대리인을 선출하는 제도인데 마치 선거로 왕을 선출하는 것처럼 착가하는 사람들이 많은 것을 안타까워했던 것이다.

미국으로 돌아간 서재필은 다음해 3.1절에 기념사를 녹음해서 한국으로 보냈다. 그 내용은 "남북한이 조속히 통일이 되어야 비로소 완전한 독립국가가 될 수 있다."는 것이었다. 그러나 그의 마지막 염원은 정반대의 현실로 나타났다.

1950년 6월 한국전쟁이 터지자 서재필은 큰 충격을 받았고, 앓고 있던 지병이 악화되어 1951년 1월 5일 필라델피아 부근 노리스타운의 몽고메리병원에서 87세의 파란만장한 생을 마감하였다.

한국인으로서 최초로 미국 시민권 자이자 의사가 된 서재필. 그러나 그의 일생은 조국의 민중계몽 운동을 통하여 진정한 민주주의의 뿌리를 조국에 깊이 심고자 했던 애국운동 그 자체였다. 그런 애국심으로 인해 의학도로서의 본직은 늘 뒷전으로 밀려나 있었다. 그는 독립운동가로서의 삶과 본직인 의사로서의 삶 등 두 개의 삶에서 평생을 갈등과 고민이 깊었을 것이다. 그러나 그는 언제나 의사로서의 안락한 생활이나 연구 활동을 포기하고 조국을 위한 애국의 가시밭길을 택하였다.

---

* 참고자료: 서재필의 생애와 사상 - 현봉학(2000년), 서재필 박사의 위대한 일생 -서재필기념재단(2014년), 위키백과 사전, 한민족문화대백과사전

김정만 편

▶ 임정의 수호자 석오(石吾) 이 동녕 선생

석오(石吾) 이 동녕(李 東寧) 선생

이 동녕(李東寧) 선생(1869. 2. 17~1940. 3. 13)

대한제국의 계몽운동가·언론인이자 일제 강점기의 독립 운동가.
28살 되던 해인 1896년에 독립협회에 가담하였고, 구국운동을 전개하였다. 1896년 독립협회 간사원에 선출되었다. 독립협회 활동 당시 이석 이라는 이름으로 활동하였다
1926년부터 1927년까지 대한민국 임시정부의 국무령을 지냈고, 1933년부터 1940년까지 대한민국 임시정부의 주석을 지낸 한국의 독립운동가, 대한민국 임시 정부 국무총리·대통령 직무대리·주석·국무위원, 임시 의정원 의장 등으로 활동했다. 신흥무관학교를 설립하고 초대 교장을 역임하였다.

오로지 뭉치면 살고 길이 열릴 것이요. 흩어지면 멸망이 있을 뿐이다.

- 선생의 어록 중에서

임정의 수호자
석오(石吾) 이 동녕(李 東寧) 선생

김정만(金正滿)

2019년 4월 11일은 대한민국 건국100주년을 맞는 날이었다. 대한민국의 선포는 임금이 국가의 주인이던 조선 및 대한제국(大韓帝國)으로 부터 암울했던 일제강점기를 거쳐 백성(民)이 주인이 된 나라, 곧 대한민국(大韓民國)으로 정치-사회 체제가 바뀐 것을 의미한다. 대한민국의 선포는 단순히 나라의 이름이 달라진 것만을 의미 하지 않는다. 그것은 사회 구성원의 의식구조가 전환되었음을 의미한다. 다시 말해, 건국은 봉건적인 왕조체제가 무너진 이후 민주질서를 향한 국민들의 갈망이 밑바탕에 놓여 이룩한 결과이다.

위대한 건국의 이면에는 식민지시기/강점기부터 해방이후까지 수많은 애국지사들의 희생이 존재했다. 여러 애국지사들의 활동에 관한 다양한 연구들이 진행되었으나 어떤 분들은 그들의 숭고한 업적에 비해 상대적으로 덜 알려져 있다. 석오(石吾) 이 동녕(李 東寧)선생(1869-1940)은 그들 중 한 분이다.

이동녕 선생은 1919년 4월 11일 초대 임시의정원 의장직(현재의 국회의장에 해당)을 수행하며 대한민국 임시정부수립의 초석을 마련했다. 나라의 주권이 국민에게 있음을 강조한 이 선생은 우리나라의 전통적 정치질서인 군주제를 폐지하고 헌법을 제정하여 국민들이 정치에 참여할 수 있는(국민참정권) 민주공화제를 처음 실시하는 등 대한민국 의회민주주의의 제도적 기틀을 마련하는 공을 세웠다.

그는 나라의 운명이 위태로운 시기에 언론과 교육을 통해 국민 개개인이 스스로 일어서야 한다는 자강이론을 피력했으며 만민평등사상을 기반에 둔 개혁을 통해 국가위기를 극복해나가야 한다고 역설했다. 이 선생은 27년의 대한민국임시정부 역사가운데 20년을 핵심인사로 일했다. 그는 임시정부주석 4차례, 임시의정원(국회)의장 3차례를 역임하는 등 임정 내에서 주도적인 역할을 담당했을 뿐 아니라 국내외 독립운동을 효과적으로 조율했던 지도자였다.

이 동녕 선생은 나라의 국운이 기울어가던 1869년 9월 2일(양력10월6일) 교육자이자 의성군수를 지낸 이병옥의 장남으로 태어났다. 5세에 한문을 습득했고 10세 때 조부 이 석구의 집에 거하며 사서삼경을 공부했다. 젊은 시절, 부친이 영해군수로 부임하자 그곳에서 부친을 도와 뛰어난 두뇌와 탁월한 식견으로 군 행정에 보탬이 되어 "작은 군수"로 불리기도 했다. 그의 부친이 정부 관료였음에도 이 선생은 특권의식을 버리고 약자인 백성의 편에서 그들이 억울한 일을 당하지 않도록 돕는 것이 옳다고 생각했다. 왕정의 지배 주의적 질서 아래서도 그는 어릴 적부터 이미 민국의 가치관을 키웠고, 사회제도의 개혁을 꿈꿨으며, 개화사상의 영향아래 민중이익을 추구하는 일을 자신의 사상적 바탕으로 삼았다.

이 선생은 1892년 24세의 나이에 응제진사시험에 합격했다. 당시의 우리나라는 약육강식의 질서가 만연한 격동기의 국제정세를 맞이했다. 이 선생이 27세가 되던 1895년에는 일본에 의해 명성황후(당시 민비)가 시해되었다. 몇 달 후 고종은 신변보호를 위해 어가를 러시아 공사관으로 이전했다. 아관파천이후 한반도에서 영향력이 세진 러시아는 고종으로부터 각종 이권을 챙겼으며 이를 마음대로 타국에 팔기도 했다.

1896년에는 갑신정변 이후 미국으로 망명 했다가 돌아온 서 재필을 중심으로 독립신문이 발행되었다. 독립신문은 민중을 계몽하고자 발간되었으며 한국최초의 순 한글체 신문이자 영자신문이었다. 이어서 서 재필을 필두로 독립협회가 결성되었다. 독립협회의 회원은 회비만 내면 양반이건 상인이건 신분에 관계없이 누구나 가입 할 수 있었다. 평소 확고한 개화사상을 가졌던 이 선생은 망설임 없이 독립협회에 들어가 간사부장을 맡게 되었다. 이 활동을 통해 그는 기존의 봉건왕조체제에 뿌리박은 사고의 틀을 벗어나 민족을 위한 국민의 역할과 희미하게나마 민권의 의미를 파악하기 시작했다.

이 선생의 독립협회는 민족주의, 민주주의, 근대화사상을 기반으로 개혁내각의 구성을 주장했으며, 입헌군주제와 의회의 개설을 통해 근대 국민국가로의 전환을 모색했다. 그 일환으로 1897년 종로에서 만민공동회를 개최했다. 그러나 고종은 독립협회가 공화제를 건설하고 왕위찬탈을 계획한다는 소문을 접하자 황국협회를 동원해 해산시켰으며 이 선생도 이 과정에서 종로 경찰서에 7개월 간 구금되었다. 그는 감옥에서 신 흥우, 박 용만, 이 승만과 같은 당대의 굵직한 인물들과 교우관계를 굳건히 하게 되었으며 구국운동에 투신

할 것을 다짐했다.

출소 이후 이 선생은 1898년 8월 〈제국신문〉을 창간했으며 3.1운 동당시 33인 민족대표의 일원으로 활약한 북암 이종일과 친분을 쌓았다. 이 선생은 그와의 친분을 통해 〈제국신문〉의 논설위원이 되었으며 〈민족자강의 방도〉라는 논설을 발표했다. 이 논설에서 이 선생은 조선을 침략하려는 열강의 음모를 정확히 깨닫고 미리 방어를 해야 함을 역설했다. 나아가 1898년 10월 28일자 논설 〈위국의방도〉에서는 국민 참정권을 강력 주장하는 급진적인 모습을 보였다. 그는 조선이 세계의 변화에 발맞추어 변해야하고 만일 옛 전통질서인 왕조체제에 안주한다면 새로운 국제사회에서 도태될 것이라고 피력했다. 선생의 이러한 민권의식은 훗날 대한민국임시정부의 공화제 수립의 과정에서 보다 구체화되었다.

이 선생은 1900년 인생의 중요한 전환점을 맞이했다. 그는 당시 상동교회(尙洞敎會) 목사였던 전 덕기를 만나 세례를 받고 기독교인이 되었다. 선생은 기독교를 통해 조국의 국권이 회복될 수 있다는 소망을 가졌고 , 이를 위해 헌신하기로 다짐했다. 그는 상동교회 내 청년회를 조직했다. 이 조직은 겉으로는 신앙모임 이었으나 실제로는 항일 구국단체였다. 이때부터 그는 교회를 중심으로 여러 애국지사들과 교류하고 세력을 결집하기 시작했다.

특히 선생은 김구 선생과도 첫 만남을 가졌는데 당시 김구는 진남포 예수교 교회 에버트청년회 총무자격으로 상동교회를 찾았다. 그후 두 사람은 30여 년간 임시정부시절을 거쳐 선생이 생을 마칠 때까지 항일독립운동을 한 혈맹의 동지가 되었다. 또한 1902년 선생은 이상재와 손잡고 YMCA운동도 전개했다.

그런데 2년 뒤 한반도를 둘러싸고 러시아와 일본 사이에 전쟁이 일어났다. 이후의 조선의 역사는 알려진 대로 풍전등화의 상황을 맞이했다. 러일전쟁을 승리로 이끌어가던 일본은 1905년 7월 29일 미국과 가쓰라-태프트밀약(Taft-KatsuraAgreement)을 교환했다. 이 밀약은 미국 육군장관 윌리엄 하워드 테프트와 일제 내각총리대신 가쓰다다로가 도쿄에서 만나 체결된 것으로서, 일본은 필리핀에 대한 미국의 식민지 통치를 인정하며, 미국은 일본이 한반도를 "보호령"으로 삼을 것을 용인한다는 내용이었다. 이 밀약과 러일전쟁의 승리로 힘을 얻은 일본은 대한제국의 마지막 황제인 고종이 손을 쓸 틈도 없이 1905년 11월 17일 을사늑약을 체결해 우리나라의 주권을 빼앗아갔다. 을사늑약의 내용은 일본국 정부가 대한제국 황실의 안녕과 존엄의 유지를 보증하는 대신 대한제국의 외교권을 감리, 지휘하는 것이다.

이 당시 이동녕 선생은 상동교회 관계자 및 청년회원들과 결사대를 조직해 을사늑약의 체결장소인 덕수궁으로 달려가 혈서로 "死守獨立(사수독립)" 이라는 글짜를 써 대한문 앞에서 시위하며 을사늑약의 무효를 위한 상소운동을 전개했다. 일제는 만일의 사태를 대비해 중대 경찰병력을 파견해 놓았다. 이 시위로 인해 이 선생 뿐아니라 최재학, 김인집, 신상민, 전석준, 이시영 등의 인사들이 강제로 연행되었다. 이로써 선생은 두 번째 옥고를 치르게 되었다. 두 달간의 수감생활 이후 선생은 더 이상 국내에서 독립운동을 펼치기가 쉽지 않음을 깨닫고 만주로 활동무대를 옮겼다.

선생은 나라가 처한 위기를 극복하고 국권회복을 하기위해선 국민의 교육을 통한 실력양성이 필요함을 느꼈다. 그는 1906년 중국 북간도용정으로 망명해 이상설과 함께 우리나라 최초의 항일 사립민족교육기관인 서전서숙(瑞甸書塾)을 설립하여 독립운동의 인재들을 양성했다. 그러나 서전서숙은 일제의 탄압으로 인해 1년 만에 폐교당했다.

이후 일시 귀국한 선생은 1907년 비밀 항일결사단체인 신민회(新民會)를 조직하여 총 서기직을 맡았으며 국권회복을 위한 투쟁을 지속해 나갔다. 특히 1909년 국내 간부회의에서 새로운 해외 독립운동 기지의 건설과 대일무장투쟁을 신민회의 공식노선으로 채택했으며, 이는 훗날 서간도의 경학사(耕學社), 신흥강습소(新興講習所)의 설립으로 구체화되었다.

1910년 일제는 황해도와 평안도를 중심으로 비밀리에 활동하던 독립운동가 및 항일 기독교인을 검거하고자 소위 105인 사건을 조작했다. 사건의 발단은 안 중근의 사촌 동생인 안 명근이 황해도에서 서간도의 무관학교 설립을 위해 모금운동을 벌이던 과정에서 일어났다. 모금을 거절한 동포와의 사소한 시비 이후 안 명근은 일본 경찰에 밀고를 당하였다. 평양에서 경찰에 붙잡힌 안 명근은 서울로 압송되었다. 일제는 이 사건을 신임총독 데라우치 마사타케 암살기도 사건으로 몰아 신민회 간부 및 회원, 황해도, 평안도 지역의 독립운동가와 기독교인 등 600여명을 검거 했다. 이들은 1심에서 증거 불충분으로 대부분 석방되었으나 105명은 유죄 판결을 받았다. 윤 치호, 양 기탁, 이 동휘, 유 동열, 김 구, 김 홍량 등 신민회 주요 간부들과 관련자들이 체포되었다. 이로 인해 신민회 조직은 와해되었고 상동교회 전 덕기 목사도 이 사건에 연루된 혐의로 고문을 받아 2년간 심한 병고를 치르다 순교했다.

1910년 한일 합방이후 국내활동에 한계점을 느낀 선생은 다시 만주 서간도의 유하현 삼원보로 이주해 독립군 기지건설에 매진했다. 그는 이 곳에서 1910년대 해외 독립운동의 중심적 역할을 담당한 경학사(耕學社)를 설립했다. 해외 교민단체로서 경학사는 교포들의 신분을 보장해 주고 독립정신을 고취시키는 일을 주도했다. 선생은 한 달 뒤 신흥강습소를 세워 본격적인 독립군 양성에 힘을 쏟았다. 신흥강습소의 초대 소장으로서 선생은 젊은이들에게 한국사, 윤리학, 경제학, 지리학 ,박물학 등을 가르치며 인재 양성에 주력했다.

잘 알려진 대로 이회영일가의 재정적지원은 신흥강습소의 성장에 큰 보탬이 되었다. 신흥강습소는 일제의 감시를 피하고 중국 당국의 양해를 얻고자 강습소란 이름을 내걸었지만 실제로는 독립군을 양성하기위한 군사학교의 성격을 지녔다. 신흥이란명칭은 신민회의 "新" 과 부흥을 뜻하는 "興"자를 합쳐 만든 것이었다.

신흥강습소는 3.1운동이후 1919년 5월 3일 신흥무관학교(新興武官學校)로 개명하고 현대식 군 장교를 양성하는 학교로 발전했다. 현재로 따지면 육군사관학교에 해당 한다고 볼 수 있다. 1920년 대 초까지 배출된 군사장교는 무려 3천 500여명이 넘었다. 이들은 차후 항일무장투쟁의 주역이 되었다. 대표적으로 의열단 단장 김 원봉과 김좌진 장군이 신흥무관학교출신이었다.

일제의 탄압이 만주에까지 이르자 이 동녕 선생은 러시아 블라디보스톡으로 건너가 이상설과 함께 권업회(勸業會)를 세웠다. 권업회는 시베리아 한인 사회개척과 독립운동에 중요한 기여를 했다. 이 선생은 1914년 블라디보스톡에서 우리나라 최초로 망명정부인 대한광복군 정부를 세웠다. 이러한 노력을 발판으로 삼아 이 선생은 3.1 운동 후 상해 임시정부를 수립하는데 참여했다. 그러나 일제와 손잡고 독립 운동 세력을 괴멸시키고자 했던 러시아 정부는 이 선생을 체포 해 3개월 간 구금했다. 그러나 이러한 탄압에 굴하지 않고 선생은 애국지사 최 봉준과 함께 러시아 교민들의 애국심을 높이고 계몽의식을 심어 주고자 순 한글 신문인 〈해조 신문〉(이후에 대동신문으로 개명)을 발행했다.

1917년 선생은 니콜라에프스크로 무대를 옮긴 뒤 기독교에서 대종교로 개종했다. 그는 단군을 숭상하는 대종교를 민족의 정통사상으로 받아들이고 동포들이 애국 의식과 자긍심을 갖도록 노력했다. 대종교는 1905년 나철의 주도하에 종교로 설립되었지만 일제 강점기동안 항일운동에 더 많은 공헌을 했다. 1919년 상해 임시정부 건립당시 임시의정원 의원 35명 중 28명이 대종교도였으며 봉오동, 청산리 대첩의 지휘부 대다수가 대종교도였다.

1910년 이래 일본은 계속해서 세력을 확장해갔다. 1914년부터 4년간 제 1차 세계대전이 발발했다. 개전 초 영국, 프랑스, 세리비아, 러시아 제국의 연합국과 독일, 오스트리아, 헝가리로 구성된 동맹국이 서로 대항했다. 당시 미국은 이 전쟁에 개입할 의사가 없었다. 영국은 미국 내 유대인 지도자들을 움직여 미국의 전쟁개입을 유도하고자 1917년 11월 2일 밸푸어(Balfour) 선언을 했다. 이 선언은 미국이 참전 할 경우 그 대가로 이스라엘을 팔레스타인 내에 설립하는데 돕겠다는 내용이었다. 영국 외무장관 아서 밸푸어(Arthur J. Balfour)는 시온주의자(Zionism) 대표 로스 차일드(A.G. Rothchild)에게 팔레스타인에 거주하는 비 유대인 단체의 시민권과 종교권을 저해하지 않고 유대인의 정착지 수립을 지지 한다는 서안을 보냈다. 결국 미국은 세계대전에 참전했으며 이스라엘은 이후 1948년 건국되었다. 1차 세계대전이 끝난 뒤 1918년 1월8일 미국의 윌슨 대통령은 프랑스 파리에서 개최된 평화 회의에서 "각 민족은 정치적 운명을 스스로 결정할 권리가 있으며 외부의 간섭을 받아서는 안 된다."는 민족자결주의 원칙을 제창했다.

이러한 국제정세의 변화에 발맞춰, 선생은 3.1운동전인 1919년 2월 1일 만주, 중국, 러시아, 미국 등 해외에서 활동 중인 독립운동가 39명과 함께 전 세계인을 대상으로 "대한독립선언서"를 선포하여 일제강점의 부당성과 완전한 대한독립을 천명했다. 1919년 2월 1일은 음력으로 기미년 1월 1일이지만 선언서의 작성과 서명이 그 이전에 이루어졌음을 고려하고 기미독립선언과 구별하기 위해 "무오독립선언"으로 불린다. 선언문은 조소앙 선생이 작성했는데 그는 일본 도쿄로 건너가 당시 유학생이었던 이광수 등을 지도해 2.8독립선언을 발표 하도록 했다.

무오독립선언의 영향을 받아 국내에서는 민족대표 33인의 기미독립선언을 시작으로 역사적인 3.1운동이 일어났다. 한반도에 울려 퍼진 3.1운동의 함성은 해외 한인동포들의 항일운동으로 점차 확장되었다. 선생은 3.1운동 후 체계적인 광복정책을 위해 국내외 민족주의세력을 규합해야 함을 강조했다. 이러한 목표를 달성하기 위해선 국제적인 흐름에 부합하는 민주주의정부의 수립이 절대적이라고 역설했다.

아쉽게도 3.1운동이 실패로 돌아가자 선생은 다시 중국으로 건너가 민주공화정부(임시정부) 수립을 위한 활동에 돌입했다. 그는 임시정부수립 전에 입법기관인 의회의 구성을 강력히 주장했다. 임시의정원(현재의 국회에 해당)의 개설을 통해 임시정부가 삼권분립의 민주적 원리를 갖춘 공화주의적 민주정부로 세워지기를 희망했던 것이다. 결국 임시의정원 29명이 협의를 한 끝에 관제를 의결하여 임시정부는 전문 10조로 된 임시헌장을 선포하고 선서문과 정강을 통과시켰으며 각료를 선임하고 국무원을 조직했다. 마침내 1919년 4월 13일 상해에서 초대 의정원의장 석오 이동녕의 주도아래 국호는 대한민국, 1919년을 원년으로 하는 대한민국 임시정부수립이 대내외에 정식으로 공포되었다.

이때의 정부각료의 명단은 다음과 같다.

> 임시의정원의장: 이동녕
> 임시정부국무총리: 이승만
> 내무부총장: 안창호
> 외무부총장: 김규식
> 법무부총장: 이시형
> 재무부총장: 최재형

군무부총장: 이동휘
교통부총장: 문창범
국무원비서장: 조소앙

그러나 임시정부의 최고지도자로 추대된 이승만이 미국 워싱턴에 체류하면서 중국 상해에는 부임하지 않음으로 의결을 거쳐 선생이 다시 초대 국무총리 대리로 취임했고 선생이 맡았던 임시의정원의 장 자리는 손정도에게 위임되었다.

당해 9월에는 1차 개헌이 이뤄져 상해임시정부가 중심이 되어 노령의 대한국민의회정부, 한성임시정부가 통합되었다. 선생은 이 개헌에 따라 통합정부의 초대 내무총장에 임명되었다. 이 통합정부의 특징은 국내외의 독립운동을 체계적으로 조직하고 대통령 중심제의 민주공화국의 새로운 출범을 알림과 동시에 대한민국을 대표하는 정통정부로서의 위상을 드높인데 있었다.

내무총장으로 선생은 1919년 10월 15일 2천만 한국동포에게 임시정부의 존재를 알리고 지원을 요청하는 포고문 3호를 작성했다. 1호는 〈남녀학생에게〉, 2호는 〈상업에 종사하는 동포에게〉, 3호는 〈국내외 일반국민에게〉보내는 글로서 황종화, 최익무와 같은 국내에 잠입한 정보원들을 통해 살포되었다.

상해임시정부는 이후 심각한 위기를 맞이했다. 각자의 정치적 입장 및 독립을 쟁취하는 방식에 관한 의견의 차이로 지도부 내 갈등이 표면화되었다. 특히 이승만 임시대통령과 국무총리 이동휘와의 대립으로 주요 인사들이 임정을 떠났다. 이에 안창호,박은식 등의 주도로 1923년 국민대표회의가 소집되었다. 5개월간 60여 차례에 걸쳐 회의가 진행되었으나 별다른 성과 없이 결렬되었다. 이 선생은 안창호, 김구, 여운형 등과 힘을 모아 시사책진회를 조직해 민족주의계열, 사회주의계열, 외교독립론계열, 무장운동계열 등 각 노선사이의 대동단결을 호소했다. 비록 '시사책진회'도 실패로 돌아갔으나 이러한 선생의 노력은 임시정부의 변화의 작은 신호탄이 되었다. 선생은 1924년 4월 23일 국무총리로 취임한 이후 정부의 전권을 부여받아 김구를 내무총장으로 하는 새로운 내각을 구성했다. 이어 민족진영의 단합을 위해 1930년 새로운 독립운동단체인 한국독립당을 탄생시켰다. 초대 한국독립당 이사장으로서 선생은 임시정부가 침체국면을 벗어나 결속을 강화하는데 집중했다.

1931년 중국 만보산(萬寶山)에서 한국인과 중국인 농민들 간에 수로(水路) 문제를 놓고 다툼이 일어났다. 이 사건은 대규모 충돌 및 폭동사건으로 확대 되었다. 이 후 한국인에 대한 중국내 감정이 악화되면서 임정의 독립운동은 크게 위축될 수밖에 없었다. 선생은 김 구와 힘을 합쳐 독립운동을 활성화시킬 방안으로 일제 수뇌부와 친일파 일당을 처단하고 각종 일제 정부기관들을 파괴 할 것을 계획했다. 이를 위해 선생은 한인애국단을 결성하여 조 소앙, 김 철, 조 완구 등을 끌어들였다. 1932년 1월8일 애국단원 이 봉창은 일본에서 일왕 히로히토를 폭살 하려는 의거를 실행했으나 실패하고 말았다. 그러나 동년 4월29일 애국단원 윤 봉길 의사는 상해 홍구 공원에서 열린 일왕의 생일축하 기념식장에서 상해 파견군 일본 사령관 시라카와 등을 폭사 시키는데 성공하여 세상을 놀라게 했다. 중국 국민당 총통

장개석은 "중국 백만 대군도 못한 일을 일개 조선청년이 해냈다."며 윤봉길의 거사를 극찬했고, 이를 계기로 중국인과 한국인간의 감정도 호전되었다. 장개석은 이후 한국독립운동을 전폭적으로 지지했다. 특히 장개석은 1943년에 열린 카이로 회담에서 영국 수상 처칠이 한국의 독립 문제를 의제로 채택하는데 반대하자 이를 관철시키기까지 했다.

석오 이동녕 선생은 독립운동과 임시정부가 위기에 놓일 때마다 앞장서 문제를 해결하고 국내외에 임정의 위상을 높이는데 전력을 다했다. 그는 1927년(59세), 1930년(62세), 1933년(65세), 1939년(71세) 네 번에 걸쳐 임시정부의 행정책임자인 주석을 역임했다.

그는 임정사의 산증인이었으나 안타깝게도 조국의 광복을 보지 못한 채 1940년 3월 13일 중국사천성 기강 임시정부청사에서 과로로 숨을 거뒀다. 선생이 타계한 날 선생과는 7년 연하인 백범 김구선생은 "나는 그를 늘 스승처럼, 혹은 아버지같이, 또 형님처럼 섬겼다"면서 "우리는 노를 잃은 배와 같다."말하여 그에 대한 존경과 아쉬움을 표했다.

이 선생은 우리민족역사상 가장 암울했던 시기인 19세기 말 20세기 초를 관통하며 교육자로, 언론인으로, 그리고 독립운동가로서 광복을 위한 투쟁, 민주정치의 실현, 개혁과 계몽을 외친 선각자였다. 또한 그는 임시정부의 주석으로 이봉창, 윤봉길의사의 거사를 막후에서 기획함으로서 한국독립에 기여했다. 선생의 괄목할만한 활동들에 비해 아직까지 그가 대중에게 널리 알려지지 않은 점은 자료의 부족으로 연구가 미흡했기 때문이다. 임정의 최고 책임자로서 평생을 일제의 지명수배를 받다보니 그에 관한 다수의 글과 사료가 소실되었다.

광복 후 김구 선생은 이동녕 선생의 유해를 봉환해 서울효창공원에 모셨다. 1962년 선생은 건국훈장을 수여받았으며 2등급 대통령장으로 서훈을 추서 받았다. 정부는 선생의 공적을 기리고자 선생이 태어난 충남 천안에 석오 이동녕기념관을 세웠다.

2019년에는 "석오 이동녕선생 선양회(상임대표 서문동)"의 창립과 더불어 "나라사랑국민운동본부(총재 권영욱)"가 공동주축이 되어 이 선생 서훈의 1등급 상향을 위한 국민청원을 진행하고 있다.

〈 참고자료 〉

1. 한국 민족 사상 학회 자료
　1) 이 현희 , 〈석오 이 동녕의 애국 사상과 활동〉
　2) 정 경환, 〈이 동녕의 정치 사상과 구국 투쟁에 관한 연구〉
　3) 황 묘희 , 〈석오 이 동녕과 대한민국 임시정부〉
　4) 노 무지 ,〈석오 이 동녕의 항일구국과 민족자강운동〉
2. 윤 대원 〈상해시기 대한민국 임시 정부 연구〉
3. 김 지훈, 〈1945년 광복전후 중국 국민당 정부의 한반도 구상과 한국〉
4. 조기성, 〈국제법〉
5. 석오 이 동녕 선생 선양회 편〈독립 운동가 석오 이 동녕 선생님을 알립시다.〉
6. 석오 이 동녕 기념관 관리팀 (담당 정 세빈)자료 제공

백경자 편

▶ 한국 최초의 여성 의병장 윤 희순 열사
▶ 댕기머리소녀 이 광춘 선생

윤 희순 열사

윤 희순 열사(1860. 6. 25(음)~1935. 8. 1(양))

한국의 독립운동가로 한국 최초의 여성 의병지도자.
시아버지 유 홍석(柳弘錫)의 영향으로 의병운동에 뜻을 두게 된 윤 희순 열사. 일본이 1895
년 명성황후를 시해하고 1896년 단발령을 발표할 무렵 '안사람 의병가'등 여러 노래를 지어
항일의식을 불러일으켰고, 여성들도 구국 활동의 중심이 되어야 한다고 촉구하였다. 1907년
일제가 고종황제를 폐위시키고 대한제국 군대를 해산하자 군자금을 모아 놋쇠와 구리를 구입
탄환, 유황 등으로 화승총에 쓸 화약을 직접 제작·공급하는 탄약제조소를 운영했다. 또한 여자
의병을 모집하여 의병훈련에 참여하고 남자의병들의 뒷바라지를 했다.

"애국하는 데 남녀 구별이 없고 여성도 의병운동을 할 수 있다"

-안사람 의병단을 조직하면서

한국 최초의 여성 의병장 윤 희순 열사

백경자

우리나라가 일제 강점기로부터 국권을 회복할 수 있었던 것은 수 많은 충렬들의 노력과 희생이 있었기에 가능했다. 그 중에는 여성독 립 운동가들도 많이 존재하고 있었다. 그 사실을 알고 있는 사람은 얼마나 될까?

우리는 학교 수업을 통해서 많은 애국의사, 열사, 지사들에 대해서 배웠다. 하지만 유관순열사를 제외하고는 대다수가 남성들이었다. 그런데 남성들 못지않게 나라를 위해서 큰일을 한 여성 독립 운동가 들이 헤아릴 수 없이 많았다. 그 당시에는 여성이란 이유로 남성들이 갖는 자유와 권한을 받지 못하던 시대였다. 그런 시대에 "나라를 구 하는 데는 남녀의 구별이 없다"며 폐쇄된 양반가정에서 지내왔던 여 성들을 일깨워가며 평생을 독립운동에 바친 여성이 있다. 그가 바로 한국 최초의 여성의병장 윤희순이다.

윤희순(尹熙順, 1860~1935)은 1860년 경기도 양주군 구지면(현 구리 시)에서 본관이 해주인 윤익상과 평해 황씨의 큰 딸로 태어났다. 해 주 윤씨 집안의 시조였던 윤재는 고려 후기 판사재감사를 역임했고, 조부 윤기성은 황해도지사를 지냈을 정도로 사회적으로 명망이 있는 집안이었다. 이와 같은 집안에서 태어난 윤희순은 성장하는 과정에 품성이 명민하고 언행이 활달하고, 씩씩하였으며 효성이 지극하여 주위의 칭송이 자자하였다.

윤희순이 16세가 되던 1876년 춘천 의병장인 외당 유홍석의 장남이며 팔도창의대장 의암 유인석 조카 유제원과 결혼하고, 슬하에 두 아들(유돈상, 유민상)을 두었다. 그녀는 사회적으로나 학문적으로 명망 있던 춘천 유씨 가문으로 시집을 간 후에도 시부모님 공경과 효도, 동기간의 우애를 돈독히 지키면서 가통과 선비정신을 실천하였던 우리 여성사에 유례를 찾아보기 어려울 만큼 훌륭한 여성이었다.

윤희순이 35세 되던 1895년, 일본은 명성황후를 시해(을미사변)했다. 그 충격이 미처 가시기도 전에 강제로 단발령을 시행했다(1896년). 이런 연유가 조선인의 마음속에 누적된 반일감정을 폭발시키는 계기가 되어 전국 각지에서 의병이 일어났다.

춘천에서도 의병전투가 일어나 환갑을 바라보는 시아버지 유홍석이 참전하게 되자 그녀도 따라가겠다고 나섰다. 그러나 시아버지가 전쟁터는 여자가 갈 곳이 아니라면서 "조상을 잘 받들고, 자식을 올바르게 기르라"고 간곡하게 당부하면서 만류하는 바람에 집에 남게 되었다.

시아버지 유홍석이 출정한 후, 윤희순은 산위로 올라가서 단을 쌓고 삼경이 되면 목욕재계하고 정화수를 떠놓고 시아버지가 전쟁에서 이기게 해 달라고 하루도 거르지 않고 300일 동안 부처님께 기도하였다. 또한 굶주린 의병들에게 곡식을 몽땅 털어 밥을 해먹이고 옷가지를 손질해주고, 안사람들에게는 의병을 적극적으로 돕자는 가사를 지어 노래를 부르도록 하는 등 독특한 방식으로 의병전투에 동참해 나갔다.

나아가서 왜병대장에게는 '왜놈 대장보거라' '오랑캐들아 경고한다' 등의 포고문을 보내고, 왜놈들의 앞잡이들에게는 경고문을 띄워 질책하는 반면 의병들에게는 '병정노래' '의병군가1' 의병활동의 체험을 토로한 '신세타령' 등의 가사로 사기를 진작시켰다.

얼마 후 무사히 돌아온 시부께서 "내가 살아온 것은 며느리의 불공덕인가 하오" 라고 고마워했다 하니 그녀가 어떤 며느리이었는지 충분히 알고도 남음이 있다. 윤희순은 무고하게 귀가한 시부에게 전쟁에 나가 싸우는 것만 애국의 길이 아니라 여자라도 해야 할일이 있다고 자기의 의사를 분명히 알린 철학이 깊은 여성이었다.

1905년 11월 17일 일제는 을사조약(乙巳條約, 제2차 한일협약)을 강제로 체결됐다. 이에 고종황제는 헤이그 만국평화회담에 밀사를 보내 을사조약의 진실을 전 세계에 알리려고 했다 그러나 일본과 영국의 방해로 실패로 돌아갔다. 나아가서 일제는 밀사파견을 트집 잡아 1907년 고종황제를 강제로 퇴위시켰다. 이어서 일제는 한국 군대마저 해산시켜버렸다. 그러자 각지에 흩어진 해산군에 의해서 정미의병이 봉기하기 시작했다.

윤희순의 시아버지 유홍석도 다시 동지들을 규합하여 의병을 일으켰다. 의기청년 600명과 여성, 노소들이 여우내 골에 모여 군사훈련을 다시 실시한 후, 가평 주길리 전투에 나가게 되었다. 이때 동네 아낙네들은 의병들의 식사를 준비해서 나르고, 옷가지를 세탁하고, 부상자나 환자를 간호했다.

한편 윤희순도 "애국하는 데 남녀 구별이 없고 여성도 의병운동을 할 수 있다"며 안사람 의병단을 조직했다. 유교사회에서 여성의 의

병항쟁 참여는 이례적인 사례였다. 윤희순 그녀 자신을 비롯해서 의암 유인석의 부인, 최골댁 등 30여명의 여성들이 자발적으로 참여해 여우내 골짜기에서 훈련을 했다. 47세의 매서운 눈빛 아줌마 윤희순 투사의 지휘아래 덤불사이에 숨어 있다가 일본군이 지나가는 것을 가상해서 찌르기 연습을 하는 등 실전훈련을 게을리 하지 않았다. 이와 같이 여자의병들은 의병의 뒷바라지를 하면서 남자 의병들과 함께 투쟁할 힘을 기르고자 고된 훈련도 마다하지 않았다. 또한 남장을 하고 정보수집에 앞장서는 한편, 의병자금과 탄약, 군량 등이 부족하자 향민으로부터 군자금을 모금해 여의내골 주산에서 놋쇠와 구리를 구입하고, 소변, 쇠똥, 찰흙 등으로 무기와 화성총에 쏠 화약을 직접 제작, 공급하는 탄환제조소를 운영하면서, 8편의 의병가를 지어 의병들의 사기를 드높였다.

또한 "너희 놈들이 우리나라가 욕심이 나면 그냥 와서 구경하고 갈 것이지, 우리가 너희 놈들에게 무엇을 잘못하였느냐, 우리나라 사람을 이용하여 나라 임금님을 괴롭히고 우리나라를 너희 놈들이 무슨 일로 통치를 한단 말이야, 우리조선의 안사람들도 가만히 보고만 있을 줄 아느냐, 우리 안사람들도 의병을 할 것이다." 라고 외치면서 '안사람의 의병가' '병장의 노래' '의병군가' '방어장' 등 수십 수의 의병가를 지어 의병대 사기를 돋우는 한편 관군과 일본군의 앞잡이 노릇을 하던 밀고자들을 경고문을 보내 꾸짖어 그들의 간담을 서늘케 만들면서 후방에서 춘천 의병전투를 힘껏 도왔다. 이와 같이 나라를 구하기 위한 여자 의병들의 애국심은 남자들 못지않았다.

1910년, 시아버지 유홍석이 주길리 전투에서 부상을 당하여 제천 장담리 유중교의 집에 머물면서 의병 재조직을 계획하던 중이었다.

그러던 중 같은 해 8월 29일 경술국치(일제에 국권을 빼앗긴 날)을 맞게 되었다. 크게 낙담한 유홍석은 왜적의 통치를 받을 수 없다고 자결할 결심을 굳혔다. 그러나 주위에서 요동으로 건너가 후일을 기약하자는 간곡한 권유를 받아들여 만주로 떠나고 가족들도 가산을 정리한 후에 떠나기로 하였다.

시아버지가 떠난 이튿날이었다. 별안간 집에 들이닥친 왜경들에게 윤희순과 아들이 잡히고 말았다. 왜경들은 윤희순에게 시아버지 유홍석이 간 곳을 대라고 협박했다. 그러자 그녀는 눈을 부릅뜨고 "나라와 겨레의 광복을 위하여 투쟁하시는 아버님의 가신 곳을 설혹 안다고 하더라도 원수인 네 놈들에게 말할 수 없다"고 호통을 쳤다. 그러자 왜경들이 어린 아들을 때리면서 죽인다고 협박했다. 그래도 그녀는 "자식을 죽이고 내가 죽을지언정 큰일을 하시는 시아버지와 남편을 죽게 알려줄 줄 아느냐?"며 "만 번을 죽는 한이 있어도 말해줄 수 없다"고 호통을 쳤다. 왜경들은 이와 같은 그녀의 의기에 눌리고 감화되어 그대로 돌아갔다. 그 길로 온 가족이 요동으로 건너갔다. 이와 같은 윤투사의 용기와 충절은 우리의 가슴속에 깊이 새겨야 할 정신이라 믿는다.

윤희순의 가족 모두가 중국으로 떠나야 한 이유는 한일합방 후 더욱 악랄해진 일제의 간섭을 피해 해외에서 본토의 의병활동을 돕기 위한 하나의 묘책이기도 했다.

1911년 중국 신빈현(新賓縣)으로 망명했던 그녀와 가족들은 환인현(桓仁縣)으로 자리를 옮긴 뒤 황무지를 개척 벼농사를 지어 군자금을 만드는데 주력했다. 1912년에는 항일 인재를 양성하기 위해 동창학교 분교인 '노학당(老學堂)'을 세우고 교장을 맡았다. 노학당의 창립 목적은 "문화지식이 있는 애국정신으로 국권회복을 위해 목숨 바쳐 싸울 수 있는 항일인재의 양성"이었다. 그 정신을 '항일, 애국, 분발, 향상'으로 축약했다. 이곳에서 독립운동의 핵심인물로 활약한 김경도 및 박종수를 비롯하여 50여명의 항일 운동가를 길러냈다. 윤희순은 탁월한 연설실력으로 반일교육을 전개해 나갔는데 그때 학생들은 그녀를 연설 잘하는 '윤교장'이라 불렀다 하니 그녀의 또 다른 뛰어난 재능을 감히 짐작하고도 남는다. 이와 같이 험난한 항일운동을 전개하는 과정에서 시아버지가 사망(1913년)하고, 1915년에는 남편마저 왜경에게 잡혀 심한 고초 끝에 세상을 뜨는 비운을 당하였다. 남편 유제원과 재종 시숙이자 그녀의 버팀목인 유인석 의병장도 타계해 절망감이 앞섰으나 그녀는 더욱 강해져갔다.

윤희순은 정신적 지주였던 시아버지와 남편을 떠나보내고 중국인과 한국인에게 항일 애국노래를 가르쳤다. 그러다가 일제의 탄압으로 노학당이 폐교되고 말았다. 그러자 그녀는 애국계몽운동에서 무장투쟁운동으로 방향을 선회했다. 그 투쟁을 현실화시키기 위해 새로운 곳 탄광촌인 무순(撫順) 시 포가둔으로 이주했다. 여기서 윤희순은 중국인들에게 항일투쟁을 연대하자고 꾸준히 설득했다. 그녀의 제안으로 실제로 항일운동에 가담한 중국인들이 상당수에 달했다.

1920년 만주에서 김좌진.홍범도 장군에게 대패한 일본이 간도의 조선인를 무차별 살상하는 간도참변이 일어났다. 이때 윤희순은 위축된 독립운동을 되살리기 위해 아들들과 함께 한.중 애국지사 180명을 찾아다니며 규합운동을 벌인 끝에 '조선독립단'을 설립했다.

독립단의 단장은 윤희순, 유돈상, 음성국(유돈상의 장인) 등이었다. 이 조선독립단에는 그녀의 가족, 친척이 모두 참여했다. 당시 주위사람들은 이 부대를 '윤희순 가족부대'라고 불렀을 정도이다. 20여 명의 친인척들로 구성된 단원들에게 윤희순은 "남을 가르치려면 내가 먼저 실력이 있어야 하고 내 집안부터 실행해야 한다"고 했다. 그리고 그녀의 항일의식을 통신 연락임무, 모금활동, 정보수집, 군사훈련 등으로 몸소 실천했다. 이 부대는 낮에는 농사를 짓고 밤에는 사격연습을 하며 게릴라활동을 펼치는 투쟁 패밀리부대로 발전해 나갔다.

1932년 9월 15일, 조선독립단은 조선혁명군과 연합작전으로 무순을 지나는 일본군 철도 운수선을 습격했다. 그러나 이 작전은 실패하고 말았다. 그 이튿날 일제는 3천명이 넘는 조선인과 중국인을 대량 학살했다. 윤희순은 눈물을 머금고 봉성현 석성으로 주소를 옮겨야 했다.

석성에서 둘째 손주를 보았으나 기쁨도 잠시뿐이었다. 1934년 첩첩산중에 일본군이 들이닥쳤다. 그리고 집을 모두 불질러버렸다. 이 불길 속에서 그녀는 큰 아들 돈상의 갓난아이 연익과 둘째아들 교상의 딸 영희를 구했다.

이듬해 6월 13일 큰 아들 유돈상이 처갓집에 머물러 있다가 일본 경찰에 체포됐다. 무순감옥에서 한 달간 고문에 시달리던 아들은 7월 19일 숨을 거두었다. 형체를 알아보기 어려울 정도로 칼에 찔린 시신은 감옥 밖으로 내던져있었다. 그 시신 앞에서 윤희순과 며느리는 하늘을 원망하며 울부짖었다. 절망을 견디지 못한 며느리도 남편을 따라 세상을 떠나고 말았다.

윤희순은 아들과 며느리의 죽음 앞에 말을 잃고 곡기를 끊었다. 그리고 아들이 숨진 지 11일 되던 날 침묵으로 한 자 한 자 써오던 〈해주 윤씨 일성록〉을 내 놓고 한 많고 위대한 생을 마감했다. 그 〈일성록〉에는 후손들에게 독립정신은 후대에도 이어가야 한다는 조국독립, 조국사랑의 염원이 담겨있었다.

이렇게 수많은 독립 운동가들은 국내, 외에서 일신의 안녕보다 나라의 독립을 염원했다. 명성황후 시해, 단발령 포고를 계기로 을미의병, 정미의병, 독립운동으로 이어지는 이 과정은 성별과 나이를 뛰어넘는 저항의 외침이었다. 그 과정에서 여성도 예외는 아니었다. 여권이 없던 그 시대에 여성들을 깨우치고, 훈련시켜 총이나 칼로 무장 일제에 맞서 싸울 수 있게 가르친 윤희순 열사!

16세에 시집와서 50여 년간을 항일과 독립운동에 물불을 가리지 않았던 그녀, 그러나 처참하게 죽은 아들의 죽음 앞에서 그 큰 용기가 무기력하게 무너져 내려버린 것일까? 윤희순은 조선의 독립을 보지 못한 채 76세의 나이로 숨을 거두고 말았다.

그녀의 시신은 만주 해성현 묘관둔 북산에 묻혔다가 1994년 10월 20일 정부의 후원과 친손자인 유연익의 노력으로 유해가 송환되고, 춘천시 남면 관천리 선영에 반장(返葬, 남편 유제원과 합장) 되었다.

3대에 걸쳐서 여성들과 청년들에게 항일의식을 고취시킨 윤희순 열사. 강원여성으로서 우리나라 최초의 여자 의병단체를 설립해 항일 의병활동을 전개했던 그녀는 사후에도 독립운동에 커다란 본보기로 남기고 떠났다. 그 시대 그녀의 항일 의병투쟁활동은 한국근래 여성운동으로 확고한 의지와 더불어 과거를 돌아보고, 미래를 예측할 수 있는 통찰력 있는 역사의식과 미래관을 확대시켜 역량적 기초의 틀을 마련하는데 지대한 공헌을 했다고 말할 수 있다.

윤희순 투사의 의병활동은 춘천지역 항일투쟁을 거쳐서 3.1 운동으로 끊임없이 이어지는 한민족의 독립운동으로 펼쳐나갔다. 그녀는 강원의 독립운동가로서 나라사랑실천에 지혜로운 여성이었다.

　윤희순이 최초에 구성한 안사람 의병단은 대부분 화서학파 유생 부인들이었다. 그녀는 여성도 배우면 선비가 되고, 선비가 되면 국가와 민족을 위해서 헌신해야 한다는 화서의 교육 이념을 본받아 어떤 처지와 조건 속에서도 민족정신으로 나라 사랑을 위해서 헌신하고, 지혜를 모아 애국 애족 실천운동을 장려하곤 했다. 또한 그녀는 우물물을 길러 온 동네 아낙네들을 붙잡고 나라사랑을 외쳤으며 "아무리 여자인들 나라사랑 모를쏘냐, 아무리 남녀가 유별한들 나라 없이 무슨 소용 있나, 우리 의병 도와서 우리나라 성공하면 우리나라 만세로다, 우리 안사람 만만세로다." 라고 한 사람 한사람씩 설득해서 의병운동에 참여시켰다.

　시아버지, 남편과 자신, 아들까지 3대에 걸쳐서 의병활동에 뒷바라지를 했던 윤희순, 해외에서 25년 동안 목숨을 바쳐 줄기차게 활약했던 여성 항일 독립운동가 윤희순 열사! 그녀의 업적과 정신은 자손만대에 길이길이 이어져야 할 것이다.

　1990년 정부는 그녀에게 건국훈장 애족장을 추서했고, 1982년 11월 9일 강원대학교는 〈해주윤씨의적비〉를 항골 마을에 건립하였다. 아마도 그녀의 영혼이 꿈에도 그리던 조국 땅에 묻힘을 얼마나 오랜 세월 기다렸을까 하는 여운을 남긴다. 그 시대에 그녀의 업적이 현대를 사는 여성들에게 용기와 지혜의 틀을 만들었음을 가슴깊이 새겨보는 시간을 가질 수 있음에 감사한다.

이 광춘 선생

박기옥과 이광춘(오른쪽)

이 광춘 선생(1914~2010. 4. 12)

열여섯 꽃다운 나이로 일본 중학생들에게 희롱 당하고, 항일 운동을 했던 광주여고보 학생.
광주학생독립운동은 1929년 10월 30일 일본인 중학생이 당시 광주여고보에 재학 중이던 이
광춘과 박기옥을 희롱하는 사건을 시작으로, 1929년 11월 3일 광주고보와 광주농업학교 학
생들을 중심으로 전개된 시위운동이다.이 광춘은 비밀 항일조직인 소녀회와 회원으로 1930년
1월 13일 백지동맹을 주도하다 퇴학처분을 받고 일경에 피체되어 가혹한 고문을 받았다.

"어저께 헌 약속 어떻게 된 거냐? 친구들은 감옥에 있는 디 우리만 시험
을 볼 것이냐?"

- 동료학생들에게 일제에 백지동맹으로 항거할 것을 재촉하면서

댕기머리소녀 이 광춘 선생

백 경자

광주학생운동의 발단

주지하는 바와 같이 일제강점기 때 한국인들의 생활은 말로표현하기 어려울 정도였다. 일본 사람들이 토지를 다 늑탈해 한국 사람들은 소작인으로 전락 근근이 입에 풀칠할 정도였다. 가난이 죄라고 도적으로 몰려 억울하게 옥살이를 하는 경우도 많았다. 사정이 이렇다보니 아무리 수재라도 공부할 엄두를 내기가 힘들었다.

반면 일본 사람들은 못사는 사람이 없었다. 나주 본정통만 해도 모두 일본인들이 차지했고 한국 사람들은 그들 밑에 가서 얻어먹는 신세가 돼 버렸다. 이런 착취를 당하면서도 한국 사람들은 나라의 장래를 위해 자녀들을 어떻게든지 공부시키려고 노력했다. 이는 3·1운동이 좌절되자 민족 실력배양운동은 반(反) 일제, 즉 일제로부터 독립하는 길은 '아는 것이 힘이다'라는 방향으로의 목표를 설정했기 때문이었다. 이와 같은 부모들의 기대에 부응하듯 자녀들은 놀라운 향학열과 단단한 민족의식으로 무장해나갔다.

1920년대 나주와 광주, 목포를 왕래하던 통학열차는 네 칸짜리였다. 첫 칸은 여학생들, 둘째 칸은 일본인 남학생, 셋째 칸은 한국인 남학생, 넷째 칸은 일반들이 탑승했다.

이 열차로 통학하는 한국학생들과 일본학생들 사이에는 보이지 않는 암투가 동승하고 있었다. 그 원인제공은 두말할 필요 없이 일본학생들이 제공했다. 그들은 열차 안에서 종종 한국여학생들의 댕기머리를 당기고 일부러 몸을 부딪치면서 희롱하곤 했다. 그래서 때로는 한국 남학생들과 싸움이 벌어지기도 했지만 그런 대로 큰 마찰 없이 지냈다.

당시 그 열차로 통학하던 한국 학생들은 광주고등보통학교(이하 광고보)를 비롯한 각 중등학교에서 항일정신으로 표출됐던 치열한 동맹휴학[1]의 의미를 잘 파악하고 있었다. 특히 이들 중 3분의 1이 비밀 항일조직인 '독서회'[2] 또는 '소녀회'[3] 회원이어서 일본 학생들의 멸시와 도전을 과감하게 차단할 수 있었다. 이와 같은 분위기 때문에

---

1) 동맹휴학: 1927년과 1928년에 접어들어 학생들의 항일의식은 동맹휴교로 더욱 성숙해 갔다. 1927년 2월 5일 밤, 도서실에서 공부하던 광주사범학교 학생 윤형남(尹亨南)을 일본인 체육 교사가 지나치게 모욕적인 언사로 단속했다. 이에 반발한 광주사범학교 기숙사생 150명이 "조선인 본위의 교육을 실시하라!", "노예교육을 철폐하라!" 등의 구호를 외치며 시위를 벌였다.
같은 해 5월 하순, 광주고등보통학교 2·3학년생들이 '한·일학생교육제도와 시설의 차이'를 지적하며 동맹휴교에 들어갔다. 그런데 광주고등보통학교의 본격적인 항일동맹휴교운동은 1928년 6월의 이경채 사건에서 비롯되었다. 이경채는 광주와 송정리 등에서 발생한 불온문서사건에 관련되어 구속되고, 퇴학당했다. 이에 광주고등보통학교 학생들은 이경채 권고퇴학의 이유를 밝히라며 전교생이 동맹휴교에 돌입하였다. 이어 광주농업학교에서도 비슷한 요구 조건으로 동맹 휴교에 돌입하였다.
이렇게 광주학생들의 동맹휴교가 확대되자, 학부형·동창회 및 재동경 광주고등보통학교의 졸업생까지 개입한 동맹휴교중앙본부가 발족되었다. 동맹휴교중앙본부가 설치되자 동맹휴교는 학교 내부 및 광주지방의 차별교육 문제에서 탈피하여 식민지교육체제와 통치기구에 대한 항쟁으로 성격이 변화, 발전하였다.

2) 독서회: 일반적인 의미로는 독서를 통해 교양을 넓히고 독서 인구를 확장하려는 동호인단체를 말한다. 그러나 1929년 전라남도 광주에서 조직된 이 독서회는 일제의 감시를 피하면서 항일적인 저항을 목적으로 성진회의 활동을 계승, 확대 개편한 항일학생운동단체를 말한다.

3) 소녀회: 1928년 11월 초, 광주학생독립운동 주동자인 장재성의 여동생 정매성과 같은 학교인 광주여자고등보통학교 박옥련, 고순례, 장경례 등이 일제의 눈을 피해 광주사범학교 뒷산에서 조직된 비밀결사단체였다. 목표는 남성의 압박에서 여성을 해방시키고, 특히 일본제국주의의 압박에서 조선민족을 해방시키는데 그 목표를 두었다. 1930년 1월 13일 백지시험동맹을 통해 일제교육에 대한 반대의사를 분명하게 밝힌 이광춘도 이 단체의 멤버이다.

이 통학열차는 언제 폭발할지 모르는 움직이는 화약고로 인식될 정도였다.

1029년 10월 30일 오후, 광주를 출발한 통학열차가 나주역에 도착하자 광주여자고등보통학교(이하 광주여고보) 3년생인 이광춘, 박기옥, 이와기 긴꼬(岩城錦子) 등이 서둘러 역사를 빠져나가려했다. 그때 일본인 학교인 광주중학생 3학년 후꾸다(福田), 스에요시, 다나까 등이 출구를 가로막고 여학생들의 머리댕기를 잡아당기며 희롱을 했다. 마침 이 광경을 목격한 박기옥의 사촌동생 박준채가 분노하여 후꾸다한테 다가가서 "너는 명색이 중학생인 녀석이 야비하게 여학생을 희롱 하냐? 당장 사과해라."고 항의했다. 그러자 후쿠다가 "뭐라고 센진노 구세니(조센진 주제에)…."라면서 박준채의 충고를 무시했다. 이에 박준채는 분을 참지 못하고 그 녀석의 면상을 후려갈기면서 두 사람의 몸싸움이 붙었다. 이때 순찰 중이던 일본이 순사 모리다가 달려와 불문곡직하고 박준채의 따귀를 때리면서 일방적으로 후쿠다 편을 들었다. 이를 보고 있던 한국 학생들이 "왜? 경위도 안 물어보고 한국학생만 때리냐? 그리고 왜 일본학생편만 드느냐?"며 따지다가 역사를 빠져나가 도망치는 일본학생들을 쫓아가 패싸움을 벌였다. 즉시 달려온 경찰들이 양측을 떼어놓으면서 싸움은 더 이상 커지지는 않았지만 소문은 삽시간에 퍼져나갔다.

다음 날인 10월 31일, 하교열차에서 박준채는 후쿠다를 찾아가 사과를 요구했다. 그러자 후쿠다가 다짜고짜로 박준채의 뺨을 때렸다. 또다시 두 사람의 몸싸움이 벌어진 것이다. 싸움이 한창 무르익어갈 무렵 차장이 달려와 두 학생을 차장실로 끌고 가 통학권을 압수했다. 이때 일반인 칸에 타고 있던 광주일보 일본인 기자와 일본 사람들이 입을 모아 무조건 박준채가 잘못했다고 비난했다. 박준채는 나라를 빼앗긴 설움으로 입술을 질끈 깨물었다.

11월 1일인 다음 날, 박준채는 나주역에서 통학권을 찾아 등교했다. 그리고 교감에게 불려가 "이번 싸움은 민족감정의 충돌이어서 중대한 문제를 야기할 수 있으니 신중히 사태를 수습하라."는 당부를 받았다.

같은 날 오후, 광주역에서 통학열차가 출발하려 할 때였다. 무기를 든 일본학생들과 한국학생들이 대치했다. 이 사실이 학교에 알려지자 교사들과 경찰이 달려와 학생들을 제지시켰다. 그러나 이틀 후인 11월 3일부터 이 사건은 대대적인 항일학생운동으로 발전해 나갔다.

1929년 10월 30일 일명 댕기머리 사건 이후 광주학생들의 대일 항쟁의식이 급속도로 고조되어간 것이다. 이 항쟁의식은 '독서회중앙본부'[4]의 적극적인 활동으로 하나로 뭉쳐져 대항일 학생운동으로 발전되어갔다.

가두투쟁으로 분출된 학생들의 항일투쟁

11월 3일, 이날은 일본인들에겐 4대절의 하나인 명치절(일본의 근대화를 시작한 명치천황의 생일)이었다. 전라남도는 천황 생일기념식과 함께 누에고치 6만 섬 생산 잔치를 벌이기로 했다. 이 잔치에 참석하

---

4) 독서회중앙본부: 1929년 동경에서 돌아온 장재성의 주창으로 각 학교 대표들이 모여 조직한 비밀결사단체. 독서회중앙본부는 그 하부조직으로 각 학교마다 독서회를 설치하고 1929년 7월 비밀결사 조직을 협의했다.

기 위해 농촌에서 올라온 농부들로 거리는 매우 붐볐다.

한편 우리 민족에겐 음력 10월 3일 개천절(당시에는 음력으로 기념했음)이었고, 광주학생들의 독서회원들에게는 독서회 전신인 성진회(醒進會)[5] 창립 3주년이 되는 날이었다. 이렇게 한일기념일이 겹친 일요일에 일제는 학생들에게 명치절 행사에 참석하고 신사에 참배 할 것을 강요했다. 그러나 학생들은 기념식에서 기미가요(일본 애국가)를 부를 때 침묵으로 저항했고, 신사참배도 거부했다. 그 대신 10월 30일 사건을 편향 보도한 광주일보를 공격 윤전기에 모래를 뿌리는 등 지금까지의 소극적인 투쟁에서 벗어나 적극적인 실력행사에 돌입하기 시작했다.

한편 이날 오전 11시경, 신사참배를 하고 돌아오던 일본인 중학생 16명과 광주고등보통학교(이하 광고보)의 최쌍현(崔雙鉉) 등이 우편국 앞에서 충돌했다. 이 싸움에서 최쌍현이 광주중학교(일본인학교) 학생의 단도에 찔려 코와 안면에 부상을 당했다. 이 소식을 전해들은 주변의 광고보 학생들은 도주하는 일본학생들을 쫓아가 무작위로 구타하자 견디지 못한 그들은 다시 광주역쪽으로 도망하였다. 그러나 광고보 학생들은 포기하지 않았다. 도망가는 그들을 계속 추격해 두드려 팼다. 이 광경을 순시하다가 발견한 광주경찰서원들과 교사들이 제지했다. 하지만 광주고보 학생들은 이들의 만류를 뿌리치고 역 구내로 도망친 광주중학 학생들을 개찰구까지 뛰어넘어가 닥치는 대로 때려눕혔다.

---

5) 성진회: 1926년 11월 3일 광주고등보통학교 학생 왕재일과 장재성이 조직한 비밀결사단체이다. 그런데 두 학생이 졸업하고 난 뒤 회원 한 명이 형사와 인척관계란 것이 밝혀져 해산했다. 후에 독서회로 개편 확장한 항일학생운동 단체.

이 같은 급보를 전해들은 광주중학 기숙사생 백 수십 명이 유도교사의 인솔아래 '광고보생타도'를 외치면서 충돌 현장으로 달려왔다. 그들은 야구방망이, 죽창, 목도(木刀)와 단도 등으로 무장하고 달려와 한국학생들을 공격했다. 이때 기숙사와 시내에 있던 광고보 학생들과 광주농업학교 학생들이 급보를 받고 광주역 앞으로 몰려왔다. 이들 양국 학생들은 중학교에서 시내로 들어오는 성저리 십자로 부근의 작은 흙다리를 사이에 두고 대치하였다. 그러다가 경찰과 선생들의 교섭으로 일단은 동시 퇴각했다. 이 가두투쟁으로 광주중학교 측 16명, 광고보 측 10명의 부상자가 발생했다.

광고보 학생들은 학교로 돌아와 집회를 열고 가두시위투쟁을 결행하기로 의결했다. 그런 다음 오후 1시경, 300여명의 학생들이 목봉과 검도도구, 괭이자루, (나무)장작 등으로 무장하고 대오를 정비하고 교문을 박차고 나섰다. 추진력이 강한 김향남·김보섭·김상섭(金相燮)·강윤석·김무삼(金戊三) 등이 선두에 섰다. 그 뒤를 따라 광고보 학생들과 광주농업학교 학생들이 '조선독립만세'를 외치고 운동가를 고창하며 행진해 나갔다.

가두행동대가 충장로와 우체국을 거쳐 도청 옆의 상품진열관부근에 이르렀을 때, 광주사범학교 학생 100여 명과 명치절기념식을 마치고 돌아가던 광주여고보 학생들이 행동대에 합류했다. 이렇게 숫자가 불어난 행동대는 도립병원 앞으로 나와 다시 일본인학교인 광주중학교 습격을 시도했다. 그러나 경찰과 소방대 등의 완강한 방어에 부딪히게 되었다. 그러나 광고보 학생행동대는 시위를 멈추지 않았다. '조선 독립만세', '식민지노예교육철폐', '일제타도' 등의 구호를 외치며 일전불사의 기세로 시위를 전개해 나갔다.

이광춘 선생을 비롯하여 소녀회 회원들도 대열에 합류해 한 마음 한 뜻으로 남학생들과 행동을 함께했다. 그런 한편으로 치마에 돌을 담아 날라다주고, 물을 떠다주고, 붕대로 상처를 치료, 감아주면서 사기를 북돋아주었다. 또한 일경들이 시위학생들을 붙잡기 위해 분 필로 학생들의 등에 동그라미를 그려 표시해두면 재빨리 그 표시를 물수건으로 닦아내는 작업도 감당했다. 연도에선 군중들이 이들의 결연한 항쟁을 적극 지지, 성원을 아끼지 않았다. 반면, 일본상인들 은 폐점상태에 들어갔다. 행동대는 가두에서 강력한 제지와 해산명 령 등을 아랑곳하지 않고 금동을 지나 광주고등보통학교로 돌아왔 다.

그날 시위를 마친 광주농업학교·광주사범학교 학생들은 교문에서 해산했다. 그러나 광고보 학생들은 강당에 집결하여 '부상자 문제'와 '금후의 연락방법' 등을 결의한 다음에 대오를 지어 귀가하였다.

이날 광주역시위에서 일본인 순사와 역원이 박상기와 최상을 등 30여명에게 두드려 맞았고, 광주중학생 12명이 부상을 당했다. 투 쟁 분위기가 어느 정도인가를 짐작하게 하는 대목이다.

1929년 11월 3일, 전개된 광주학생의 제1차 가두투쟁은, 오전의 투쟁이 부분적 투쟁이라면 오후의 투쟁은 전체적인 투쟁이라 할 수 있다. 오후의 투쟁은 동맹휴교투쟁에서 실력투쟁을 거쳐 집단적 가 두투쟁의 단계로 발전시킨 광주학생들의 새로운 대일항쟁의 장이 벌어진 것이다. 이를 기점으로 항일학생운동은 중대국면으로 접어 들어 갔다.

민족독립운동으로 조직 전국화

도당국은 11월 3일 밤, 광주중학교와 광고보에 3일간 임시휴교를 명령하고 학부형과 학생들에게 다각적인 선무책을 강구하도록 했으나 실효가 없었다. 그러자 도당국은 3일간의 휴교를 더 연장하고 11월 11일부터 수업을 재개하기로 하면서 일면탄압·일면선무의 양면책 등 강경책을 썼다.

한편, 일제는 11월 3일 가두투쟁에서 39명의 광고보 학생들과 1명의 광주농업학교 학생을 구속했다. 일제의 이러한 탄압은 항일학생들의 항쟁심을 꺾기보다는 오히려 학생들이 보다 발전된 차원의 대일항쟁을 전개할 수 있도록 만들었다.

실제로 광주의 학생 가두투쟁을 민족독립운동의 차원으로 확대하기 위하여 신간회지부·청년단체·사회단체가 혼연일체가 되어 광주투쟁의 전국화에 힘썼다. 따라서 학생들은 이러한 민족적 요청을 전위적으로 제고시켜 나가는 행동력을 담당했다.

11월 3일 사태 이후 광주 청년계에 영향력을 가졌던 장석천(張錫天)·장재성·강석원(姜錫元) 등은 시내 금동에 '학생투쟁지도본부'를 설치하고 광주 학생투쟁을 항일민족운동의 전국화라는 방향으로 확대, 발전시키기 위해 각기 지도업무를 분담하였다.

이때부터 광주학생운동은 학생이 항일선도세력으로서의 기능을 담당해 나가고, 민족 각 계층의 광범위한 참여로 공동투쟁의 단계에 돌입하였던 것이다. 이와 같은 계획으로 11월 12일 오전 10시를 기해 제2차 시위는 조직적으로 과감하게 전개되었다.

치밀한 준비작업 끝에 격렬한 항일격문이 요소요소에 뿌려졌다. 광주고등보통학교 학생들은 우체국에서 대인동으로 진출하여 구호를 외치며 광주여고보와 광주사범학교의 참여를 촉구했다. 그러나 두 학교는 학교당국에 의해 감금상태에 있었기 때문에 참가할 수가 없었다. 그때 광주농업학교 학생들이 달려와 가세함으로써 시위항쟁은 최고조에 달하였다. 이때부터 경찰의 대대적인 탄압도 높아져 가두 행동대의 주류는 일제히 구속되어 도청 앞에 있는 무덕전(武德殿)에 수감되었다.

한편 광주농업학교는 조길룡이 12일 아침에 등교하여 격문을 뿌리자 3학년의 김남철·김현수 등의 주창으로 가두시위에 들어갔다. 학교장의 저지로 5학년을 제외한 전 학년의 한국인 학생 140여명이 궐기하여 경찰의 저지선을 돌파하고 격문을 뿌리면서 광주사범학교로 몰려가 광고보와 합류하였다.

광주여고보도 이날 광고보 학생들에게 호응하여 일제히 교문을 뛰쳐나가 합류하려 했다. 그러나 경찰과 교직원의 극력저지로 교정에서 머물다 다음날부터 동맹 휴교상태에 들어갔고, 광주사범학교측은 교사들의 극력제지로 시위운동이 좌절되었다.

12일, 당일 일제는 광주사범학교 앞에서 광고보 학생 190여명과 광주농업학교 학생 60여명을 검속했다. 검속한 학생들을 이날 검속된 학생과 11월 3일 직후 검속된 학생들은 성진회·독서회 그리고 광주학생관계 등으로 분류되어 공판에 회부되었다.

일제의 탄압으로 텅텅 비어 간 통학열차

12일 항쟁이후 일제는 광고보 학생 300여명을 무기정학 처분하고 임시휴교에 들어갔다. 광주농업학교에서도 항쟁에 참가한 학생 전원을 무기정학처분하고 임시휴학조처를 취했다. 광주여고보는 장경례·박봉순 등 17명을 무기정학에 처했다. 이에 학생들이 가혹한 탄압에 동맹휴교로 항거하자 학교당국은 임시휴교를 선언하고 주도 여학생 64명을 무기 정학처분 했다.

광주사범학교는 항일학생으로 주목된 37명을 일시 귀가시켰다가 1930년 3월 19일자로 1명을 추가 38명을 이른바 항일풍조의 예방을 위한다는 명목으로 퇴학시켜버렸다.

2차 가두투쟁은 1,000여 명의 광주 시내 중학교학생 대부분이 항쟁에 참여했다. 그런데 일제는 이 가운데 170여 명을 광주형무소에 투옥시켜 공판에 회부하였다. 광고보의 검속학생 총수는 12월 17일까지 247명이었다. 그 중 55명은 구속, 192명은 석방되었다.

이러한 상황 속에서 학부형들이 당국과 협의, '학생의 면학과 학부형의 보호감독 철저' 등을 요지로 하는 굴욕적인 서약서를 제출한 뒤에 겨우 12월 10일 개교할 수 있었다. 그러나 학생들의 저항은 다른 형태로 나타났다.

1930년 1월 9일 2학기의 시험이 시작되자 4학년 이하 학생들 모두가 백지동맹으로 항거하자 학교 측은 이에 맞서 선동자로 지목된 17명을 또 퇴학 처분하였다.

광주여고보는 이광춘이 광고보로부터 1930년 1월 10·11일 양일간 실시된 백지동맹에 참가요청을 받았다. 이광춘의 이 전갈을 받은 광주여고보 3학년 전 학생들은 1월 13일, 구속학생석방을 요구하며 '시험답안지에 한 자도 쓰지 말자.'고 백지시험동맹을 단행하기로 약속했다. 그러나 막상 시험이 시작되자 학생들은 일본인 선생 오오키의 눈치를 보면서 답안지를 작성해 나갔다, 맨 앞자리에서 이 광경을 목격한 이광춘이 벌떡 일어났다. 그리고 "어저께 헌 약속 어떻게 된 거냐? 친구들은 감옥에 있는 디 우리만 시험을 볼 것이냐?"고 소리치며 밖으로 나갔다. 그러자 선생의 눈치를 보던 학생들이 우르르 따라나섰다. 이 사건으로 일본경찰은 이광춘의 집을 가택수색하고 이광춘을 연행해갔다. 경찰은 15일 백지답안 제출자 244명에게 3일간 자택근신명령을 내렸고 2명은 퇴학처분을 시켰다. 아울러 10일 백지동맹 주동자 48명도 퇴학 처분하였다.

이처럼 탄압과 저항이 교차되고 있는 가운데, 19일에는 2학년 학생 중 퇴학·정학자들이 주동이 되어 2학년생 전체의 자퇴운동을 전개하려다 학교 당국에 포착되어 4명이 또 퇴학 처분되었다.

광주농업학교에서는 12월 17일까지 검거된 학생 80명을 석방했다가 다시 2명을 검속, 1월 19일에는 "독서회와 관련되어 있다."라는 명목으로 다시 16명을 검거하였다. 광주사범학교는 이미 38명이 퇴학 처분되고 24명이 구속되었다.

이런저런 사건들로 인해 대다수의 학생들이 구속되자 나주 광주 간 통학열차는 몇 명 안 되는 통학생들로 한산해졌다.

전국적으로 확대된 광주학생들의 항일의지

이와 같이 광주학생의 항일운동은 3·1운동 이후 최대의 민족항쟁이었다. 전기한바와 같이 광주학생들의 대일민족항쟁은 어떤 특정지역 학생이나 주민의 문제가 아니었다. 당시 우리민족의 당면과제였기 때문에 민족 각 계층의 성원과 지원이 가능했던 것이다.

그 결과 광주학생 항일의지의 불씨는 목포·나주·함평 등을 거쳐 서울 학생들의 궐기로 번져, 마침내 전국은 물론 해외까지 확대됐다. 이렇게 학생들은 최악의 조건들을 뚫고 지성의 결의와 행동력을 발휘함으로써 항일학생 사상 불멸의 기록을 남기게 된 것이다.

대한민국 국회는 1953년 10월 20일, 광주 학생항일운동을 기점으로, 항일학생운동의 정신을 기리고자 11월 3일 '학생의 날'로 제정했다. 그러나 1973년 3월 30일 '각종 기념일 등에 관한 규정'(대통령령 제6615호)을 공포하여 학생의 날을 폐지하였다. 1970년대 유신 체제하에서 학생들의 반독재 민주화운동이 거세졌기 때문이었다. 1980년대에 들어서 다시 학생의 날을 부활시키려는 노력이 이어져, 1985년 '각종 기념일 등에 관한 규정'을 개정하여 '학생의 날'은 문교부(지금의 교육부)가 주관하는 정부행사로 다시 인정되었다. 그리고 2006년 11월 국가기념일인 '학생독립운동기념일'로 제정했다.

열여섯 꽃다운 나이로 일본 놈들에게 희롱을 당하고, 광주여고보 학생들을 주도해 항일 운동하다가 피체되어 가혹한 고문을 받은 이광춘 선생, 그러나 굴하지 않고 1930년 1월 13일 백지시험동맹을 주도해 퇴학처분을 받고 일경에 수감되어 갖은 고초를 겪었던 이광춘 선생. 정부는 선생의 공적을 기리어 1996년 건국포장을 수여했다.

2010년 4월 12일 96세로 타계하기 전까지 자녀들에게 "일제의 민족차별에 맞서 불굴의 정신을 잃지 말라"고 가르친 이광춘 선생, 국립대전현충원에 잠들다.

손정숙 편

▶ '독립군의 어머니'라고 불린 남 자현(南慈賢) 지사

남 자현 지사

남자현 지사(1872. 12. 7~1933. 8. 22)

독립운동 세력의 분열 비판과 조선독립 소망을 전 세계에 알리기 위해 두 번이나 단지해 여자 안중근으로 불렸다. 또한 청산리 대첩 등 독립군 부상자들을 정성껏 치료하고 보살펴서 '만주 독립군의 어머니'로도 불렸다.

을미의병으로 남편을 잃고, 3.1 운동 이후 만주로 망명 독립운동을 지원했다. 1926년에 사이토 마코토 총독의 암살을 위해 서울에 잠입했으나 송학선 의사가 먼저 의거를 일으키는 바람에 경계가 강화되어 다시 만주로 돌아갔다. 1933년에는 주 만주국 일본대사 무토 노부요시의 암살을 기획 잠입했으나, 불심검문에 걸려 체포 수감되었다. 이후 옥중에서 단식투쟁을 벌이다가 병보석으로 석방된 이후 닷새 만에 사망하였다.

"200원은 조선이 독립되는 날 정부에 '독립 축하금'으로 바치고 남은 돈은 시련이와 재각이를 대학까지 공부시켜서 내 뜻을 알게 하라", "만일 너의 생전에 독립을 보지 못하면 너의 자손들에게 똑같은 유언을 하여 내가 남긴 돈을 독립 축하금으로 바치도록 하라."

- 임종직전에 행낭에서 249원 50전을 꺼내 가족들에게 남긴 유언

'독립군의 어머니'라고 불린 남 자현(南慈賢) 지사

손 정숙

〈1933년은 일제에 조국을 빼앗긴 지 23년이 되는 해이다. 이때 상해 대한민국임시정부는 의열단과 합동으로 일제에 노출되지 않은 청년 3명을 지목했다. 한국독립군 저격수 안옥윤, 신흥무관학교 출신 속사포, 폭탄 전문가 황덕삼, 임시정부 경무국장 염석진 등 3명이 바로 그들이었다.

이들에게 임시정부는 조선 주둔군 사령관 카와구치 마모루와 친일파 매국노 강인국을 암살하라는 임무를 부여했다. 그런데 문제가 발생했다. 알고 보니 염석진이 일본영사관에 정보를 팔아넘기는 밀정이었기 때문이다. 이 사실을 어느 정도 확신한 김구는 경무국 대원 명우와 세광에게 "염석진을 추적해서, 그가 상해 영사관의 사사키를 만나면 밀정이 확실하니 죽이라"고 명령했다.

반면 염석진은 태연하게 임시정부 사무실에서 암살 작전계획을 훔쳐 일본 측에 넘겼다. 또한 조선인 살인 청부업자 '영감'과 '하와이피스톨'에게 암살 요원들이 "일본군 쪽의 밀정"이라고 속인 뒤 3,000불로 청부살인을 의뢰했다. 의뢰를 마치고 나오던 길에 동행했던 사사키는 김구가 보낸 대원들에게 살해당하고 염석진은 그 자리에서 포위당했다. 그러나 대원들은 그동안 함께 일해 왔던 그를 차마 죽일 수가 없어서 망설이고 있었다. 이때를 틈타 염석진은 한때 자신을 극진하게 따랐던 대원 두 명을 모두 사살하고 현장에서 허겁지겁 도망쳤다. 이 사건으로 염석진은 한동안 충격에 빠져 아편굴로 도망 은신하다가 정신을 차리고 암살단의 뒤를 좇아 경성으로 갔다.

경성. 먼저 잠입한 안옥윤과 황덕삼은 작전을 계획대로 실시 해 나가고 있었다. 그런데 나중에 도착한 염석진이 일제에 거래를 통한 밀고로 암살계획이 사전에 누설되고 말았다.

결국 거사를 성공시키려는 애국 투사들과 거사를 방해하는 매국노 염석진과의 보이지 않는 갈등과 대립이 표면화되기 시작, 쌍방 간에 생사를 넘나드는 총격전이 벌어졌다.

이렇게 긴장감이 팽팽하게 도는 전투에서 무거운 장총을 가볍게 들고(?) 지붕 위를 날아다니다시피 하며 작전을 수행하는 안옥윤. 그녀에게 언젠가 하와이 피스톨이 "친일파 하나 죽인다고 독립이 되느냐?"고 물었다. 그러자 안옥윤은 "모르지, 그렇지만 알려줘야지. 우린 계속 싸우고 있다"라고 대답했다. 왜 그들은 친일파들과 계속 싸우지 않으면 안 되었을까?

해방된 후 경찰 고위직에 오른 염석진에게 총을 겨눈 안옥윤, "16년 전의 임무, 염석진이 밀정이면 죽여라. 지금 실행합니다."라는 말을 마치고 냉정하게 임무를 완수한 안옥윤. 그녀는 누구일까?〉

이 이야기는 팩트가 아니다. 2015년 개봉한 영화 '암살'의 줄거리 일부분이다. 이 영화는 누적 관객 1270만을 기록할 만큼 인기가 폭발적이었다. 항일영화로는 매우 이례적 현상이 나타난 것이다. 이 영화가 이렇게 돌풍의 질주를 하게 된 이유는 무엇일까? 아마도 항일과 친일, 또는 애국과 매국을 선과 악이란 단순한 구조로 대비시키지 않았기 때문일 것이다. 그보다는 주연인 안옥윤(전지현 분)의 실존 모티브 인물이 애국지사 남자현 지사로 밝혀졌기 때문이 아닐까? 생각한다. 실제로 최동훈 감독은 "'암살'의 주인공 안옥윤의 실제 모델로 꼽히는 역사 속 인물은 여자 안중근으로 불리는 '남자현 지사'"라고 밝혔다.

남자현 지사? 그녀는 과연 어떤 인물일까?

남자현(南慈賢) 지사는 1872년(高宗 9年) 12월 7일, 경북 안동군 일직면 일직동에서 통정대부(정3품, 당상관) 남정한(南廷漢)과 이씨 사이에서 3남매 중 막내딸로 태어났다. 어릴 때부터 품성이 단정하고 무척 총명해서 7세에 국문에 능통했고, 8세부터 아버지의 가르침을 받아 소학(小學)과 대학(大學)을 통달했다. 14세 때는 사서(四書)[1]를 독파하고 시를 지었다. 그래서 당시 70여 명의 제자를 가르치고 있던 부친이 남자현을 남달리 대견해 했다. 19세가 되던 해에 부친의 제자였던 열한 살 위의 김영주와 결혼했다. 김영주 또한 안동의 전통적 유학자 집안인 의성김씨(義成金氏)의 아들로 학문과 인물이 빼어났다.

1895년 10월. 을미사변(명성황후 시해사건) 이후 나라는 망국의 징후가 짙어갔다. 이 같은 현실을 개탄하며 근왕창의(勤王倡義)[2]의 정신으로 의병들이 일어섰다. 이 을미의병 전투에 남정한의 제자들이 대

---

1) 사서(四書): 유교의 경전인 논어·맹자·중용·대학의 총칭
2) 왕창의(勤王倡義): 국난을 당했을 때 나라를 위해 의병을 일으켜 임금을 위해 충성을 다함.

거 참전했다. 1896년, 김영주도 아내 남자현에게 나라가 망해 가는데 어찌 집에 홀로 있을 것인가? 지하에서 다시 보자"며 김도현 의진(義陣)[3]의 소대장으로 참전하다가 진보와 일월산을 연결하는 산줄기를 오르내리는 전투에서 전사했다.

1896년 남자현이 24살 때였다. 남편의 전사 소식을 들은 남자현은 일본에 대한 분노와 증오로 잠을 이루지 못했다. 자신도 당장 의병에 참가해 남편의 복수를 하고 싶었지만 3대 독자 유복자(遺腹子)를 임신한 몸이었고, 시부모님을 봉양해야만 했다. 그래서 수비면 계동(桂洞)으로 이사하여 손수 길쌈과 농사로 가계를 묵묵히 이어가며 효부상을 받을 정도로 시부모님을 지극정성으로 모셨다.

"지금까지의 남자현은 잊어라."

이같이 남자현이 당장 의병 활동을 하기에는 현실이 용납하지 않았다. 하지만 운명에 순응하며 묵묵히 집안일을 감내하고만 있지 않았다. 어쩌면 스스로 해야 할 더 크고 중요한 일을 떠올리며 오랫동안 기회를 기다리고 있었는지 모른다. 실제로 남자현은 어수룩한 촌부(村婦)로 사는 듯 보였지만, 향리에 계동교회가 개척(1910년)되도록 앞장서서 큰 힘을 보탰는가 하면, 경북 영양 일대의 독립 운동가들과의 교류를 시작으로 활동무대를 점차 넓혀갔다. 그러다가 시어머니의 상을 마치고 며느리로서 도리를 끝낸 이후부터 본격적으로 독립운동에 뛰어들었다. 자연히 일제의 감시도 예사롭지 않게 많아져 갔다.

---

3) 의진(義陣); 의병 진지

1919년 2월 하순, 3.1운동이 일어나기 며칠 전이었다. 남자현은 교회의 네트워크를 통해 민족적 거사가 있다는 것을 미리 알고 짐을 싸 들고 홀연히 고향을 떠났다. 일단 서울 남대문의 남편 문중인 김씨 부인을 찾아갔다. 김씨 부인은 남자현이 고향에서 남편의 뜻에 따라 은밀하게 독립 운동가들과 교류하고 있다는 것을 알고 있었다. 그래서 남자현에게 독립 운동가 손정도 목사를 소개시키고자 부른 것이다. 당시 정동교회를 담임했던 손 목사는 후에 남자현이 만주에서 교회를 개척하고 여성 계몽운동을 펼치는 데 큰 힘이 돼주었다.

2월 26일 연희전문학교 부근의 한 교회에서 남자현은 김씨 부인을 비롯한 교회 신자들과 함께 '조선선언격문'을 읽고 3.1만세운동에 적극적으로 참여했다. 그런 다음 항일 구국하는 길만이 남편의 원수를 갚는 길이라는 생각을 행동으로 옮기기로 했다.

3월 9일, 남자현은 24살이 된 아들 김성삼에게 "절뚝거린 역사를 청산하고 그릇된 것을 바로잡으며 살 만한 세상을 만들기 위해 망명한다. 싸우러 가는 것이 아니라 이기러 간다. 지금까지의 남자현은 잊어라"고 말하고 본격적인 독립운동을 펼치기 위해 만주로 망명했다. 그때 나이 47세였다.

중국 요녕성 통화현(通化縣)에 도착한 남자현은 남편의 친족인 김동삼을 찾아가 그가 참모장으로 있는 서로군정서에 입단했다. 그리고 군자금 조달, 전투를 하다 부상하거나 동상에 걸린 독립군들을 직접 돌보는 등 독립군의 뒷바라지를 시작으로 20~30년대 만주 항일무장운동 진영의 유일한 여성 대원으로 의열 활동을 했다. 그뿐 아니라 한교(韓僑)의 농촌개발(開發)과 계몽에 힘쓰면서 동포들에게 조국독립의 얼을 일깨워갔다. 또한 기독교인으로 북만주 일대 12곳에 예수교회를 개척하여 복음을 전도하면서, 10여 개소의 여성 교육기관을 세워 여성계몽과 독립운동에 힘쓰는 등 그녀의 손길이 닿지 않은 곳이 없을 정도였다.

예나 지금이나 우리 민족의 단점은 어디를 가나 분파싸움으로 서로 물고 뜯는데 이골이 난 민족이기 때문에 문제다. 1922년 만주의 동포사회도 예외가 아니었다. 당시 해외 항일투쟁의 성지였던 만주에는 90여 개의 한인 독립운동단체가 활동하였다. 그런데 같은 해 3월부터 8월까지 남만주 화인현 등지에서 소위 조국광복을 위해 독립운동을 한다는 일부 항일무장단체들이 항일운동보다는 사분오열에 몰두하고 있었다. 출신지와 사상의 차이를 극복하지 못하고 파벌싸움으로 사분오열돼 동족 간 피 흘리는 전쟁을 벌이고 있었던 것이다. 이 싸움을 보고 상해임시정부에서 김리대를 특파하여 화해 공작에 힘썼으나 별 효과가 없었다.

이 같은 상황에 크게 낙심하던 남자현은 산중에 들어가 일주일 동안 금식기도를 한 다음 손가락을 베어 혈서로 책임관계자들을 소집하였다. 그리고 뜨거운 피눈물로 "죽음을 각오하는 순국 정신을 발휘할 때"라고 설유(說諭)[4]하면서 각성을 촉구했다. 그러자 그 자리에 모였던 17개 독립운동단체 관계자들이 모두 감격하여 잘못을 회개하고 화합을 이뤘다. 이로 말미암아 환인·관전 등지의 주민들은 그

---

4) 설유 (說諭): 말로 타이름

은공에 감사하며 곳곳에 나무로 비를 세워 남자현의 공덕을 표창하는 한편 만주의 각계각층에서 모두 남자현을 존경하게 되었다.

그러나 남자현의 만주에서의 활동은 평탄치 못했다. 그야말로 파란만장했다. 남성 독립 운동가들을 먹이고 입히고 도닥이는 것으로는 성에 차지가 않았다. 그래서 직접 총칼을 휘두르는 무장독립운동에 뛰어드는 등 여성답지 않은 호걸의 면모를 행동으로 표출하기 시작했다. 당시의 잡지 '부흥'이 기사화한 아래와 같은 일화가 그런 사실을 잘 입증하고 있다.

"왜적들이 선생을 붙잡으려고 대대적인 활동을 개시했는데 선생이 호탄현 지방을 지나가다 홍 순사라는 자에게 걸렸다. 선생은 그를 향해 '내가 여자의 몸으로 이같이 수 천리 타국에서 애쓰는 것은 그대와 나의 조국을 위한 것이거늘 그대는 조상의 피를 받고 조국의 강토에서 자라나서 어찌 이 같은 반역의 죄를 행하느냐?' 고 호통을 쳤다. 홍 순사는 심장과 골수를 찌르는 선생의 일언일구에 감동해 잘못을 사과하고 도리어 갈 길을 인도해 여비 70원을 내어드렸다."

1910년 대한제국을 강제 합병한 일제는 한반도에 조선총독부를 설치하고, 총독을 파견해 한반도를 통치했다. 그리고 일제는 1910년부터 1919년 초까지 무력을 앞세운 헌병경찰제도로 조선인을 혹독하게 다스렸다. 그러다가 1919년 3.1만세운동을 통해 무력통치가 한계에 부딪히자 조선인들의 불만을 누그러뜨리고, 악화된 국제여론을 무마시키지 않으면 안 될 처지가 돼 버렸다. 이와 같은 궁지에 몰리게 되자 일제는 나름대로 좀 더 급수가 높은 문화통치로 전환했다. 데라우치 마사다케(寺內正毅) 총독의 무단통치(1852~1919)에서 사이토 마코토(齋藤 實)총독의 문화통치로 바꾼 것이다.

듣기에는 그럴듯한 명칭의 이 정책의 본질은 그들의 가혹한 식민통치를 은폐하기 위하여 보다 교묘하고 교활하게 조선민족을 이간시키려는 민족분열통치정책이었다. 사이토는 소위 '교육시책'이란 지시를 통해 "먼저 조선 사람들이 자신의 역사와 전통을 알지 못하게 만들어라. 민족혼과 민족문화를 잃게 하고, 조상의 무위, 무능, 악행을 들춰내어 가르쳐라. 그리고는 일본 인물, 일본문화를 가르치면 동화의 효과가 클 것이다"라고 했다. 한 마디로 조선인의 정신까지 노예화시킨다는 꼼수였다. 남자현은 이 교활한 인간을 처단해버려야만 조선이 해방되고 살아남을 수 있다고 생각하고 그를 처단하기로 결심했다.

1926년 4월, 남자현은 김문거로부터 전달받은 권총과 폭탄을 소지하고 박청산, 이청수 등과 함께 서울 혜화동으로 잠입했다. 1922년 9월 참의부 중대장으로 남편의 옛 동지인 채찬과 함께 군자금 조달을 위해 국경을 넘은 데 이어 두 번째 잠입이었다. 아울러 54세의 사대부집 며느리가 무장독립투쟁가로 변모하는 순간이기도 했다.

서울 잠입 후 혜화동에서 고씨 성을 가진 집에 기거하며 교회 일에 봉사하면서 남자현이 거사할 기회를 틈틈이 노리던 중이었다. 조선의 마지막 황제 순종이 승하(1926, 4,25)했다. 남자현 외 두 사람은 사이토 총독을 비롯한 총독부 고관들이 창덕궁의 빈소에 조문할 것이라고 예감하고 매일 창덕궁의 정문인 돈화문 인근에서 잠복했다.

　4월 28일, 남자현이 창덕궁 근처에서 잠복하고 있을 때였다. 갑자기 요란한 호각소리와 함께 구둣발 소리가 무질서하게 들렸다. 이어서 혜화동 일대에 일경들이 쫙 깔리는 한편 가가호호 수색작업을 벌였다. 세 사람은 황급히 인근 교회 건물로 몸을 숨겼다. 무슨 일일까? 알고 보니 공교롭게도 남자현 외에 다른 인물도 사이토 총독의 목숨을 노리고 있었던 것이다. 안중근을 흠모하던 송학선(宋學先)[5]이란 청년이었다.

　그날 송학선은 칼을 품고 창덕궁 입구에서 사이토를 기다렸다. 그러다가 조문을 마치고 나오는 일본인 3명중 하나를 사이토총독으로 오인 그들에게 칼을 휘둘러 한명을 즉사시키고 다른 한 명에게 중상을 입혔다. 또한 도망치는 그를 추격하던 조선인 순사마저 칼로 찌르고 도주하다 일본 경찰과 치열한 격투를 벌인 끝에 붙잡히고 말았다.

　이 사건으로 경성이 발칵 뒤집혔다. 일경들의 총독 경호가 강화되고, 유사한 용의자 검거작업이 대대적으로 진행됐다. 상황이 이렇게 악화되자 남자현은 수시로 붙잡힐 위기를 모면해야만 했다. 결국 세 사람은 그런 상황에서는 도저히 거사 실행이 불가능하다고 판단하였다. 그리하여 후일을 약속하고 만주에서 만나기로 하고 뿔뿔이 흩어졌다.

---

5) 송학선(宋學先): 안중근을 흠모하던 청년으로 한때 일본인 가게에서 고용살이를 했다. 순종의 승하에 울분 1924년 4월 28일 금호문 앞에서 조선 총독 살해계획을 실행 다른 일본인을 총독으로 오인 살해, 일경에 체포돼 다음해 5월 19일 사형당함. 송학선의 의거는 6.10만세운동의 전주곡이 되었다.

만주로 되돌아간 남자현은 의성단장(義成團長)[6] 편강렬(片康烈). 양기탁(梁起鐸) 등이 각 독립운동단체의 통합을 추진하고 있음을 알고 해당 독립운동단체들을 찾아다니며 통합을 독려, 상당한 성과를 거두었다.

독립 운동가들 구출 작전으로 동분서주

1926년, 안창호가 베이징에서 좌. 우 항일세력을 연합해 '대한독립당'을 위한 촉성회를 열었다. 대한독립을 위해 좌. 우파가 합작하자는 유일당 운동이었다. 이듬해 2월, 국내에서는 신간회(新幹會)[7]가 결성되었다. 안창호는 이 같은 분위기를 만주에서도 이끌어 내기 위해 독립운동 지도자들과 함께 다음해 2월, 길림을 방문했다. 길림에서는 이들의 방문을 위해 나석주(羅錫疇) 의사 추도회 겸 민족의 장래에 대한 강연회를 준비했다.

행사는 예정대로 조양문(吉林朝陽門) 밖에서 정의부(正義府)[8] 중앙간부와 각 운동단체 간부, 지방유지 등 5백여 명이 참석한 가운데 성황리에 개최되고 있었다. 그러자 일제는 중국 헌병사령관을 협박하여

---

6) 의성단: 1923년 11월 만주에서 조직된 독립운동단체. 편강렬(片康烈)·양기탁(梁起鐸)·남정(南正) 등이 중심이 되어 조국의 광복과 자유독립국가의 완성을 목적으로 조직하였다. 실천행동으로 대원 양성·농촌 부흥·친일분자 숙청·일본인 기관 파괴 등 국내공작과 전만통일공작(全滿統一工作)을 내세웠다.

7) 신간회(新幹會): 1927년 2월, 좌우익 세력이 합작하여 결성된 대표적인 항일단체, '민족유일당 민족협동전선' 이라는 표어 아래 민족주의를 표방하고 민족주의 진영과 사회주의 진영이 제휴하여 창립한 민족운동단체이다. 안재홍(安在鴻)·이상재(李商在)·백관수(白寬洙)·신채호(申采浩)·신석우(申錫雨)·유억겸(兪億兼)·권동진(權東鎭) 등 34명이 발기했다.

8) 정의부(正義府) : 1924년 만주에서 조직되었던 한국의 대표적인 독립운동단체. 1920년 청산리전투 후 일본군의 간도지방에서의 학살과 1921년 자유시참변 등으로 만주·연해주에서의 독립운동이 한때 분산·침체 되면서 독립운동단체들의 통합이 절실히 요구되었다. 이에 1924년 7월 대한통의부·군정서(軍政署)·광정단(匡正團)·의우단(義友團)·길림주민회(吉林住民會)·노동친목회·변론자치회·고본계(固本契) 등의 대표들이 길림성 유하현(吉林省柳河縣)에 모여 통합회의를 개최하고 같은 해 11월 독립운동연합체인 정의부를 탄생시켰다.

행사참가자 가운데 3백 명을 '조선공산당 집회자'로 속여 무더기로 체포하게 하고, 그 중 독립운동 단체 주요간부급인 안창호를 비롯해 김동삼, 오동진, 고할신, 이철, 김이대, 등 50명의 신병을 인도하라고 강요했다.

만약 길림성 당국이 50명의 주요 독립운동 인사들을 일제에 넘길 경우 독립운동진영은 크게 치명타를 입게 될 위기에 처해있었다. 그래서 대한민국 임시정부도 발을 벗고 나서서 구명운동을 펼쳤다. 남자현은 투옥된 안창호, 김동삼 등 수감 된 애국지사들의 옥바라지를 정성껏 하는 한편 비상대책위를 구성하여 그들의 석방 운동을 모색했다. 이어서 비상대책위를 적극적으로 가동시키는 한편 끊임없이 탄원서를 제출해 결국 애국지사들이 보석으로 풀려나게 만들었다.

당시 만주의 일본 경찰은 우리 독립운동단체들의 정찰을 강화해 애국 투사들의 행동을 어렵게 만들었다. 다행인 것은 여자들의 행동엔 감시가 소홀해 남자현은 남루한 의복을 차려입고 백절불굴의 정신 하나로 침식도 잊은 채 독립운동에 동분서주할 수 있었다.

1931년 9월, 일제는 소위 만주사변을 일으켜 요녕성 뿐만 아니라 길림성에까지 침략의 손길을 뻗쳤다. 그러자 남자현을 후원하던 일송(一松) 김동삼(金東三)[9]은 일제의 감시를 피해 길림성을 떠나 하얼빈 정인호(鄭寅浩)의 집에 묵고 있었다. 그러다가 일경에게 잡혀 투옥되고 말았다. 그런데 일제의 통제로 아무도 김동삼과 접촉을 할 수가

---

9) 김동삼(金東三) : 일제강점기 때 활동한 독립운동가. 만주에서 신흥강습소를 세우고 민족유일당 촉진회를 조직하여 위원장을 지냈다. 1914년에는 백두산 서쪽 계곡에 백서농장을 운영하며 수천 명의 독립군양성을 위한 비밀 군영으로 활용했다.

없었다. 그럴 때 남자현이 그의 친척으로 위장, 면회를 허가받고 연락책 역할을 했다. 김동삼의 지시내용을 동지들에게 정확하게 전달하고 그가 국내로 호송될 때 구출하기 위한 계획까지 치밀하게 세웠던 것이다. 그러나 동지들의 행동지연으로 인하여 김동삼의 구출 작전은 실패하고 말았다.

숭고한 뜻과 함께 사라진 남자현의 잘린 손가락

1931년 일제의 육군 주력부대였던 관동군은 만주사변[10]을 일으키고 만주지역을 점령했다.

그런 다음 1932년 3월 1일 청나라의 마지막 황제였던 선통제(宣統帝)를 황제로 내세웠다. 만주국의 영역은 한반도 및 중화민국, 소련, 몽골인민공화국, 내몽골자치연합정부(일본의 괴뢰정권)와 국경을 접하고 있었다. 만주국은 강덕제를 원수로 하는 국가로서 오족협화(만주족, 한족, 몽골족, 한민족, 야마토 민족)로 이루어졌다. 강덕제는 "만주인"에 의한 민족자결의 원칙에 기초를 둔 국민국가를 표방했다. 그러나 실제 통치는 관동군이 주도하였다. 이 같은 일제의 만행은 국제적으로 많은 비난을 받았다.

1932년 9월, 국제연맹은 일제의 만주침탈 진상을 조사하기 위해 만주에 조사단을 파견했다. 이 소식을 들은 남자현은 왼손 무명지 2

---

10) 만주사변 ; 류탸오후 사건(柳条湖事件) 또는 류타오거우 사건(柳条沟事件)은 1931년 9월 18일 일제의 관동군이 중국의 만주를 침략하기 위해 벌인 자작극이다. 관동군은 침략의 구실을 만들기 위해 1931년 9월 18일 밤 10시 30분경 류탸오후에서 만철 선로를 스스로 폭파하고 이를 중국의 장쉐량 지휘하의 동북군(중국의 지방군) 소행이라고 발표한 후 만주침략을 개시하였다. 이 작전의 시나리오는 관동군 작전 주임 참모인 이시하라 간지, 관동군 고급 참모인 이타가키 세이시로, 관동군 사령관인 혼조 시게루 등 단 세 명이 만들었다.

절을 잘라 흰 천에다 '조선독립원(朝鮮獨立願)'이라고 쓴 혈서와 함께 잘린 손가락 마디를 조사단장 리튼에게 전달 일본의 침략상과 조선인들의 염원을 세계만방에 알리고자 했다. 당시 일본이 "조선은 독립을 원하지 않는다"는 거짓말을 국제사회에 대대적으로 선전하고 있을 때였다. 그러나 안타깝게도 남자현의 숭고한 뜻은 배달 사고로 인해 전달이 안 된 것으로 밝혀졌다. 한편 1933년 2월 리튼 보고서를 채택한 국제연맹은 일본의 철병을 요구했으나 일본은 이를 거부하고 국제연맹에서 탈퇴했다.

"하얼빈 허공에 어육(魚肉) 갈기로 날리리라"는 순국의 길

1932년, 일제는 만주에 허수아비를 앞세워 만주정부를 세운 뒤 중국으로 깊숙이 침공할 기회를 엿보고 있었다. 이 사실을 정춘봉으로부터 알게 된 남자현은 "죽일 놈들! 저들이 저렇게 날뛰는 것을 대한 독립군들이 지켜보고만 있어서 야 되겠는가? 저들을 겁내지 않는 이들이 있음을 보여줘야겠다."며 정춘봉에게 "저들의 심장에 일격을 가할 방도가 없을 까?" 물었다. 이에 정춘봉은 "만주에서 제일 최고 인물인 무토노부요시(武藤信義) 전권대사를 처단하는 일."이라고 대답했다. 이 대화를 시작으로 1월 20일 새로 규합된 몇 명의 조선인 동지들과 중국인들이 함께 모여 거사를 구체화 시켰다. 이날 거사 날짜, 무기종류, 무기조달 및 수령방법, 거사 담당자 등을 꼼꼼하게 논의했다. 그리고 거사 일은 만주국 설립 첫돌인 3월 1일, 무기는 폭탄과 권총, 탄환 등을 중국인을 통해 조달해서, 27일 오후 길림가 4호에서 과일상자로 위장한 무기 상자를 수령 하기로 확정지었다. 거사는 남자현이 "이 일은 내가 처리한다. 나 이제 죽어도 아무런 여한이 없는 나이이니 두려움이 없다. 노부요시를 처단한 뒤 내 몸을 하얼빈 허공에 어육으로 날리리라" 며 막중한 임무를 자임했다.

1933년 2월 27일 오후 3시 45분, 하얼빈의 교외에 있는 정양가 (正陽街)가 갑자기 삐리릭~~~ ~~~ 귀청을 때리는 호각소리와 군화 발길 소리로 시끌벅적해졌다. 그 소란 속을 황급하게 빠져나가려는 걸인 노파의 발길과 그녀를 추격하는 10여명 일경들의 발길이 간격 을 점차 좁혀나가고 있었다. 걸인 노파가 골목으로 돌아서자 반대편 에서도 5, 6명의 일경들이 총을 발사하면서 나타났다. 퇴로를 차단 당한 걸인 노파가 힘에 부친 듯 권총을 든 채 그 자리에 펄썩 쓰러졌 다. 그러자 일경들이 신속하게 그녀를 둥글게 포위했다. 일경이 다가 가 노파의 권총을 압수하고 모자를 벗기자 나이가 지긋한 여자가 나 타났다. 일경이 "야~ 거지할멈~ 남자현, 61세… 당신 맞지?"라며 무 장해제를 위해 그녀의 몸을 수색했다. 놀랍게도 남자현은 옷 속에 피 묻은 군복을 껴입고 있었다. 남편이 의병운동을 하다 전사할 때 입었 던 그 군복이었다. 그리고 그녀의 품속에는 비수 한 자루가 숨겨져 있었다. 결국 남자현은 내부 밀정의 밀고로 거사 직전에 무기를 압수 당하고 감방에 갇힌 몸이 되고 말았다.

이후 남자현은 일본영사관의 감옥에 5개월간 구금되어 봄과 여름 을 보냈다. 그리고 혹독한 고문에 시달리던 8월 6일부터 곡기를 끊 기 시작했다. 왜경이 음식을 차입하자 '원수 도적을 토살(討殺)하지 못하고 도리어 적에게 잡혔으니 다만 죽음이 있을 뿐'이라며 일체의 음식을 거부했다. 단식 9일이 지난 8월 17일, 남자현이 인사불성으로 사경을 헤매자 당황한 일제는 병보석이란 이름으로 적십자병원으로 옮겼다.

남자현을 적십자병원으로 옮긴 일제는 그녀의 아들 김성삼에게 "어머니가 위독하다"는 전보를 10여 통이나 보냈다. 신의주에서 일하고 있던 아들이 부랴부랴 그의 아들과 적십자병원에 도착했을 때 "할머니가 숨을 거두지 않기 위해 애를 쓰는 듯했다"고 손자 김시련은 증언했다. 아들과 11살이 된 손자를 본 남자현은 "이제는 됐다"고 조용히 말하면서 "하얼빈 지단가(地段街)에 있는 조선인 조씨가 운영하는 여관으로 옮겨 달라 했다"고 손자는 전했다.

조선인 여관으로 옮긴 날 저녁, 여관은 남자현과 같이 독립운동하던 동지들로 북적였다. 이들이 모두 떠나자 남자현은 조용히 아들과 손자를 불렀다. 그리고는 "행낭에서 249원 50전을 꺼내 200원은 조선이 독립되는 날 정부에 '독립축하금'으로 바치고 남은 돈은 시련(친손자)이와 (남)재각(친정 손자)이를 대학까지 공부시켜서 내 뜻을 알게 하라고 당부했다. 이어 "만일 너의 생전에 독립을 보지 못하면 너의 자손들에게 똑같은 유언을 하여 내가 남긴 돈을 독립 축하금으로 바치도록 하라."고 덧붙였다.

1945년, 8.15 해방이 된 후 이 유언에 따라 유족들은 축하금을 1946년 3월 1일 서울운동장에서 거행된 3·1절 기념식전에서 김구·이승만에게 전달하였다. 또한 손자도 할머니의 유언대로 만주 하루빈농대를 나와 23살 되던 해에 만주 공주령 농사시험장에서 해방을 맞이했다. 남재각은 김성삼이 만주로 데려가 사범학교에 보냈다.

여관으로 옮긴 후 가족들이 "지금이라도 식사를 하셔서 원기를 회복하는 것이 어떠냐?"고 했다. 그랬더니 "사람이 죽고 사는 것이 먹고 안 먹고의 문제가 아니라 정신에 있다."고 했다. 또한 아들이 "어머님의 일을 잡친 밀정(密偵)놈을 수일 내로 사살(射殺)할 좋은 기회가 마련됐습니다" 했다. 그랬더니 "기뻐하실 줄 믿었던 어머니께서 절대로 그자를 죽이지 말아라. 주님께서 원수를 사랑하라 하셨는데, 나라의 원수 왜적은 죽여야 옳지만, 아무리 나라에 해를 끼친 죄인이라 하더라도, 나를 해친 원수인데 게다가 왜놈 아닌 동포를 죽이다니? 예수교인으로서 마땅치 못한 행위이니 부디 해치지 말라"해서 모처럼 원수 갚을 기회를 그냥 포기할 수밖에 없었다고 증언했다. 이와 같은 당부는 옳고 그름을 떠나 비평의 여지를 남겨놓고 있다. 그러나 "원수를 사랑하라"는 성경말씀을 실천하는 높은 신앙의 덕성에 감동하지 않을 수 없다. 남자현 열사의 이 유언 속에는 사랑, 희생, 용서 등 십자가 정신이 두루 녹아 있음을 알 수 있다.

남자현은 흰 저고리에 검정치마 차림으로 성경을 들고 자오허 등 지린의 조선인 마을을 찾아다니며 우리는 나라 잃은 힘없는 백성이나 전능하신 하나님을 의지해 나라 독립을 위해 마음을 모으자고 기도했던 참 신앙인이었다. 그럴 때마다 온 동네 사람들이 흐느껴 울며 하나님을 믿겠다고 따라나섰다. 특히 '만 입이 내게 있으면'이란 찬송을 좋아해 복음을 전할 때마다 즐겨 불렀다고 증손자 김종식(옌볜 과학기술대교수)은 증언했다. 이런 면에서 남자현의 조국에 대한 헌신은 기독교신앙에 근거한 애국심의 발로였다는 것을 짐작할 수가 있다.

"자는데 깨우지 마라"

기독교신앙으로 자신을 밀고한 원수도 사랑으로 품었던 남자현, 하지만, 혼수상태에 빠져들어 가면서도 잘려나간 자신의 손가락을 내놓으면서 "이것이나 찾아야지."하며 끝까지 일제를 용서할 수 없었던 남자현. 그녀는 "자는데 깨우지 마라"라는 마지막 말을 남긴 채 1933년 8월 22일 곤히 잠들어버렸다.

당시 하얼빈의 사회유지, 부인회, 중국인 지사들은 여사를 '독립군의 어머니'라고 지극한 존경심을 표하고 하얼빈 남강 외인묘지에 안장하여 입비식(立碑式)을 갖고 생전의 공로를 되새겼다. 대한민국 정부는 1962년 건국훈장 대통령장을 추서했다.

사대부집 며느리였지만, 민족과 나라의 존망 앞에서 양반집 여성으로 다소곳이 사는 것을 완강하게 거부했던 여인 남자현. 빼앗긴 조국의 자주독립만이 조국의 원수와 남편의 원수를 갚는 길이라 굳게 믿고 일평생 거침없이 항일운동 선두에 섰던 남자현. 우리에게 "만 입이 내게 있으면"무슨 말로 위로와 감사의 말씀을 드려야 할까?

모셔온 이야기

권 천학 시인 편

▶ 아나키스트,anarchist의 애국과 사랑의 운명적 인연 : 박열과 후미코
▶ 인동초(忍冬草)의 삶
▶ 오세창(吳世昌) : 총칼대신 펜으로 펼친 독립운동

윤 여웅 前 가톨릭의대교수 편

▶ 일본을 공포에 떨게 한 김 상옥 의사

권 천학 편

박 열과 가네코 후미코

박 열(1902. 3. 12~1974. 1. 17)
독립운동가, 시인.

가네코 후미코(1903. 1. 25~1926. 7. 23)
가네코 후미코(金子文子), 독립운동가, 저술가, 한국과 한국남자를 사랑한 일본여인.

"재판장! 자네도 수고했네. 내 육체야 자네들이 죽일 수 있지만 내 정신이야 어찌하겠는가?"
1926년 3월 25일, 최종심에서 두 사람에게 대역죄를 적용, 사형을 선고한 재판장에게 박열의사가 한 말이다. 이토록 호방하고 당당한 대한남아의 기상을 본 일 있는가!

"나는 박열을 사랑한다. 그의 모든 결점과 과실을 넘어 사랑한다... 우리 둘을 함께 단두대에 세워 달라. 함께 죽는다면 나는 만족할 것이다"
'사형'이 선고되었을 때 가네코 후미코가 한 말이다. 일본정부는 가네코 후미코가 일본사람이라는 이유로 사면해준다고 하자 즉석에서 사면장(赦免狀)을 찢어버렸다.
이토록 절절한 사랑을 본 일 있는가!
대한민국은 박열의사에게는 1989년 3·1절에, 가네코 후미코(金子文子)에게는 같은 해 11월 17일, 제 79회 순국선열의 날에, 각각 〈건국훈장 대통령장〉이 추서됐다.

아나키스트anarchist의 애국과 사랑의 운명적 인연
박 열과 후미코

권 천학

나는 개새끼로소이다
하늘을 보고 짖는
달을 보고 짖는
보잘 것 없는 나는
개새끼로소이다.

높은 양반의 가랑이에서
뜨거운 것이 쏟아져
내가 목욕을 할 때
나도 그의 다리에다
뜨거운 줄기를 뿜어대는
나는 개새끼로소이다.

- 박열의 시 『개새끼』 전문

이 한편의 시로 조국과 연인의 가슴을 뜨겁게 달군 '불령선인(不逞

鮮人)'이며 아나키스트였던 박열(朴烈)은 경북 문경군 마성면 오천리 (샘골) 98번지에서 아버지 박지수(朴芝洙)와 어머니 정선동(鄭仙洞)의 3남1녀 중 막내로 태어난다. 어려서 서당교육을 받은 후 집에서 40리 (16km 정도)의 거리에 있는 이 지역 최초의 4년제 학교인 함창공립보통학교(1910년 4월3일에 개교, 현재 경북상주시 함창읍 구향 2리에 있는 공립 함창초등학교)에 다닌다.

당시 오천리 일대는 광산촌이었다. 한일병탄조약(韓日倂呑條約) 이후 제도적인 자원수탈을 목적으로 조선광업령을 제정한 일본에 의해 석탄채굴의 현장이 된 문경, 조선총독부의 후원아래 일본 자본가들의 마구잡이 개발 과정에서 가혹한 노동착취와 저임금, 인권유린 등의 폐해가 심하여 자연스럽게 주민들의 반일(反日)정서가 깊이 자리 잡게 된다.

어린 박열에게도 민족정신, 반일정신이 굳게 자리 잡게 되는 사건이 일어난다. 졸업식을 앞둔 1916년 3월, 한국인 교사가 그동안 일본의 압력에 못 이겨 거짓교육을 시켰다고 눈물로 사과하며, "일본인 교사는 형사였다"고 밝히면서 제자들에게 한국민족의 존엄성을 지키는 자주국민이 되어야한다고 일깨워준다. 큰 충격을 받은 박열은 장차 어떤 어려움이 닥치더라도 학업을 계속하여 조국광복과 민족독립을 위해 헌신할 것을 다짐하는 계기가 된다. 한국인 교사의 고백은 스승으로서의 마지막 사도(師道)를 보여준 양심고백이었으며, 한국 사람으로서의 긍지와 정신을 심어주는 대사건일 수밖에 없었다.

함창공립보통학교를 졸업하고 상경, 경성고등보통학교(현 경기고등학교 전신) 사범과에 진학한 박열은 1919년 서울에서 일어난 3·1운동(기미독립운동, 己未獨立運動)의 만세시위에 참여하면서 일본인이 세운 학교에 다니는 것이 치욕으로 생각되어 학업을 포기하고 고향 문경으로 돌아온다. 친구들과 함께 태극기와 격문을 만들어 배포하며 문경에서 3·1운동을 주도하면서 국내에서의 독립운동에 한계를 느낀다. 일본의 가혹한 탄압과 만행에 대항하려면 좀 더 적극적인 항일투쟁을 전개할 수 있어야 하고 그러기 위해서는 체계적인 지적능력과 안목을 넓혀야 할 필요를 절감한다. 1919년 10월 경 일본으로 건너간다. 도쿄에 있는 세이소쿠(正則) 영어 학교에 입학, 저명한 사회주의자들, 무정부주의자들과 교류를 시작한다. 당시의 박열을 포함한 유학생들 사이에는 온건한 방법으로는 조국의 독립이 불가능하다는 인식이 고조되어 사회주의 운동과 아나키즘(anarchism)에 관심을 갖게 된다.

아나키즘(anarchism)은 일반적으로 '무정부주의자'로 번역되긴 하지만, 꼭 국가권력에 대항하는 것만이 아니라 지배자나 지배 권력이 없는 상태를 의미하는 것으로 종교, 사회, 자본, 문화단체 등 강압적으로 개인의 자유를 침해하는 어떤 권력에도 해당된다. 일본의 폭압에 대항하는 식민지 조선청년들에게는 당연히 아나키즘 방식이 민족독립운동의 방식으로 최적의 이념이 될 수밖에 없었다. 그는 기꺼이 아나키스트가 된다.

의혈단(義血團)을 조직하고 조선고학생동우회에 가담, 간부로 활동하며 저항운동의 기반을 마련한다. 의혈단(義血團)은 도쿄에 거주하는 김찬, 조봉암 등의 학생들이 모여 조직한 단체로, 친일 행위자들에게 협박장을 보내고, 응징하겠다고 위협하는 등의 활동을 벌인다. 그 외, 조선고학생동우회는 도쿄에서 일하는 김약수 백무, 최갑춘 등이 함께하는 조선인 최대 노동자들의 단체였다.

박열은 1921년 11월 29일 유학생들을 모아 무정부주의단체인 흑도회(黑濤會)를 결성, 이때부터 아나키스트로서의 의지를 적극적으로 표출하며, 기관지인 〈흑도(黑濤)〉의 발간책임을 맡아 선전활동에 전념하며 항일세력을 규합해나간다. 1922년에는 주동적으로 행동하는 회원들과 함께 흑우회(黑友會)로 이름을 바꾸고, 일본 및 조선의 여러 사회단체들과 연대해가며 항일의식을 고취시키기 위한 조선문제 강연회, 토론회 등의 대외활동을 펼치는 한편 서울과 도쿄의 노동단체들과 연계를 이어간다. 일경으로부터 '불령선인(不逞鮮人, '불온하고 불량한 조선사람')'이란 낙인이 찍혀 감시대상이 된다.

불령선인(不逞鮮人)!
식민지 국민으로 대우하는 것을 거부하고, 한 인간으로서의 인격을 존중받고자하는 그의 거침없고 당당한 외침에 붙여진 별명인 동시에 '아나키스트'의 다른 표현이라고 할 수 있다. 일제탄압에 강한 저항의식으로 애국운동을 펼치는 한국 사람으로서 지극히 당연하고 지극히 명예로운 별명이다.

1922년 2월, 일본유학생들이 펴낸 〈조선청년〉에 시 『개새끼』를 기고한다. 이 시는 단순히 문학작품으로서가 아니라 아나키스트로서의 소신과 민족정신이 투영된 작품이다. 이 시가 많은 사람들의 가슴에 울림을 주었다. 독자 중의 한 사람인 가네코 후미코도 가슴에 그 시를 품었다. 그 시가 다리가 되어 그의 아내가 되고 평생 동지가 된다.

이쯤에서 가네코 후미코(金子文子, 1903년 1월 25일-1926년 7월 23일)를 말하지 않을 수 없다.

가네코 후미코(金子文子)는 요코하마에서 혼인신고도 하지 않은 부모로부터 태어나 무적자(無籍者)가 된다. 불안정한 가정환경 때문에 불우한 어린 시절을 보낸다. 9살 때, 충북 청주군 부용면 부강리(현재 세종시 부강면)에 사는 일본거류민인 고모부 이와시타(岩下) 집에 맡겨지면서 한국으로 온다. 후미코를 데리고 조선에 와서 사위집에 함께 살면서도 할머니의 학대가 심해서 여러 번 자살을 시도하기도 한다. 무적자라서 학교에도 다닐 수 없었다. 궁여지책으로 외조부의 5녀로 입적, 부강초등학교의 전신인 심상소학교 4학년에 편입하게 된다. 당시의 성적표 기록에 대부분의 과목이 '갑'(지금의 '수')이 표시되어 성적이 뛰어난 학생이었음을 알 수 있다. 학대받으며 굶주리는 후미코에게 마을사람들은 먹을 것을 주기도 하고 다정하게 대해주어서 조선인에 대한 좋은 감정을 갖게 된다. 그런 와중에서 3·1운동을 목격한다. 일본경찰이 조선인에게 난폭하게 행동을 하는 것을 보고 반감을 가진다. 그때를 회상한 글에서 '권력에 대한 반역정신이 일기 시작해 남의 일이라고 생각되지 않는 감격이 가슴에 솟아올랐다'라고 했다.

16살 때 어머니를 찾아 일본으로 돌아갔지만 여전히 어머니는 생활이 안정되지 않은 채여서 이듬해인 1920년 4월, 홀로 도쿄로 상경한다. 친척 집에 머물면서 우에노(上野)에서 신문팔이로 자립하며 자아(自我)의 눈을 뜨기 시작한다. 이때 사회주의자들과 교류를 시작했고, 마사노리(政則) 영어 학교와 연수 학원을 다닌다. 박열과 같은 영어 학교였지만 이삼년 차이가 있어 서로 만나지는 못했다. 돈이 없어 3개월 만에 그만두었지만, 학교에 다니면서 사귄 친구의 소개로 사회주의와 러시아 혁명에 대한 책을 접했고 이에 큰 영향을 받으며 자신의 존재의미와 미래의 삶을 정립하기 시작한다. 현실생활은 어려우나 총명했고, 일본인이면서 일본의 천황제와 군국주의에 반감을 가질 만큼 자유사상을 가졌다. 여러 직업을 전전하면서 계속 사회주의 책과 잡지를 탐독하면서 자연스럽게 아나키스트가 되어갔다. 도쿄에 있는 조선인 사회주의자들과도 교류를 하는 중에 우연히 한국 잡지에 실린 박열의 시 『개새끼』를 보고 깊은 감명을 받고 흠모하게 된다.

1921년 11월, 후미코는 사회주의자들이 모이던 이와사키(岩崎) 오뎅집에서 일하게 되는데 그곳이 바로 운명적인 만남의 장소가 될 줄이야. 1922년 3월, 친구들과 그 오뎅집을 드나들던 박열을 만나게 된다. 만나자마자 뜻이 통하여 5월부터 동거를 시작하고, 평생 동지가 되기로 서로 언약한다. 그야말로 전광석화 같은 영혼의 교류가 아닐 수 없다. 이후 박열과 가네코 후미코는 단순히 부부관계이거나 동지로서가 아니라 사유(思惟)의 구석구석까지 통하는 한 묶음의 영혼이 되어 모든 일을 함께 한다.

1922년 12월, 두 사람은 의기투합하여 식민체제 타도를 반대하는 의열투쟁노선을 천명, 주변의 뜻을 모아 1923년에 흑우회(黑友會)를 강화하고 기관지로 《민중운동(民衆運動)》을 발간한다. 일본 및 한국의 여러 사회단체들과 연대활동을 전개하며 『후데이센징(太い鮮人, 대담한 조선인)』도 발간한다. 1923년 4월 흑우회와 별도로 '불령사(不逞社)'를 조직한다. 그해 가을 일본 황태자 결혼식 소식을 접하고 그에 맞춰 일황 암살계획을 세워 은밀히 추진한다. 보다 적극적이며 파괴적인 투쟁을 펼치기 위해 폭탄 반입 및 제조방안을 강구하는 등 다방면의 노력을 기울인다. 『후데이센징(太い鮮人)』을 『현사회(現社會)』로 바꾸고, 후미코는 박문자(朴文子)란 필명으로 계속 글을 싣는다.

9월에 관동대지진이 발생한다. 이때를 기회로 일제는 사회주의자와 한국인들에 대한 대대적인 학살(朝鮮人虐殺事件)을 자행하게 되는데, 일본치안당국의 묵인으로 6,600여명이 희생된다.

박열과 가네코 후미코는 일왕을 폭살하려고 한 계획이 탄로나 경찰에 체포된다. 형법 73조(대역죄) 위반으로 기소된다. 박열은 1923년 10월 24일부터 1925년 6월 6일까지 총 21회에 걸쳐 신문조사를 받으면서도 일왕암살계획과 폭탄입수 과정 등을 의연하고 당당하게 밝힌다.

1926년 2월 26일, 도쿄지방재판소의 첫 공개재판에 앞서 재판장에게 4가지 조건을 요구한다. '죄인 취급하지 말 것', '동등한 좌석을 설치할 것', '조선 관복을 입을 것', '조선어 사용할 것'이다. 일본 사법부는 그의 요구를 일부 받아들여 박열은 조선관복과 후미코는 흰 저고리에 검정치마를 입고 출두한다. 이름을 묻는 재판장에게 "나는 박열이다"고 답한다. 재판장은 '피고'라는 말 대신 '그편'이라고 부르고 박열은 재판관을 '그대'라고 호칭했다. 일본재판사상 전무후무한 일이다. 그리고 미리 준비한 '음모론'과 '나의 선언' '불령선인이 일본 권자계급에게 준다' 등의 글을 읽으며 일왕의 죄를 폭로한다.

가네코 후미코 역시 "먼저 나는 가네코 후미코가 아닌 조선인 '금자문자'임을 밝혀둔다. 내 비록 불우한 가정환경 속에서 자란 것은 사실이지만, 박열을 사랑한 것은 그것과 아무런 관계가 없다. 혹시 박열의 『개새끼』라는 시를 읽어본 적 있는가? 나는 그 시를 읽고, 그가 바로 내가 찾던 사람임을 알았다. 내가 하고 싶었던 바로 그 일, 그것이 그 사람 안에 있음을 알았기에 우리의 사랑은 숙명이었다. 나는 그를 사랑하고, 그의 일에 동참하여, 그와 함께 이 법정에 선 일에 대해 추호의 후회도 없다."라고 말한다.

3월 26일, 최종 재판이 있는 날, 박열과 가네코 후미코는 혼인서를 제출하고 혼례 때 신랑이 입는 사모관대차림으로, 옥중결혼식을 하고 법적 부부로 인정받는다. 후미코는 '불령사'의 성격을 "권력에 반역하는 허무주의와 무정부주의를 표방하는 단체"라고 진술한다. 박열은 "재판은 유치한 연극이다"며 재판장을 질책했고 후미코는 만세를 외친다.

사형이 언도된다. 박열은 미소 지으며 재판장에게 답한다.
"재판장 수고했네. 내 육체야 자네들 마음대로 죽이지만, 내 정신이야 어찌 하겠는가"그 의연한 민족정신과 호방함을 어디에 비할 수 있을까.

가네코 후미코는 일본인이라는 이유로 사면(赦免)되자, 사면장을 찢어버린다. 일본인 재판장도 박열과 가네코 후미코의 의지에 감동, 호의적인 발언을 하였다가 파면당하기도 했다. 이후 4월5일, '무기징역'으로 이례적인 특별감형이 발표된다. 박열은 이치가야(市谷) 형무소로 후미코는 도치기현 우쓰노미야(宇都宮) 형무소로, 법적으로 인정받은 부부가 되었지만 몸은 각각 다른 형무소로 옮겨가게 된다. 일본당국은 두 사람의 항일의지를 꺾기 위하여 편지 왕래나 독서를 제한했고, 글 쓰는 것도 방해하며 전향 공작을 끊임없이 펼쳤으나 소용없는 일이었다.

1926년 7월 23일, 후미코가 갇혀있는 우쓰노미야 형무소는 후미토의 자살을 발표한다. 붉은 마닐라 삼줄로 창살에 목을 맸다고 했다. 스물셋 모란꽃 봉오리 같은 나이다. 유품은 빗 3개, 약간의 현금, 만년필, 알티마세프의 『노동자 세리요프』, 다눈치오의 『죽음의 승리』, 슈티르너의 『자아경-유일자와 그 소유』가 있었고, 900매의 원고용지와 두병의 잉크, 두 자루의 만년필을 사용한 흔적이 있을 뿐 유서는 단 한 글자도 없었다.

후미코의 죽음은 의혹을 낳았다. 의구심을 품은 옥중결혼을 도와준 다쓰지 변호사와 원심창 등 흑우회 회원들이 사인(死因) 규명을 요구했지만 묵살되고, 시신 인도 요구도 거절당했다. 일본은 후미코 추모 열풍이 불 것을 염려하여, 후미코의 어머니와 동료들을 검속(檢束)하기도 했다.

박열의 동생이 후미코의 유해를 모셔가겠다고 요청했으나 일본경찰은 유골을 조선의 경찰서로 보내온다. 2003년 박열의 형이 경찰서로부터 유골을 인수받아 박열의 고향선산인 문경 주흘산 자락 팔령리에 모셨다.

1976년 3월 야마나시 현 마키오카 소마구치의 있는 후미코의 생가 터에 후미코를 기리는 비가 세워졌고, 후미코가 남긴 원고는 쿠리하라 카즈오가 정리하여 시집 『여백의 봄』과 자서전 『식민지 조선을 사랑한 대일본제국의 아나키스트』가 출간되었다.

박열은 일제패망 후에도 정치범이 아니라 대역사범(大逆事犯)이라는 이유로 석방되지 않는다. 1945년10월 27일, 이감된 홋가이도(北海島)의 아키다(秋田)감옥에서 22년 3개월 동안이라는 세계최장의 옥고를 겪고 석방된다. 44세였다. 도쿄로 돌아와서도 그의 저항운동은 이어진다. 1946년 1월 20일 반공산주의 노선을 분명히 하고, 이강훈, 원심창 등 항일 동지들과 함께 신조선건설동맹을 결성한다. 1946년에는 항일 의열투쟁을 하다가 일본의 형무소 뒷자리에 쓸쓸히 묻힌 윤봉길, 이봉창, 백정기 의사의 유해를 발굴해 고국으로 보내온다. 1947년 도쿄청년회관에서 장의숙과 재혼한 후 슬하에 1남1녀를 둔다.

후미코가 죽었을 때 형무소는 박열에게 알리지 않았다. 거칠게 반발한 것을 염려해서였다. 뒤늦게 후미코의 죽음을 알게 된 박열은 눈물을 흘리며 단식을 했다. 그 후로 기일이 되면 하루 종일 정좌하고 묵상을 했으며, 재혼한 장의숙에게도 "당신도 함께 기도를 해 주오.

참으로 불쌍한 여인이었어"하고 말하며 눈물지었다고 한다.

1949년 일본에서 영구 귀국하였으나 1950년 한국전쟁 때 북한군에 의해 납북된다. 이후 1974년 1월 17일 북한에서 서거하여 현재 평양 애국열사릉에 묻혀있다.

한국정부는 박열의사에게는 1989년 3·1절에, 가네코 후미코에게는 같은 해 11월 17일, 제 79회 순국선열의 날에, 각각 건국훈장 대통령장이 추서했다.

문경시는 2012년, 박열의 탄생 110주년 맞아 '박열의사기념관'을 개관하고 박열의 생가주변에 '박열기념공원'을 마련해서 가네코 후미코의 유해를 팔령리에서 공원으로 이장했다.

뜨거운 마음을 전수받아 불사조를 피워 올리며, 용광로 같은 金子文子(가네코 후미코)의 글로 이글을 맺는다.

사랑받고 있는 것은 타인이 아니다.
사랑하는 타인 속에서 발견할 수 있는 것은 자신이다.
즉, 그것은 자아의 확대라 할 수 있다.
나는 박열을 사랑했고, 박열은 조선을 사랑했다.
그래서 조선을 사랑했고 조선독립을 위해 나섰다.

박열의 동료들에게 말해두고자 한다.
이 사건이 우습게 보인다면 우리를 비웃어달라고.

다음 재판관들에게 말해두고자 한다.
모든 것은 권력이 만들어낸 허위이고 가식이다.

부디 우리를 함께 단두대에 세워 달라!
나는 박열과 함께 죽을 것이다.
박열과 함께라면 죽음도 오히려 만족스럽게 여길 수 있다.

그리고 박열에게 말해두고자 한다.
설령 재판관의 선고가 우리 두 사람을 나눠놓는다 해도
나는 결코 당신을 혼자 죽게 하지는 않을 것이라고.

- 가네코 후미코

※ 이 글은 '애국지사기념사업회(캐)'의 편집방향과 다를 수 있습니다.

[참고]
위키백과, 나무위키와 한겨레, 오마이뉴스, 아시아경제 등의 보도내용을 참고로 했음.

박 자혜

애국지사 박 자혜(朴慈惠, 1895년 12월 11일 ~ 1943년 10월 16일)

〈글머리에〉
'여자는 약하다. 그러나 어머니는 강하다' 빅토르 위고의 말에 나는 한 마디 덧붙인다.
'어머니는 강하다. 쓰러진 조국 앞에서는 더욱 강하다.'
어머니로서만이 아니라 국운(國運)을 걱정하며 조국 광복에 목숨을 건 '여성애국지사'들이다. 그분들에게 쓰러진 조국은 남편보다 더 큰 남편이었을 것이다.
한 남자의 아내로서만이 아니라 조국의 아내로서 역할을 한 강한 여성들. 그분들 중의 한사람, 박자혜(朴慈惠)가 있다.

인동초(忍冬草)의 삶
박 자혜

권 천학

박자혜, 그는 단재(丹齋) 신채호(申采浩)의 아내로 많이 알려졌지만, 어려운 환경을 스스로 헤쳐 가며 그 시대를 풍미했던 삼종지의(三從之義)를 과감히 벗어난 의지의 여성이었고, 한 인간으로서 자립의 의지 실천한 생활인이었으며, 강한 모성(母性)의 어머니였다. 독립운동가의 아내로서 빼앗긴 나라를 찾는 애국운동에 남자와 여자가 따로 없음을 몸소 보여준 이름 앞에 옷깃을 여미며 이 글을 쓴다.

어린시절

박자혜, 그는 1895년 12월 11일, 경기도 고양군 숭인면 수유리(지금의 서울특별시 강북구 수유동)에서 중인 출신인 아버지 박원순과 신분이 알려지지 않은 어머니 사이의 딸로 태어난다. 어머니의 신분이 알려지지 않았다는 사실도 그 시대 여성의 사회적 지위를 말해주는 간접 증거인 동시에 그의 집안이 별로 드러낼 것이 없음을 짐작케 한다. 가세가 넉넉하지 못했다. 그런 환경에서 자란 박자혜, 그는 대여섯의 어린나이에 궁녀가 되기 위해서 '아기나인'으로 입궁한다.

궁녀가 되는 절차는 4, 5세의 '아기나인'부터 시작해서 10세 전후에 '견습나인' 단계를 거쳐 18~19세 정도가 되면 정식으로 궁녀가 되어 6처소(六處所)로 배치된다.

　'아기나인' 때는 심부름이나 하고 놀이상대나 되지만, '견습나인'되면 궁녀로서 필요한 궁중예절과 바느질, 자수, 요리, 빨래 등의 기초적인 생활훈련을 받는다. 십팔구 세가 되어야 관례를 치르고 정식나인으로 인정받게 되고, 6처소(六處所) 로 배정된다. 왕을 모시는 지밀을 비롯하여 수방(자수 담당부서), 침방(바느질 담당부서), 세수간(세수와 목욕, 빨래 담당부서), 생과방(후식과 다과 담당부서), 조수방(음식 담당부서) 등으로 출신배경에 따라 배정이 된다. 중인 이상의 신분은 지밀, 침방, 수방으로 배치되고, 천민출신은 그 외 처소로 배정된다. 보기에 따라서는 화려해보일지 모르지만, 일반적으로 조선오백년 동안 일반적으로 궁녀가 되는 것을 꺼렸다. 한번 입궁하면 심각한 병이 생기는 경우 외에는 다시 나오기 어렵고, 결혼도 못하고 평생을 독신으로 늙어야 했으며, 궁밖에 사는 부모가 계속해서 뒷바라지를 해야 했고, 어쩌다 궁 안에서 문제가 생기면 부모가 문책을 당해야했다.

　그럼에도 불구하고 박자혜, 그의 아버지가 딸을 입궁 시킨 것은 궁 안에 들어가면 배곯는 일은 없을 것이라는 유일한 희망 때문이었고 아버지가 중인 출신이어서 지밀, 침방, 수방 중 한 군데로 배치된 것으로 추정된다. 만일 지밀에 결원(缺員)이 생기면 침방이나 수방의 궁녀 중에서 차출되기도 하는 상황이다. 궁중예절(몸가짐)과 궁중용어(말씨) 등을 익히고, 따라서 소학, 한글궁체 등을 배우면서 10여년을 궁녀로 보낸다.

1910년 8월29일에 발효된 '한일병탄조약(경술국치(庚戌國恥))'과 함께 발표된 일제의 '황실령 제 34호'에 따라 일본정부가 이왕직(李王職)관제(官製)를 관리하게 되자 경비를 줄이기 위한 구조조정으로 궁내부소속 340명을 해고시킨다. 그는 거기에 포함되어 궁녀신분을 벗어난다. 세상으로 나온 그는 궁에서 상궁이었던 조하서를 따라 숙명여고의 전신인 명신여학교에 입학한다. 조하서는 일찍 부모를 잃고, 궁에서 제조상궁으로 있던 고모의 소개로 헌종비(憲宗妃)인 명헌왕후 홍씨전(洪氏殿)의 '아기나인'으로 4살 때 입궁하여 궁중에서 뼈가 굵은 사람이다.

명신여학교는 고종의 후궁이며 마지막 황태자인 이은(李垠)을 낳은 엄비(순헌황귀비로 책봉됨)가 1909년에 280여만 평의 토지를 하사, 그 재산을 기본으로 설립한 학교로 오늘의 숙명여자중고등학교의 전신이다. 1907년 12월에 볼모가 되어 일본유학을 간 아들 이은(李垠)의 시중을 들 근대교육을 받은 궁녀가 필요했기 때문이다. 본과와 기예과를 두어 경복궁과 덕수궁의 궁녀 중 16명을 뽑아 교육받게 했다.

박자혜, 그는 기예과에 입학하여 1914년 3월에 졸업한다. 기예과의 학과목은 수신, 일어독본, 습자, 조선어급 한문, 산술, 가사, 재봉, 양재, 자수, 조화, 편물, 도화 등이었다. 극히 제한적이고 순종적이었던 궁에서의 삶을 벗어나 처음으로 남자 선생님, 일본인 선생님 등을 만나게 되고, 세상을 바라보는 눈을 뜨기 시작한다.

그가 기예과를 선택한 것은 직업을 갖기 위해서였다. 한 사람의 독립된 인격으로서 바로서려면 무엇보다도 경제적인 자립이 최우선이었다. 그러나 기예과를 졸업했어도 여전히 생계문제는 해결되지 않았다. 전문지식을 가진 전문인으로 일할 수 있어야 한다는 것을 체감하고 다시 '사립조산부양성소'에 입학한다. 산파가 되면 의료인에 포함된다는 긍지도 있었고, 스스로 돈을 버는 직업을 가질 수도 있다는 생각에서였다.

당시의 상황에서는 나라의 장래를 책임질 어린이들의 양육이 중요했고 따라서 여성의 임신, 출산, 수유, 간호 등 여성교육이 필요했다. 그런 사회적 분위기에서 산파에 대한 인식이 높았다.

그는 다시 '사립조산부양성소'에 입학하여 간이생리학, 간이 산파학, 해부학, 태상학, 간호, 육아, 소족법, 등을 배운 후 조산부 즉 산파 자격증을 취득한다. 그러나 조산소를 차리려면 간호사 경력을 가져야 했다. 1915년에 조선총독부의원 부속 의학강습소 간호부과에 입학하여 1916년 졸업하고 조선총독부의원 산부인과에 간호부로 취업한다. 의사 간호사 실무자 등의 80%가 일본인이었다.

간호부(看護婦)가 되어서

1910년경부터 많은 애국지사들은 국내에서의 항일운동이 어려워지자 만주, 중국, 연해주, 미주 등으로 퍼져나가 항일운동을 계속하게 되고 국내에서는 비밀리에 후원하게 된다. 독립에 대한 분위기가 고조되면서 여성들도 항일운동 비밀조직을 만든다. 고종의 독살설(1919년)이 퍼지면서 한국인들의 분노가 가중되고 3·1 만세운동이 일어난다. 서울의 각 병원에는 부상자들이 줄을 잇는다. 당시 박자혜를 포함하여 한국인 간호원이 18명이 근무하는 조선총독부의원도 마찬가지였다. 부상자들을 치료하면서 무너진 나라국민으로서의 울분과 부당함에 나라 잃은 민족의 비애와 독립의 절실함을 뼈저리게 느낀다. 일제산하기관에서 일하는 것이 부끄럽기도 했다. 개인의 독립이 아니라, 민족의 독립을 위해서 싸워야한다는 사명감이 불타올랐다.

함께 일하는 간호사들을 모아 간우회(看友會)를 조직하고 만세운동에 적극 가담할 것을 독려한다. 민족대표 33인 중의 한사람인 이필주 목사와 같은 병원의 의사인 김형익과 비밀리에 연락을 취하며 조직적으로 독립운동에 펼치는 중에 동맹파업을 도모했다. 기밀이 새어나가서 체포된다. 일본경찰은 그를 '과격한 말을 하고 다니는 자'로 주목했고, 보고서에 '악질적이고 포악한 여자'라고 기록될 정도였다. 다행히 총독부의원장이 책임을 지고 수감된 간호사들의 신병인도로 풀려나긴 했지만 더 이상 근무할 수 없음을 감지하고 빠져나갈 길을 모색한다. 만주에 있는 지인에게 아버지가 위독하다는 전보를 쳐 달라고 부탁하여, 2주간의 휴가를 받는다. 그 길로 봉천행 열차를 탄다.

가난한 독립운동가의 아내가 되다

1919년 회문(匯文)대학 의예과(1927년에 연경대학으로 개칭)에 입학한다. 이듬해인 1920년 봄, 이회영(李會榮, 독립운동가)의 부인 이은숙의 소개로 그곳에서 독립운동을 벌이고 있는 15년 연상의 단재(丹齋) 신채호(申采浩)를 만난다. 그때부터 그는 독립운동가의 아내로서의 철저히 고단한 삶을 시작한다.

"검푸르던 북경의 하늘빛도 나날이 옅어져가고 만화방초가 음산한 북국의 산과 들을 장식해주는 봄 4월이었습니다. 나는 연경대학에 재학 중이고 당신은 무슨 일로 상해에서 북경으로 오셨는지 모르나 어쨌든 나와 당신은 한평생을 같이 하자는 약속을 하게 되었던 것입니다."

후에 당시를 회상하며 쓴 글이다.

신채호는 한국에서 이미 결혼을 해서 '관일(貫日)'이라는 아들까지 두었는데 일찍 아들이 죽자 부인 풍양조씨와 헤어지고 독립운동을 하다가 망명길에 올라, 독신으로 상해, 북경 등지로 떠돌며 독립운동을 한 지 10년이 되는 해였다.

신채호를 만난 이듬해인 1921년 음력 1월 첫 아들 수범(秀凡)을 낳는다. 경제적으로 어려워서 학업을 계속할 수 없게 된다. 남편 신채호는 약간의 원고료, 독지가의 후원 등으로 독립운동에만 매달릴 뿐 가정경제를 책임질 수 없는 상태였다, 1922년, 생활고를 견디다 못한 박자혜는 둘째 아기를 임신한 상태로 수범과 함께 한국으로 돌아와야 했다. 신채호는 북경 소재 관음사에 입산, 역사연구에 매진하였고 국내로 돌아온 박자혜는 영양실조로 임신한 아기를 잃게 된다. 지인의 도움으로 서울 종로구 인사동 69번지에 '산파 박자혜'라는 조산원을 개업하고 단칸방을 얻어 아들 수범을 기르는 한편,

북경에서 독립운동을 하는 남편과 연락을 취하면서 베이징이나 톈진 일대의 독립운동가들가 국내 인사와의 연락과 국내에 들어오는 애국운동가들의 길안내, 나석주의 동양척식주식회사 폭탄 투척 등을 도우며 후방보급기지로서의 임무를 톡톡히 해냈다. 최근에는 보천교(普天敎)와도 관련되어 독립운동을 한 사실이 밝혀졌다.

1927년 1월, 수범을 데리고 남편을 만나러 간다. 가는 도중, 여관

에서 납치를 당할 뻔 하기도 했지만 여관주인의 도움으로 무사히 신채호를 만날 수 있었다. 그것이 남편과의 마지막 만남이 되리라곤 생각 못했다. 오랜만에 만난 세 가족은 박숭병(朴嵩秉, 독립운동가)의 집에서 한 달 동안 함께 지낸 후 다시 국내로 돌아온 박자혜는 둘째 아들 두범(斗凡)을 낳는다.

1929년 5월, 신채호는 치안유지법 위반과 독립운동 자금 마련을 위한 국제위폐 사건으로 체포되어 10년형의 언도를 받고 뤼순 감옥에 수감된다. 신채호가 체포되었다는 소식이 전해지자 『동아일보』에서 다음과 같은 기사를 실었다.

> "홀로 어린아이 형제를 거느리고 저주된 운명에서 하염없는 눈물로 세월을 보내는 애처로운 젊은 부인이 있다. 인사동 19번지 거리 '산파 박자혜'라고 쓴 낡은 간판이 주인의 가긍함을 말하는 듯 음산한 기운을 지어내니, 이 집이 조선사람으로서는 거의 다 아는 풍운아 신채호의 가정이다.(…)삼순구식도 계속할 힘이 없어 어찌할 바 모르고 옥중에 있는 가장에게 하소연하니 '정 할 수 없으면 고아원으로 보내라'는 편지를 받고 복 받치는 설움을 억제할 길 없었다."

기사가 나가자 전국에서 동정금을 보내오기도 했다. 무명씨 1원, 강계 동인의원 김지영 10원, 이천국 박길환 5원, 정주군 이승훈 5원… 등.

가난의 어려움 속에서도 더욱 괴로운 것은 모자(母子)에 대한 일경들의 감시와 폭력이었다. 수시로 조사하고 감시하며 가해지는 욕설과 폭력이 이어졌다. 심지어 한성상업학교(현재 한성고등학교) 다니는 수범의 책가방을 뒤지기도 했다.

조산소 영업도 되지 않았다. 조산원이 너무 많아졌기 때문이다. 한때는 좋아보였던 산파라는 직업이 여러 가지로 어려운 직업이었다. 일 자체가 출퇴근하는 직업과는 달리 들쭉날쭉해서 밤이건 낮이건 부르면 달려가야 했고, 출산할 때 외부인을 집안으로 들이지 않는 한국인들의 습성과, 일반적으로 산모가 난산일 경우를 제외하고는 산파를 거의 부르지 않았다. 부름을 받고 가는 중에 순산했다는 소식을 듣게 되돌아오는 경우도 있다. 또 잠자다 불려서 왔는데도 산모가 며칠을 출산을 못하기도 하고 그러다가 산모와 아기가 죽는 경우도 생기는데 그럴 때는 그 충격도 컸다. 수입이 없다보니 아궁이에 불 때는 날이 한 달이면 삼사일 정도에 불과했다. 혹독한 가난이 그를 옥죄었다. 매달 육 원 오십 전 하는 방 한 칸의 월세도 제 때에 주지 못해 주인으로부터 독촉을 받는 형편이었다. 옥중의 남편이 솜을 누빈 옷을 보내달라는 연락이 왔음에도 보내줄 수 없었다.『국조보감』과 서양역사책을 사서 보내달라는 편지가 왔는데도 오십 원이나 하는 책을 사 보낼 수가 없어서 안재홍(安在鴻, 독립운동가)에게 부탁했는데 안재홍 역시 보내지 못했다. 남편은 '내 걱정은 마시고 부디 수범 형제 데리고 잘 지내시며 정 할 수 없거든 고아원으로 보내시오'라는 답장을 보내온 후 1931년부터는 편지마저 끊어졌다.

박자혜는 아들과 함께 종로네거리에 나가 풀장사, 참외장사를 하기도 했다.

1936년 잡지『신가정』에 소개된 글을 보면 얼마나 곤궁했는지 짐작할 수 있다.

'산파 박자혜라는 간판이 개와집들 틈에 어깨도 펴지 못한 채 옹구리고 있는 어느 초가집 대문 밖에 걸려 있었습니다. 중문턱을 들어서서 안방을 향하고 박자혜씨를 찾았더니 뜻밖에도 등 뒤 아랫방 문이 열리며 부인의 얼굴이 나타났습니다. 이미 예상은 하였거니와 부엌도 마루도 없는 아래채 한 칸 방에 너무도 쓸쓸하게 지내는 여사의 얼굴을 차마 바라보기가 어려웠습니다.'

1936년 2월 21일 뤼순 감옥으로부터 뇌졸중과 동상, 영양실조 및 고문 후유증 등의 합병증으로 남편이 위독다는 연락을 받고 두 아들과 함께 황망하게 길을 나섰다. 10여년 만에 마주한 남편은 깨어나지 못했다. 57세였다. 화장을 한 후 겨우 수습해서 돌아왔다.

"여보, 당신이 남겨놓고 가신 비참한 잔뼈 몇 개 집어넣은 궤짝을 부둥켜안고 마음 둘 곳 없나이다. 작은 궤짝은 무서움도 괴로움도 모르고 싸늘한 채로 침묵을 지키고 있습니다. (…) 당신의 원통한 고혼은 지금 이국의 광야에서 무엇을 부르짖으며 헤매나이까? 불쌍한 당신의 혼이나마 부처님 품속에 편안히 쉴 수 있도록, 이 밤이 밝아오면 아이들을 데리고 동대문 밖 지장암에 가서 정성껏 기도하겠습니다."

"인제는 모든 희망이 아조 끊어지고 말았습니다."
남편의 떠나보낸 후 사망소식을 들은 박자혜, 그가 참담하게 한 말이다.
둘째 아들 두범(申斗凡)이도 1941년에 영양실조로 사망한다. 14세였다.

　아들을 잃은 슬픔과 계속되는 일경의 호출과 감시의 고통 속에서 지내던 그가 1943년 병고로 쓰러졌다. 48세였다. 그토록 기대했던 대한민국의 독립을 보기도 전이었다. 혹독한 가난만큼이나 그의 운명도 혹독했다.

　1990년, 대한민국 정부는 박자혜에게 건국훈장 애족장을 추서하였다.

맺으며

　박자혜, 그에게 조국은 가정경제를 책임 짓지 않는 풍운아 남편 신채호보다 더 모시기 힘 든 더 큰 남편이었다. 그러나 비켜갈 수 없는 운명이었다. 어려운 시대에도 전문직업을 찾아 나설 만큼 뛰어난 현실감각과 자립심이 강한 여성이었고, 독립운동가의 아내로서, 독립운동가로서, 어머니로서 쓰러진 나라를 일으켜 세우는데 남자와 여자를 가릴 수 없음의 본(本)을 보여주었다.

　다시 한 번 옷깃을 여미고 헌사(獻辭) 한 마디 바치며 그의 이름을 깊이 읊조린다.

　"인동초 같은 삶을 살아낸 당신은 참 아름다운 사람이었습니다!"

　박 · 자 · 혜 !

※ 이 글은 '애국지사기념사업회(캐)'의 편집방향과 다를 수 있습니다.

──────────

[참고]
-윤정란의 논문 '일제강점기 박자혜의 독립운동과 독립운동가 아내로서의 삶'
-안후상의 논문: '일제강점기 보천교의 독립운동'
-법보신문, 위키백과, 한국민족문화대백과사전.

오 세창(吳 世昌)

오 세창(1864년 8월 6일~1953년 4월 16일)

오 세창(吳 世昌)
총칼 대신 펜으로 펼친 독립운동

권 천학

오세창(1864년 8월 6일~1953년 4월 16일)은 독립운동가 외에도 정치가, 언론인, 서화가, 금석학자(金石學者), 종교인, 등의 명칭이 따라붙는다. 그의 생애 중 젊은 시절에는 쓰러진 국운(國運)을 회복하는 독립투사로서, 총칼 대신 펜의 힘을 빌려 문명개화운동에 정열을 쏟았다. 독립이후, 생의 후반부에는 서예와 금석학(金石學) 등으로 문화 활동에 전념한다.

오세창은 아버지 오경석(吳慶錫)과 어머니 김해 김씨 사이의 차남으로 태어난다. 본관은 해주(海州), 자는 중명(仲銘), 아호는 위창(葦滄), 천도교 이름인 도호는 한암(閒菴)이다.

그의 아버지 역매(亦梅) 오경석은 대대로 이어온 역관(譯官) 해주(海州) 오(吳)씨 집안 출신으로 일찍이 외국어(중국어)를 익히며 개화사상에 눈을 뜬 중인신분이었다.

중인신분이라 함은 양반과 양인사이의 계층이며, 사회적으로 중간위치에 해당한다. 중인은 주로 서울을 중심으로 한 중앙에 거주하고 있었기 때문에 붙여진 명칭이기도 하다. 그 시절의 신분제도는 양반(兩班), 중인(中人), 상민(常民), 천민(賤民)으로 나눠진다. 양반은 문반(文

班)과 무반(武班)을 포함하고, 고급관직이나 군사요직에 종사하고, 양인(良人)은 중인과 상민(常民)을 포함하며, 요즘말로 '보통사람'이라고 할 수 있다. 사무직이나 기술직에 종사하는 벼슬아치로 의관(醫官), 역관(譯官), 향리(鄕吏), 서리(胥吏, 흔히 아전), 서제(書題)… 등이다. 상민(常民)은 농업(農業), 공업(工業), 상업(商業)에 종사하는 사람을 말하지만 주로 농민이었다. 시장경제와 자본주의가 주류인 지금에 비유하면 엄청난 차이이다. 천민(賤民)은 대부분이 노비(奴婢)였고, 창기(娼妓), 무당, 광대, 백정(白丁)이 있었는데 이중에서도 가장 천대를 받는 것이 백정이었다. 특기할만한 것은 불교의 몰락으로 승려도 천민의 대우를 받았다. 양반과 중인은 지배층에 속하고, 상민과 천민은 피지배층에 속한다.

오세창이 일찍이 문명개화사상에 눈을 뜨고 독립운동의 방법을 계몽언론인으로서 활약하기까지는 그 바탕이 된 어린 시절의 환경을 눈여겨 볼 필요가 있다.

오세창의 아버지 오경석은 구한말 개화당의 이론적 중심으로 숭록대부(崇祿大夫, 종일품, 요즘의 부총리 급)까지 오른 출세한 중인이다. 열여섯인 1846년에 역과(譯科)에 합격하여 역관(譯官)으로 첫 관직에 나간다. 23세(1853년)에 외교관 자격으로 처음 북경에 간다. 낯선 문물과 새로운 세상을 접하면서 개화에 대한 필요함을 느낀다. 그 후 13회에 걸친 중국방문길에서 서구문물과 문화에 대한 견문도 넓어지고 안목도 깊어진다. 나라가 발달하려면 외국과의 통상교역이 필요하다는 인식을 하고 『해국도지』『영환지략』『박물신편』등, 서양의 사정을 소개하는 책자들을 사들여 와서 뜻이 통하는 주위사람들에게 읽게 하면서 개화활동을 시작한다. 그때 뜻을 같이하며 교류하던 중인출신의 친구들 중에 정치적으로 중요한 의미를 가진 인물로는 박규수와 유홍기(劉鴻基)가 있다.

유홍기는 호가 대치(大致)여서 劉大致라고도 하는데, 뜻이 통하는 동지일 뿐만 아니라 선진적인 이론과 사상을 가진 당대 최고의 선각 자로 꼽혔고, 그의 영향력 아래에 젊은 개화당들이 모여 들었기 때문에 세간에서는 그를 '백의정승(白衣政丞)'이라고 불렀다.

오세창은 어려서부터 그런 환경에서 개화활동을 보고 배우며 자란다. 또 당대 최고의 선각자이며 아버지와 절친 동지였던 유홍기(劉鴻基)를 가숙(家塾)의 숙사(塾師)로 모시고 학문공부를 하며 자연스럽게 문명개화에 눈을 뜨는 젊은이가 된다. 가숙(家塾)은 외부의 교육기관에 의탁하지 않고 집안에 글방을 두고 개인교습을 시키는 교육방법이며 숙사(塾師)는 그 개인교습을 시키는 선생님이다.

오세창은 16세가 된 1879년에 역과(譯科)에 합격하여 관직생활을 시작한다. 아버지와 같은 나이다. 1880년에 사역원으로 등제된 후 1885년에 박문국(博文局)에 발령받아 1886년(고종23년)에 박문국 주사시보로 임명되어 관보인《한성주보(漢城周報)》기자가 된다. 이때부터 언론인으로써의 첫 활동을 시작한 셈이다.

박문국은 한국 최초의 근대식 인쇄소로 신문 잡지 등을 편찬, 출판하는 한국최초의 신문사이기도 하다.《한성주보》는 최초의 신문이라고 할 수 있다.

1894년(고종31년) 7월부터 1896년 2월까지 갑오개혁이 추진되면서 친일개화파정권이 수립되고 군국기무처가 생긴다. 오세창은 군국기무처 낭청의 총재비서관(軍國機務處郎廳總裁祕書官)이 되었다가 관재 개정이후 농상공부참의(農商工部參議)와 통신국장을 겸임하게 된다. 군국기무처는 그해 말에 칙령으로 폐지된다. 낭청은 낭관(郎官)과 같은 뜻으로 각 관서의 당하관을 지칭하는 상설기구의 관직명이다. 갑오개혁은 당시에 추진되었던 일련의 개혁운동으로 갑오경장(甲午更張)이라고도 한다. 오세창이 개화관료로서 개혁사업에 본격적으로 참여하기 시작한 것은 갑오개혁 때부터이다.

1895년 10월 을미사변으로 뒤숭숭할 때 정세(政勢)의 화를 면하려고 권동진, 정난교 등과 함께 일본으로 망명했으나 혐의 없음이 밝혀져 곧 귀국했고, 이듬해 아관파천(俄館播遷)으로 개화파 정권이 무너지면서 관직에서 물러난다. 임권조 일본공사의 주선으로 도쿄상업학교 한국어교사로 초빙되어 도일한다. 1897년에는 정식으로 도쿄외국어학교의 조선어과 교사로 일본에서 1년가량 교사 생활을 하면서 일본의 근대 문물을 직접 접하게 된다.

그 무렵 국내에서 개화파인사들이 독립협회(獨立協會, 1896년 7월 2일)을 결성했다는 소식이 듣고 서울로 돌아왔고, 와서 간사로 적극 참여하면서 정치활동을 시작한다. 독립협회(獨立協會)는 열강에 의한 국권침탈과 개인의 인권유린에 저항하여 국권의 회복과 자유 민권의 보장 그리고 스스로 힘을 기르자는 목적으로 조직된 우리나라 최초의 근대적인 민중 사회정치 단체다. 1898년 12월에 민회 금압령을 내려 무력으로 강제 해산 당했다. 독립협회가 해산되자 칩거하며 정치적 재기를 모색하던 오세창은 1902년 유길준이 일본사관학교 출신 장교들과 정부전복의 획책을 꾀하며 '일심회(一心會)'를 조직하자 최린, 유동근 등과 함께 가담하게 된다. 얼마 되지 않아 조직이 탄로 나고 감시의 대상이 되자 다시 일본으로 망명한다.

일본 망명생활 중에 동학의 3대 교주인 의암(義庵)손병희를 만난다. 권동진과 함께 천도교에 입도(入道)하고 손병희를 측근에서 보좌하며 천도교 사역에도 참여한다. 손병희 역시 동학 농민전쟁을 일으킨 주모자로 몰려 고종정부의 정치적 탄압을 피해 망명 중이었다. 동학혁명의 좌절을 겪고 망명중인데도 동학잔당이라는 이유로 살육, 저격 등 탄압이 계속되자 '동학당'을 '천도교'로 이름을 바꾼(1905년) 후 문명개화운동으로 진로를 바꾼다.

오세창은 독립협회에 가담한 것 때문에, 손병희는 동학혁명의 주모자로, 고종의 광무정권과 적대적 관계가 되어 망명 중인 두 사람의 만남은 동병상린(同病相憐)의 처지이면서 국권회복과 문명개화운동의 뜻이 같은 좋은 만남이 되었다.

손병희의 발의로 기관지를 겸한 일간지 《만세보(萬歲報)》를 1906년 6월 17일에 창간한다. 발행소는 한성(漢城) 남서(南署) 회동(會同) 85통 4호였다. 사장에 오세창, 발행인 겸 편집인에 신광희(申光熙), 총무 겸 주필은 이인직(李仁稙)이 맡았다.

오세창은 창간사에서 발간목적을 아한인민(我韓人民)과 문명진보(文明進步)의 지식계발을 목적으로 함을 밝히고 있다. 즉 "신문이란 지식을 계발하는 하나의 교육기관일 뿐만 아니라 근대국가형성을 위한 것이며, 신문은 국제간의 평화를 유지할 수도 있고 전쟁을 도발할 수도 있으며 정치를 지도할 수도 있고 평화를 회복하는 데까지 여론에 미치는 영향력이 지대하다."고 신문의 중요성을 강조하며, 학문증진(學問增進), 식산발달(殖産發達), 국위국광(國威國光)에 목적을 둔 국민교육기관이라고 자처한다.

1906년 7월 22일자부터 10월10일자까지 이인직의 신소설 『혈(血)의 누(淚)』를 우리나라 신문사상 첫 번째로 50회에 걸쳐 연재하고, 이어서 10월 14일 부터는 『귀(鬼)의 성(聲)』도 연재했다. 뿐만 아니라 오세창은 논설을 통해서 입헌국가의식의 고취와 부패한 지배층에 대한 비판, 친일단체인 일진회(一進會) 그리고 을사오적(乙巳五賊)에 포함되는 내부대신 이지용(李址鎔), 군부대신 이근택(李根澤)의 반민족행위와 비행도 강력히 규탄했다.

을사오적(乙巳五賊)은 을사늑약(乙巳勒約)의 체결(1905년 11월 17일)을 찬성했던 매국노 다섯 사람을 말한다. 학부대신 이완용(李完用:조선귀족 후작, 조선총독부 중추원 고문 겸 부의장), 군부대신 이근택(李根澤:조선귀족 자작, 조선총독부 중추원 고문), 내부대신 이지용(李址鎔:조선귀족 백작, 조선총독부 중추원고문), 외부대신 박제순(朴齊純:조선귀족 자작, 조선총독부 중추원 고문), 농상공부대신 권중현(權重顯:조선귀족 자작, 조선총독부 중추원 고문).

조선귀족은 1910년 8월 29일, 한일병탄조약 후 〈조선귀족령〉을 선포, 일본의 화족제도를 준용하여 조선사람에게 가장 높은 공작(孔雀)을 제외한, 후작-백작-자작-남작의 작위를 내렸다. 공작은 일본사람에게만 있다. 이는 우리나라를 손쉽게 지배하려는 달콤한 미끼였다.

《만세보》가 강력한 여론의 힘을 발휘할 수 있었던 것은 다른 어느 신문도 갖지 못한 전국 지부를 가지고 있기 때문이기도 했을 것이고 따라서 파급력도 상당했을 것이다. 그럼에도 불구하고 경영난에 시달려야 했다. 그러는 가운데 오세창은 친일파로 변질한 이인직(李仁植)과의 갈등도 빚었다. 천도교 측의 지원과 고종황제가 내탕금에서 1,000원을 하사하기도 했음에도 불구하고 창간 1년이 지난 1907년 6월 29일 제293호를 종간호로 문을 닫아야 했다. 1907년 7월 18일부터 이인직이 시설 일체를 매수(買受)하여 제호를 《대한신문(大韓新聞)》으로 바꾸어 간행하면서 친일내각의 기관지가 되었다. 애석한 일이다.

파도위에서 출렁이는 촛불처럼 흔들리는 국운(國運)의 몸짓처럼 애국지사들의 투쟁도 뭉치고 헤쳐지는 수난을 겪어가면서도 끈질기게 이어졌다.

1905년 이준(李儁), 양한묵(梁漢默) 등의 지식인들은 국민의 정치의식과 독립정신을 고취를 위한 헌정에 관한 연구를 목적으로 헌정연구회(憲政研究會)를 만들었다. 1906년에는 이를 확대 개편하여 '대한자강회(大韓自强會)'를 만들었다. 월보(月報)를 간행하고 국체보상운동 등 현실참여운동을 벌였지만 버티지 못했다. 그해 8월에 한국통감부(韓國統監府) 소속 이완용(李完用) 내각의 지시에 따라 해산당하고 만다.

한국통감부(韓國統監府)는 을사조약(1905년) 체결에 따라 일본은 대한제국을 보호한다는 명분으로 1906년 2월에 한성부(서울)에 설치한 기관이다. 줄여서 통감부(統監府)라고 하며 초대 통감은 이토 히로부미가 임명됐다. 명분은 한국 황실의 안녕과 평화유지를 내세웠지만 실제로는 한국의 정사(政事)와 행정 등 국정전반을 장악하고, 정치와 외교는 물론 경제권까지도 침탈, 침략의 영역을 넓히는 식민통치 준비기구로 1910년 8월에 조선총독부가 설치될 때까지 존속했다.

탄압이 계속되면 계속될수록 저항도 끈질겼다. 강압과 감시로 목을 조여 오면 숨어서 숨통을 열어가며 서로 끈을 이어갈 수밖에 없었다. 그것이 나라 잃은 슬픈 백성들의 운명이고 식민국 지식인들의 사명감이었다.

'대한자강회(大韓自强會)'가 해산 되었다고 사회지도층의 지식인들이 그냥 있을 수는 없었다. 다시 뭉쳐 모색했다. 1907년 11월 10일에 대한협회(大韓協會)를 결성했다. 남궁억이 총재로 추대되고, 오세창은 부회장을 맡는다. 또다시 교육과 산업을 발달시키고 국가의 부강을 목적으로, 국민의 의식을 고취시키는 계몽과 애국정신, 의식개혁을 도모하는 운동단체였다. 대한자강회가 비록 몇 달 만에 일제의 탄압으로 해산되긴 했어도 대한협회를 결성하게 된 발화점이 된 중요한 의미가 있다. 월간으로 발행하던 《대한협회회보》를 1909년 일간지 《대한민보》로 바꾸어 창간하고 오세창은 사장을 맡는다. 반일(反日) 논조를 분명히 하며 천도교도들과 힘을 합하여 문화계몽 운동을 적극적으로 전개해 나갔다.

오세창을 비롯한 문명개화론자들은 일제통감부 지배체제하에서 국권회복을 하려면 스스로 자립할 수 있어야 하고 그 실력을 갖추려면 경제적 자립이 우선이라는 생각으로 식산흥업(殖産興業)을 주장했다. 즉 산업을 일으키고 생산을 늘려야 한다는 것으로 세계경제의 흐름인 자본주의의 본질과 괘를 같이 하고 있음을 알 수 있다. 그런데 그 과정에서 같이 협동했던 일진회(一進會)와 서북학회(西北學會)가 각각 다른 뜻을 가지고 있음이 드러나 또 다시 헤쳐모여를 해야 했다.

서북학회(西北學會)는 서북, 관서, 해서지방 출신들로 조직된 애국계몽 단체로 독립군기지건설에 주력, 국외독립운동의 초석이 되었고, 일제탄압이 강해지자 만주로 옮겨 독립군기지를 건설하고 무관학교를 설립했다.

일진회(一進會)는 친일파로 돌아선 이용구가 이끄는 단체로 일본의 보호통치 아래에서 실력양성을 해야 한다는 친일성향의 논리를 폈다. 3파의 통합을 시도했지만, 실패했다. 대한협회(大韓協會)의 오세창은 개화는 찬성하지만 일본과의 합병은 반대한다는 노선을 고수하며 갈라설 수밖에 없었다.

오세창은 비밀리에 추진되는 삼일만세운동 준비에 가담한다. 1919년 2월 10일, 손병희 등과 함께 최남선의 독립선언서 초안을 검토, 2월 27일에 최종확인하고 찬동, 서명날인한 후 전국보급용으로 2만 1,000매를 찍는 용지와 인쇄 등을 지원한다.

3월 1일, 오후 2시경 경성부 인사동의 요리집 태화관(泰華館)모임에 지방에 있어 불참한 길선주·김병조·유여대·정춘수 등 4인을 제외한 민족대표들이 모두 모였다. 독립선언식을 원래는 탑골공원에서 할 계획이었으나 참여하는 많은 학생들에게 피해가 가지 않도록 대표들만 미리 태화관에 모여 거행하기로 한 것이다. 태화관 주인 안순환(安淳煥)에게 조선총독부에 전화로 사실을 알리게 하고, 독립선언서 낭독과 만세삼창을 외치다가 연락을 받고 출동한 80여명의 일본경찰에게 모두 연행된다. 탑골공원에 모여든 학생들과 군중들은 대표들을 기다리다가 나타나지 않으므로 오후 2시가 되자 한 청년이 단상으로 올라가 배포된 독립선언서를 낭독하고 '대한독립만세'를 외치며 종로로 뛰쳐나가 시위행진에 들어갔다.

오세창은 징역3년의 옥고를 치르고 서대문 형무소에서 1923년 석방된다.

1945년, 해방이 되었다. 오세창은 해방직후인 9월, 매일신보(每日申報)의 명예사장과 서울신문 명예사장으로 추대된다. 10월 16일 환국(還國)한 이승만을 중심으로 대한독립촉성국민회(大韓獨立促成國民會)가 조직되자 오세창은 회장에 추대되고, 전국애국단체총연협회 회장으로도 위촉되어 꾸준히 활동한다.

1950년 6월 25일 한국 전쟁 후 대구로 낙향, 향년 90세로 병사(1953년4월16일)하기까지 서예가, 금석학(金石學), 서화와 고미술품 감정 등 문화 활동에 전념한다. 1928년, 서화가 인명사전인《근역서화징(槿域書畫徵)》과 고려·조선의 서화들을 찍은 사진과 자신이 소장한 고미술품을 합친 화보집《근역서화휘(槿域書畫彙)》등을 출간하였다. 1992년 초대조선미술전람회에서 서예부문 수상하고. 그의 호를 붙인 '위창체' 일명 '오세창체'를 창안했다.

1962년 3월, 대한민국정부는 대한민국 건국공로훈장 복장(複章, 건국훈장과 대통령장)을 추서하였다.

※ 이 글은 '애국지사기념사업회(캐)'의 편집방향과 다를 수 있습니다.

[참고문헌]

*이승연의 논문(원광대학교 서예문화연구소연구원) '위창 오세창의 제발(題跋)의 시의성(時宜性) 연구'
*김경택의 논문(연세대 강사, 한국학) '한말 중인층의 개화활동과 친일 개화론 –오세창의 활동을 중심으로;
*정혜정의 논문(인천대학교) '개화기『萬世報』에 나타난 국민교육론 연구
*나무위키백과.
*한국민족문명대백과사전

▶ 일본을 공포에 떨게 한 김 상옥 의사

김 상옥 의사

일본을 공포에 떨게 한 김 상옥 의사

윤 여웅

1800년대 이후 국제정세

1800년대말 우리나라 조선은 국제정세에 눈이 어두워 현대화된 서구열강(西歐列强)들이 식민지(植民地)를 확장하는데 모두 혈안이 되고 있는 것을 알지 못했다. 또 그들이 세계 도처로 세력을 확대하여 침략전쟁을 일으키고 있는 실정도 전혀 모르고 있었다. 그리고 우리는 서구열강이 개항(開港)을 요구할 때 이를 무시하고 고루한 유교사상(儒敎思想)에만 집착하여 수구파(守舊派)와 개화파(開化派)가 접점(接點)을 찾지 못하고 갈등하면서 국론이 통일되어 있지 않은 혼돈의 상태였다.

더욱이 우리는 당시 과학화된 현대문명에 눈이 어두워있었다. 특히 우리 보다 일찍 개화하고 침략의 본성을 갖고 있는 바로 이웃나라 일본(日本)을 무시하고 있었다. 하지만 일본은 유사이래 언제나 우리나라를 침범하고 노략질을 일삼던 왜구(倭寇)의 후예가 아니던가? 드디어 개화를 일찍 완성한 일제(日帝)는 제일먼저 우리나라를 찬탈(簒奪)하려는 야심을 서서히 실현하고 있었다.

그리고 드디어 1910년 한일합방(韓日合邦)으로 우리나라를 찬탈하고 본격적으로 식민지화에 박차를 가하고 있었다. 이에 애국선열(愛國先烈)들이 부단하고도 치열하게 군국주의(軍國主義)와 식민주의(植民主義)인 일제에 저항하면서 빼앗긴 국권을 찾으려 목숨을 바쳤다. 그 선열중에도유난히 무력(武力)으로 일제를 응징(膺懲)하면서 일경(日警)을 공포에 떨게한 애국지사가 있었으니 바로 김상옥(金相玉) 의사이시다.

김상옥 의사

1890년에 서울 동대문구(현재 종로구) 효제동(孝悌洞)에서 태어난 김상옥(1890~1923) 의사의 본관(本貫)은 김해(金海), 아호는 한지(韓志)인바 한말(韓末)에 군관(軍官)을 지낸 아버지(金貴鉉)를 일찍 여의고 불우한 환경 속에서 성장하면서 주경야독으로 근대학문을 익혔다. 그리고 의사는 어의동보통학교(현 효제초등학교)를 다니다가 10세를 전후해서 낮에는 말발굽을 만드는 철공장(鐵工場)에서 일하고 밤에는 자신이 세운 동흥야학(東興夜學)에서 공부하면서 기독교인 되었다. 더욱이 김의사는 배움에 대한 열정이 대단하여 1910년에는 경성영어학교(京城英語學校)에 입학하는 등 국제정세와 근대문물에 대한 안목을 넓혔다.(2016년에는 효제초등학교가 김의사에게 명예졸업장을 수여하였다)

김상옥 의사의 신앙생활은 평소 갖고 있던 가치관의 변화와 함께 의사소통(Communication)에 의한 타인과의 인간적인 유대감을 강화시키는 요인이 되었다. 김의사가 비밀결사 단체인 백영사(白英社)를 조직하고 활동한 것은 이러한 인식에서 비롯되었다. 그 후 1912년에는 동대문 밖 창신동(昌信洞)에서 영덕철물상회(永德鐵物商會)를 경영하였으며, 이듬해에는 정진주(鄭眞珠)와 결혼하여 슬하에 아들과 딸을 두는 등 행복한 가정을 설계하였다.

김의사는 1917년 비밀결사단체인 광복단(光復團)을 조직하고 조선 물산장려와 일화(日貨) 배척운동을 전개하였다. 그리고 단발령(斷髮令)이 시행된 이후 조선인이애용하던 갓형태의 모자를 위생적이고 실용적인 말총모자로 변형,창안하고 이를 보급하였다. 또한 농기구, 장갑, 양말 등도 생산해 각 지방을 순회하면서 국산품을 장려하는데도 앞장섰다. 사업이 크게 성공하면서 김의사는 사업 시작 5년 만에 50여 명의 종업원을 거느리는 회사의 사장이 되었으며, 당시에 지금으로 말하자면 성공적인 청년 벤처사업가가 되었다.

3·1 독립운동

많은 재산으로 평생을 편안하게 보낼 수 있었던 김상옥 의사! 하지만 그의 인생에 전환점을 맞는 사건이 발생하는데, 그 사건은 다름 아닌 1919년에 조선에서 폭발적으로 일어난 3·1독립운동(3·1獨立運動)이다. 대한민족의 독립정신과 아울러 청년학생들의 용기와 열정에 크게 감동을 받은 당시 29세의 김의사는 3·1운동을 계기로 자신도 독립운동가가 되기로 결심한다.

3·1 독립운동

그러던중 김상옥 의사는 3·1독립운동 당일 평화적인 만세운동을 벌이고 귀가하던 한 여학생을 추격하던 일본경찰이 경찰 검(劍)으로 여학생을 해치려는 것을 목격하였다. 젊고 평소 의협심이 많던 김의사는 즉시 일경을 때려눕히고 장검 1개와 단검 2개를 빼앗았는데 이칼이 지금 독립기념관(獨立記念館) 제5전시실에 전시되어있다. 그리고 김의사는 이때부터 조국의 자주독립을 위해 자신의 일생을 쏟아붓기로 굳게 결심한다.

이때 일본은 우리의 국권(國權)을 강제로 찬탈한 후 조선을 식민지화 하고 우리말을 쓰지 못하게 하였다. 그리고 한글을 없애려 하였으며 조상이 물려준 이름까지 일본식으로 창씨개명(創氏改名)을 하려고 하였다. 그뿐만 아니라 침략과 전쟁을 좋아하는 일제는 대동아전쟁(大東亞戰爭)을 일으키면서, 온갖 수탈로 우리의 농산물을 빼앗아 가고 젊은이들은 총알받이 군인으로 징집(徵集)하였다. 또 장년들은 강제노동의 징용(徵用)으로 자기나라의 군수공장 등으로 끌고 가 노동력을 착취하였으며, 꽃다운 조선의 젊은 여자들은 군위안부(軍慰安婦)로 끌고 가 말할 수 없는 만행을 저질렀다. 또 자신들의 이익을 위해 일제는 군국주의의 본색으로 우리 국민을 무차별적이고 무자비하게 탄압하였다.

그리고 끝내 세계2차대전의 말기에는 자신들의 군수물자가 부족해지자 가정집의 놋그릇까지 공출(供出)이라는 명분으로 빼앗아가고, 심지어는 학교건물의 계단의 쇠붙이는 물론 설립자의 동상 및 조형물까지 강탈하는 등 경제적 침탈(侵奪)이 끊이지 않았다. 그뿐이 아니었다. 그 이전에는 한일합방을 위해 조선의 국모(國母)를 세계역사상 가장 잔인한 수법으로 시해(弑害)하고, 덕수궁의 중명전(重明殿)에서는 침략의 원흉인 이토히로부미(伊藤博文)가 조선 대신들을 겁박(劫迫)하여 한일늑약(韓日勒約)을 강제로 통과시키지 않았던가?

혁신단조직

이와 같은 일제의 만행(蠻行)에 분노한김상옥 의사는 그 해 4월1일 동지인 윤익중(尹益重; 中央高普 10회, 광복후 反民特委 충청남도지부장 역임), 신화수(申華秀) 등 청년·학생들과 동대문교회내 영국인 피어슨여사의 집에서 독립운동의 비밀결사인 혁신단(革新團)을 조직하였다. 그리고 3·1독립운동을 전국의 지방과 민중 속으로 확산하기 위해 등사판으로 '혁신공보(革新公報)'라는 지하신문을 제작, 배포하였다.

이는 우리민족에게 잠재된 민족의식과 항일(抗日)의식을 일깨우기 위한 방편이었다. 이 신문은 악랄한 일제의 철저한 감시망에도 불구하고 당시 상해임시정부의 내무총장이던 안창호(安昌浩) 선생의 "우리가 우리 주권만 찾는 것이 아니라 한반도 위에 모범적인 공화국을 세워 이천만으로 하여금 천연(天然)의 복락을 누리려 함이요" 라는 뜻의 취임사도 실리는 등 7개월 동안 발간하면서 우리나라의 자주독립(自主獨立)을 향한 굳건한 독립의지를 밝혔다.

하지만 이 일은 곧 일본 경찰에 알려지고 김의사는 인쇄시설을 압수당한 후 체포당한다. 그 후 40일간 갖은 고문을 당하고 풀려난 김상옥 의사는 일본제국주의(日本帝國主義)에 대한 지금까지의 평화적인 독립운동의 한계를 느꼈다. 그리하여 투쟁방법을 수정하여 향후 무력(武力)을 통해 우리 동포를 탄압하는 일본관리의 징벌을 포함하여 탄압의 본산(本山)인 주요건물을 파괴하는 등항일무장투쟁의 길을 걷게 된다.

이 무렵 1919년 프랑스 파리(Paris)에서 개최된 만국평화회의에 대한민국의 독립탄원서를 보냈던 파리장서(巴里長書) 사건의 장본인이며 유림(儒林)의 대표인 애국지사 김창숙(金昌淑 :1879~1962) 선생도 "먼저 일제 총독하의 모든 기관을 파괴하고, 다음 친일 부호들을 박멸하고 그리하여 민심을 고무시켜 일제에 대한 저항을 불붙게 하라"면서 무력투쟁의 필요성을 강조하였다.

항일무장투쟁을 결심하다

애초부터 우리의 3·1독립운동은 그 선언서에 명시한 것과 같이 가장 민주적이고 평화적인 만세운동이었다. 그럼에도 불구하고 일제는 이 운동을 왜곡(歪曲)하여 우리를 탄압하는 한편 계속 무력으로 대처하면서 날이 갈수록 그 잔인성이 극에 달하고 있는 실정이었다. 더우기 일본은 불법으로 우리나라를 찬탈하고도 가속해서 조선을 철처하게 식민지화 하고 있었다. 이에 따라 우리의 애국선열들은 부단(不斷)하게 일제에 저항하면서 항일운동을 전개하였다.

김의사는 1919년 12월에 애국적인 암살단을 조직해 일제 침략자와 민족반역자에 대한 응징과 숙청을 기도하였다. 그리고 그해 4월에는 한훈(韓焄)·유장렬(柳漳烈) 선생 등과 함께 전라도 지방에서 친일 민족반역자 서(徐)모 외 수명을 총살하였다. 또한 김의사는 대담하게도 오성헌병대분소(烏城憲兵隊分所)를 습격해 장총 3정과 군도(軍刀) 1개를 탈취하기도 하였다.

특히 1919년 4월 경기도 수원군 향남면 제암리(현재 화성시 향남읍 제암리)에서 일제가 우리나라 양민(良民)을 감리교회에 모이게 하고서

만세운동에 복수하고자 교회에 불을 질러 무참하게 학살(虐殺)한 사건이 발생하였다. 이 사건이 국제적으로 큰 문제가 되어 국외에서 이를 진상조사 하고자 1920년 8월24일 미국의원단(美國議員團)이 동양 각국을 시찰하는 길에 내한(來韓)한다는 소식이 있었다. 이 소식을 접하자 김의사는 그 해 5월부터 김동순(金東淳)·서대순(徐大淳)·윤익중·신화수 선생 등과 함께 미의원들을 환영하기 위해 나오는 당시 조선총독 사이토(齋藤實) 및 일본 고관들을 암살, 응징하려는 계획을 추진한다.

그러나 뜻하지 않게도 이를 실천에 옮기기도 전에 일본경찰에게 발각되고 만다. 상황이 여의치 않자 김상옥 의사는 10월 말 중국 상하이(上海)로 망명하게 된다. 이후 11월에는 대한민국임시정부 요인인 김구(金九), 이시영(李始榮), 조소앙(趙素昂), 신익희(申翼熙) 선생 등과 독립운동 거사계획에 참여하는 동시에 「의열단(義烈團)」에 입단하게 된다.

의열단

「의열단」은 1920년대초 일제의 매국노에 대한 암살·파괴 활동을 활발하게 전개했고, 이후에는 국외에서 민족협동전선과 독립운동을 목적으로 하는 유일단(唯一團)운동을 지속적으로 추진했다. 김의사는 비타협적 민족주의(民族主義)에 기반을 두고, 무정부주의와 사회주의 어느 쪽에도 편향되지 않은 독자적인 민중폭력혁명을 이념적 기반으로 활동했다. 그리고 김의사는 군자금(軍資金) 모금을 위하여 국내로 잠입하는 등 국내의 동지들과도 지속적인 연락망을 구축하였다. 이러한 의사의 주도면밀한 인간적인 유대관계는 이후 '서울시가전'

에서도 승리할 수 있는 원동력이 되었다.

　김의사는 "매국노 몇 명을 죽인다고 독립이 되겠는가?"하면서 친일분자(親日分子) 제거에 의구심을 갖고 우선적으로 조선 침략의 몸체인 일본인과 공공건물의 파괴에 힘쓰겠다며 투쟁노선을 바꾼다. 그리하여 1922년 11월 중순 상하이에서 임시정부 요인(要人) 이시영·조소앙·이동휘(李東輝)·김원봉(金元鳳) 지사들과의논해 조선총독 및 주요 관공서에 대한 암살과 파괴를 목적으로 하는 계획을 치밀하게 계획한다.

　그리고 김의사는 이를 실행하기 위하여 국내로 잠입(潛入)을 결행한다. 평소 날카로운 눈매에 콧수염을 단정하게 기른 김의사는 거사를 실천하기 전에 동지들에게 "생사가 이번 거사에 달렸소. 만약 실패하면 저승에서나 봅시다. 나는 자결하여 뜻을 지킬지언정 적의 포로가 되지는 않겠소."하면서 결연(決然)한 모습을 보였다 한다. 이때 김의사는 거사를 계획하면서 조국의 독립을 위해서는 죽음도 불사할 것을 결심한 것이다. 또 일제는 우리의 선조들이 무력으로 일제에 항거하는 것에 대해서는 애당초 무력항쟁을 차단하고자 가일층 잔인한 방법으로 처단하는 것이 상례였다. 그래서 김의사는 귀중한 목숨을 담보로 한 독립투쟁을 선택한 것 이었다.

　그러던 중 김의사는 이듬해 1월 사이토 조선총독이 일본제국의회에 참석하기 위한 동경행(東京行)을 기회로 출국하려는 것을 알고 이자를 총살하려는 계획을 세웠다. 상해임시정부에서는 안홍한(安弘翰)을 수행시켜 권총 4정과 실탄 수백 발을, 그리고 대형 폭탄은 의열단이 맡아서 김한(金翰)으로부터 받기로 하고 안동현(安東縣)을 거쳐 압록강을 건너 서울에 들어오도록 계획을 세웠다. 이 폭탄은 제일 성능이

우수한 프랑스의 폭탄을 모방하여 당시 몽골에서 의사(醫師)이며 애
국지사로 활동하던 이태준(李泰濬)선생의 운전기사인 헝가리출신 마
자르(Mazarr)의 기술로 제조된 가공할 성능을 갖고 있는 폭탄이었다.

김의사는 상해를 떠나면서 농부차림으로 변장하고 밤을 틈타 압
록강 철교를 건느던 도중에 이곳을 경비하던 일본경찰을 사살(射殺)
하였다. 또 신의주에 들어와서는 세관검문소 보초를 권총으로 머리
를 때려눕히는 등 격투 끝에 국내 잠입에 성공하였다. 그리고 서울에
와서 김한·서대순 등 동지들과 만나 일본에 갈 예정이던 조선총독을
주살(誅殺)하기 위한 치밀한 거사계획을 세웠다. 그러나 상해 주재 일
본경찰이 이러한 정보를 사전에 통보하여 국내 일본의 군경이 경계
(警戒)를 강화하게 되어 조선총독의 암살계획은 시일을 늦추게 된다.

종로경찰서 폭파

이렇게 사이토총독의 암살을 뒤로 미루면서 김의사는 우선 조선
민중의 탄압에 앞장서고 있는 종로경찰서를 폭파할 계획을 세운다.
3·1독립운동이후 일본당국은 명목상 문민정치(文民政治)의 일환으로
표면적으로는 헌병경찰을 보통경찰로 전환하면서 조선인에 대한 유
화정책(宥和政策)을 펴는 듯 하였다.

그러나 조선총독의 전제(專制)아래 있던 일본경찰은 실제로는 항상
무지전능(無知全能)의 괴물로 선량한 조선인을 끝없이 악랄하게 탄압
하였다. 특히 종로경찰서는 독립운동가들을 조사하면서 포승으로 묶
어 천장에 높이 매달아 놓고 손,발의 말초신경에 전기고문, 손, 발톱
뽑기, 코에 물을 부어가며 하는 물고문, 그리고 고문상태로 무한정 감
금하는 등 천인공노(天人共怒)할 수법으로 인권을 유린(蹂躪)하고 있었

다. 그래서 김의사는 종로경찰서 근처에 있는 종로구 관수동47번지의 장예학(張禮學:1883~1953, 3·1독립만세 사건으로 1년여 옥고를 치른 독립지사) 목사집에 몸을 은신하고 있었다. 그리고 김의사는 1923년 1월 12일 밤 8시경 종로경찰서(현 장안빌딩 근처) 서편 동일당이란 간판집의 모퉁이에서 경찰서 서편 창문을 향해 거침없이 폭탄을 투척하였다.

이날 한밤중에 폭탄이 경찰서 창문에 적중하여 터지는 굉음(轟音)은 마치 일제의 탄압에 억눌린 조선인의 민족혼(民族魂)을 일깨우는 우렁찬 함성과도 같았고, 일제에게는 그들의 종말을 예고하는 철퇴처럼 강렬했다. 김의사는 마치 전광석화(電光石火)처럼 폭탄을 투척하여 당시에 철통같은 경비를 자랑하면서 우리민족에게 탄압의 상징

종로경찰서

이던 종로경찰서를 아비규환(阿鼻叫喚)의 아수라장으로 만들었다.

종로경찰서

당시 종로경찰서는 일제 식민통치의 주요수단이었던 일본경찰력의 중심지로 일제의 자존심과 같은 곳이었다. 그리고 조선 침략의 최선봉이었던 조선총독부(朝鮮總督府)나 악명높은 고문(拷問)의 산실인 서대문형무소(西大門刑務所)보다도 종로경찰서는 조선인 탄압에 앞장서고 있었다. 다시 말해 종로경찰서는 당시 조선민중에게는 원한의 표적(標的)이었으며, 독립운동가의 무덤으로 알려지고 복마전(伏魔殿)이라는 악명이 높았다.

특히 3·1독립운동이후 국내에 무장해제(武裝解除)가 실시된 상황임에도 불구하고 종로경찰서는 조선인 탄압과 독립운동가인 한용운(韓龍雲), 이상재(李商在), 안창호(安昌浩) 선생 등 애국지사들을 혹독하게 고문한 곳으로 특별히 원성이 자자하였다. 물론 이와 함께 건물 경비도 철통같았는데 애꿎게도 그 철옹성(鐵甕城)과 같던 경찰서가 이날 구멍이 쉽게 뚫렸으니 일본경찰의 당황(唐惶)함은 설명할 길이 없었다.(현재 지하철 종각역 3번 출구앞에는 거사당일 김상옥 의사가 폭탄을 투척한 표지석이 서있다)

이로부터 5일이 지난 1월 17일까지 수사의 단서를 잡지 못해 당황하기 이를 데 없던 일본경찰이 당시 동대문경찰서 조선인 순사 조용수의 밀고로 투탄(投彈)의 장본인이 김의사임을 알아내 그 은신처를 추적한다. 그리고 17일 새벽에는 김의사의 은신처였던 삼판동(현 용산구 후암동)에 살고 있는 매부(妹夫)인 고봉근(高奉根)의 집이 종로경찰서 수사주임 미와(三輪和三郎)에게 발각된다.

여기에 등장하는 미와라는 자는 당시에 조선인의 감시와 탄압의 1인자로 그 악명이 말할 수 없는 악질로 알려진 자였다. 심지어는 당시에 종로경찰서하면 미와를 일컫는 말로 인식될 정도였으며 당대 최고로 수사에 악랄(惡辣)한 자였다.그런데 이자가 어떻게 33인의 독립운동가들이 3·1독립선언서(獨立宣言書)를 여러날 준비하던 종로구 계동 소재 중앙고보(中央高普) 숙직실에서 일어나고 있던 사전모의는 물론, 3·1독립운동 전날 종로구 경운동 소재 천도교의 보성사(普成社; 普成學校 소유)에서 선언서를 인쇄하던 엄청난 정보를 놓쳤는지는 오늘날 까지도 수수께끼로 남아있다.(현재 중앙고등학교 교정에는 〈3·1기념관〉을 재건하고 매년 3월 1일 그곳에서 기념행사를 거행하고 있다)

경찰서폭파 이후

김의사의 은신처가 발각된 것은 고봉근의 행랑방에 세들어 있던 여자가 종로경찰서에 있는 친정오빠에게 밀고하여 탄로 난 것이다. 김의사는 은신처가 탄로나자 단신(單身)으로 두 손에 권총을 들고 총격전(銃擊戰)을 벌였다. 이날 새벽 완전무장한 일경 17명이 은신처를 포위하자 긴박한 순간에도 김의사는 뛰어난 사격술로 이들을 제압(制壓)하였다.

그리고 김의사와 일경(日警)이 서로 대치하던중 종로경찰서 소속 유도사범이며 형사부장인 다무라(田村振七)가 김의사가 있던 방문을 세게 끌어 당기자 김의사가 벌컥 방문을 열고 나와 다무라를 걷어차고 가슴에 권총을 발사,사살하였다. 그리고 이마세(今瀨金太郎)·우메다(梅田新太郎) 경부 등 수명에게 중상을 입힌 뒤 추격하는 일본경찰에게도 계속 사격을 가하였다. 이 사격에서 일본경찰 15명이 넘게 죽거나 다쳤다. 의사는 2~3분간의 격전을 마치면서 일경의 촘촘한 포위망을 뚫고 유유히 눈 덮인 남산(南山)을 거쳐 금호동에 있는 안장사(安藏寺)에 이르렀다.

김의사는 여기서 승복(僧服)과 짚신을 빌려 변장하고 산을 내려왔다. 1월18일은 무내미(현 水踰里) 이모집에서 유숙(留宿)하고 1월19일 새벽 삼엄한 일본경찰의 경계망을 뚫고 효제동에 있는 「의열단」소속 동지인 이혜수(李惠受)의 집에 도착하였다. 이곳에서 전날피신할 때 장충단(奬忠壇) 돌다리밑에 숨겼던 권총 두자루를 찾아오게 하고 동지 전우진(全宇鎭)으로부터 탄환을 입수한다.

서울 시가전

그리고 이곳에서 통증이 극심한 동상(凍傷)도 치료하면서 김의사는 앞으로의 거사계획을 구상하고 있었다. 그러나 1월 22일의 새벽에 최후 은신처마저 일본경찰에게 탐지되고 말았다. 상해로부터의 서신이 효제동으로 온 것을 전해준 동지인 전우진이 일본경찰의 수사망에 걸려들어 모진 문초(問招)를 당한 끝에 은신처가 밝혀지게 된 것이다.

그 날 눈이 내린 새벽 5시반경 경기도 경찰부장 우마노(馬野)가 총지휘관이 되고 보안과장 후지모토(藤本)가 부지휘관이 되어 경성 시내 종로, 서대문, 중구, 동대문 등 4대 경찰서에 총비상령이 내렸다. 선두에는 기마대(騎馬隊)와 무장경관 400여명이 김의사의 은신처를 중심으로 효제동(지금의 동숭동) 일대를 겹겹이 포위하였다. 그리고 일경은 삼판동에서의 실패를 되풀이하지 않기 위하여 후방에도 수백명의 대대적인 병력으로 군경을 동원하였다. 따라서 그날 동원된 일제의 병력은 1,000여명에 이르렀다고 한다.

그리고 날이 밝자 서부영화(西部映畵)에서나 볼 수 있는 것처럼 최후의 '서울시가전'이 전개되었다. 김의사 생포에 애가 타는 일경은 사다리를 준비하여 이혜수의 가옥 지붕위에 설치하고 지붕위에는 십여명의 병력을 배치하면서 다른 병력은 이혜수의 아버지를 앞세워 김의사가 있는 방문을 열게 한다. 김상옥 의사는 이날의 대결(對決)이 마지막이 될지도 모른다는 예감에 혼자서 두 손에 권총을 꽉 움켜쥐고(이 때문에 김의사는 '쌍권총의 사나이'라는 별명이 붙었다) 일경과 건곤일척(乾坤一擲)의 심정으로 대결을 펼친다.

열에 아홉 발을 명중시키겠다는 정확한 사격술(射擊術)로 김의사는 1,000여명의 일경과 상대하면서 한때는 거리에서, 한때는 다섯 채 가옥의 지붕위에서, 또는 주택안에서 신출귀몰(神出鬼沒)하며 일경을 상대하였다. 김의사는 이렇게 1당 1,000의 기백으로 대총격전을 3시간 반 동안 벌이면서 종로경찰서소속 구리다 경부를 비롯한 일경(日警) 10여 명에게 중경상을 입힌다. 김의사는 따로 사격술을 연습할 기회가 없었음에도 이날 명중률이 높았던 것은 일경에 대한 김의사가 평소 품고있던 복수와 단죄(斷罪)의식에서 발동된 것이 아닐까 생각된다.

눈바람 차가운 이날, 시간이 지나가면서 일경의 희생자가 계속 늘어나는데다 최고의 정보력과 함께 민완한 경찰력을 자랑하던 경찰당국은 이렇게 김의사 한사람을 다루는데 속수무책(束手無策)이 되자 당황하기 시작하였다. 오히려 바짝 겁을 먹은 일본 군경은 "항복하라! 항복하고 나오면 목숨은 살려 준다. 계속 저항하면 너만 손해니어서 항복하라!"하면서 자수(自首)를 권유한다. 그러나 김의사는 "죽을 각오가 돼있다. 자수를 하느니 차라리 자결을 택하겠다"면서 더욱 의연하게 전면에 배치된 400여명의 일경에 대응(對應)하였다. 그러나 오호통재(嗚呼通才)라! 계속 시간이 경과하면서 유감스럽게도 김의사에게는 더 이상 버틸 수 있는 권총의 탄환이 부족한 반면, 대치(對峙)하고 있던 일경의 무력은 점점 강화되고 있었다.

김의사의 최후의 순간

그리하여 탄환이 다 떨어진 김의사는 마지막 남은 탄환 한 발을 자신의 가슴에 겨누고 벽에 기댄 채 "대한독립만세!"를 힘차게 부르면서 장렬하게 자결(自決)한다. 그리고 김의사는 일경에게 자수는 커녕 체포도 거절하겠다는 애초의 약속을 지켰다. 또 이는 우리민족에게 장엄하고도 통쾌한 역사적인 순간이었다. 더불어 이는 대한독립을 위해 사랑하는 가족을 버리고 오로지 자신의 몸을 헌신(獻身)해 무장투쟁을 필생의 목표로 삼았던 김의사의 불꽃같은 생애(生涯)였다.

그리고 이 목표를 손톱만큼도 늦추지 않으며 마지막 순간까지도 1000여 명의 일경을 상대하였던 김상옥 의사의 조국에 대한 일편단심(一片丹心)이었다. 또 이것은 김의사가 거사전에 동지들에게 "목숨을 버릴지언정 체포되지는 않겠다"는 약속을 실천한 것이기도 하다.

1923년 1월12일부터 1월22일까지 10일동안 경성(京城·서울)을 뒤흔든 "쌍권총의 사나이" 김상옥 의사는 이렇게 침략자인 일본을 떨게하면서 순국(殉國)하였다. 하지만 김의사는 일경과 겨루면서 조금도 두려워하지 않고 일기당천(一騎當千)의 기세로 자랑스러운 대한남아의 기백을 유감없이 떨친 영웅(英雄)이었다. 이와함께 '서울시가전'은 최후의 순간까지 용감하게 포효(咆哮)하던 김상옥 의사를 독립운동에서 최고의 무장(武將)으로 영원히 기억해야 할 순간이 되었다.

　김의사의 탄생터인 종로구 효제동 72번지는 현재 '김상옥 의사의 길'로 명명(命名)되어있다. 평소 김상옥 의사는 "丈夫此世 安事區區(남아로 이 세상에 태어나 구구하게 살지는 않겠다)"는 좌우명(座右銘)을 갖고 있었는데 생(生)의 마지막 순간에도 이렇게 김의사는 자신에게 맹서하였던 이 좌우명을 굳게 지켰다.

　그러나 당시 김의사의 순국을 목격한 일경이었지만 그들은 별명이 '동대문 홍길동'인 김의사가 아직도 두눈을 부릅뜨고 양손에 권총을 꽉 움켜쥔채 쓰러진 모습에 또 반격(反擊)이 있을지도 몰라 겁이 나서 접근하지 못하였다. 나중에 김의사의 어머니(金點順)를 대신 보내 임종(臨終)을 확인하고도 일경은 김의사의 용맹에 겁먹어 주춤주춤 접근하고서야 순국을 확인하였는데, 김의사는 당시 신체 열한 개 부위에 총상 자국이 선명하였다고 한다. 그리고 잠시후 조용히 아들의 부릅뜬 두눈을 감기면서 어머니는 "이렇게 할려고 이세상에 태어났느냐?" 하시면서 오열(嗚咽)하셨다 한다. 이렇게 김의사는 향년 34세로 순국하는 마지막 순간까지도 악랄한 일제를 용서할 수 없어 눈을 감지 못하였을 것이다.

김의사의 의거 이후

그 때 전대미문(前代未聞)의 격전지였던 효제동 총격전의 상황을 당시 중학생으로서 목격한 화가(畵家) 구본웅(具本雄)은 이를 그의 시화첩(詩畵帖)에 상세히 수록하였다.

일제가 우리나라를 찬탈한 이후에 우리의 선조들은 이와같이 부단(不斷)하게 독립운동을 전개하였다. 그중에도 무력으로 일본을 응징하려는 애국지사의 의거가 계속되었다. 한일합방의 원흉(元兇)인 이토히로부미를 주살(誅殺)한 안중근(安重根) 의사, 새로 부임하는 사이토총독에게 폭탄세례를 한 강우규(姜宇奎) 의사, 일제의 심장부인 도쿄(東京)에서 일왕(日王) 히로히토(裕仁)에게 폭탄을 투척한 이봉창(李奉昌) 의사, 조선의 토지와 금융을 불법적으로 장악하던 동양척식회사(東洋拓植會社)에 폭탄을 투탄한 나석주(羅錫疇) 의사, 중국 상하이 홍구(虹口)공원에서 천장절(天長節)기념행사를 하던 일본 요인들에게 폭탄을 던졌던 윤봉길(尹奉吉) 의사 등 그 수를 헤아릴 수가 없다. 물론 이러한 의거가 나중에 독립군(獨立軍)을 발족하는 기폭제가 되어 김좌진(金佐鎭) 장군이 청산리(靑山里) 전투에서 일군(日軍)을 완전 섬멸(殲滅)하는 전과를 거두었지 않았던가?

이와같이 우리나라는 애국지사들의 소중한 피와 땀으로 일제에 항거, 투쟁한 덕택에 36년간 일본의 무자비한 식민통치의 질곡(桎梏)에서 벗어나 자주독립국가의 기틀을 마련할 수가 있었다.

현재의 효제동

김상옥 의사가 순국한 이후에 가장(家長)을 잃은 가족들은 당시 일제로부터 말로 표현할 수 없는 고통을 겪고 생활도 어려워졌다. 이를

알고 동아일보사에서는 유족을 신문사에 취직시키기도 하고, 최근
에는 국회사무처가 유족을 특별채용하기도 하였다. 지금은 〈사단법
인 김상옥 의사기념사업회〉를 발족하여 김의사의거 현창(顯彰)사업
을 활발하게 펼치고 있다.

　이제 세월은 흘러 당시 김상옥 의사의 격전지(激戰地)였던 효제동은
현재 행정구역상으로 종로구 동숭동이 되어 옛 서울대학교 교정이
었다가 서울대가 신림동으로 이전한 후 젊은이들의 대표문화공간인
마로니에공원으로 조성되었다.

　그 공원안에는 일본을 공포에 떨게한 김의사의 동상이 자랑스럽게
서있다.

　그러나 김상옥 의사 동
상 모습이 강인(强忍)한 인
상일 것이라는 애초 예상
과는 달리 단아(端雅)하지
만 결기(結氣)에 찬 중년
신사로 우뚝 서 있다. 이
를 보는 사람들은 처음에
는 어느 문인(文人)의 비석
인가 오해도 하면서 접근
하여 비문을 읽으면서 애
국심은 단지 말로만 하는
것이 아니라 오로지 행동
이 따라야만 한다는 것을
깨닫게 된다. 즉 김의사

가 실제로 소중한 생명을 담보로 한 독립투쟁에 앞장섰음을 비문에서 읽고 모든이가 무한한 감동을 받는다. 더불어 이곳을 찾는 젊은 이들에게도 일제 식민지의 어두운 시절에 김의사가 짧은 삶을 조국의 광복(光復)을 이루고자 희생하였음도 알게된다. 그리고 자신의 몸을 태워 마치 다른이에게 빛을 밝혀주는 촛불의 역할처럼 희생적인 삶을 산 김의사의 애국심에 크게 감동한다. 젊은이들은 이와함께 진정한 애국심이 어떤 것인가를 반추하기도 한다. 즉, 이곳은 김의사의 동상을 통해 나라사랑의 본보기와 함께 현재의 대한민국 모습을 비추어 보면서 우리의 역사를 배울 수 있는 산 교육장이 되고 있다.

김상옥 의사는 독립운동에 헌신한 공로로 1962년 대한민국정부로부터 건국훈장 대통령장을 수훈하였다. 또 국내에서 2015년에는 '의열단(義烈團)'을 배경으로 한 영화 〈암살〉이, 그리고 2016년에는 김의사의 의거를 배경으로 〈밀정〉이라는 영화가 상영되어 국민들에게 엄청난 울림을 주었다.

맺는말

이렇게 김상옥 의사가 침략자 일본을 응징하였던 통쾌한 거사가 일어난지도 어언 96년이 되고 조국이 광복(光復)된지도 74년이 되었다. 그럼에도 당시 침략의 당사자였던 일본은 과거의 식민정치를 진심으로 사과하지 않고 있다. 오히려 36년간이나 우리를 억압하였던 그들은 적반하장격(賊反荷杖格) 으로 최근에는 침략의 과거사를 호도(糊塗)하여 자신들의 만행(蠻行)도 계속하여 부인하고 있다. 심지어는 우리의 고유영토인 독도(獨島)에 대하여 자신들의 영유권(領有權)을 주장하며 터무니없는 억지도 부리고 있다. 나아가 일본은 현재의 일본

헌법을 개정하여 전쟁을일으킬 수 있도록 군사력을 합법화하려는 움직임도 있다. 이러한 국제정세의 냉엄한 순간에 우리는 다시한번 김상옥 의사의 쾌거를 자랑스럽게 생각하면서그분의 애국정신에 경의를 표하지 않을 수가 없다.

금년(2019년)에 우리는 3·1독립운동의 100주년 기념행사를 엄숙하고 다채롭게 치루었고 아직도 국내외에서 다양한 행사를 계속하고 있다. 또 대한민국임시정부 수립 100주년 기념행사가 금년 4월 11일 대대적으로 거행되었다. 특히 금년에는 해외에서 기념행사와 함께 자료발굴에도 힘쓰고 있어 그 결과가 주목된다. 또 캐나다에서는 매년 〈애국지사들의 이야기〉를 발간하여 이를 후세에 전달,교육하는 행사를 계속하고 있음이 자랑스럽다. 이를 계기로 후손인 우리는 항상 순국선열(殉國先烈)들의 솔선수범한 애국충정(愛國忠正)을 기리면서 아울러 대한민국의 무궁한 발전(發展)과 번영(繁榮)을 성취하기 위해변함없는 애국심을 발휘(發揮)하여야 하겠다.

※ 이 글은 '애국지사기념사업회(캐)'의 편집방향과 다를 수 있습니다.

캐나다인 독립유공자 5인의 한국사랑
Five Canadian Missionaries and Korea's Independence Movement.

캐나다 선교사들의 한국독립운동
대한민국 정부, 다섯 분에게 건국훈장 독립장 추서

최봉호 (시인)

3·1운동과 대한민국임시정부수립 100주년을 기념해 '캐나다인 다섯 분의 한국사랑'을 특집으로 꾸몄다.

프랭크 스코필드(Frank W. Schofield·1889~1970), 프레드릭 맥켄지(Frederick A. Mckenzie·1869~1931), 로버트 그리어슨(Robert G. Grierson·1868~1965), 스탠리 마틴(Stanley H. Martin·1890~1941), 아치발드 바커(Archibald H. Barker·?~1927) 등 다섯 분은 한국을 한국인들보다 더 사랑했던 선교사들이었다. 이 분들은 헌신적으로 복음을 전하면서 한편으로는 한국독립운동에 적극적으로 동참했다.

3·1운동 당시 이들은 독립 운동가들의 모임장소를 제공하고 한국인들을 보호하는 등 제반 편의를 제공했다. 또한 평화적인 만세시위를 무력으로 제압하는 일본의 만행현장을 사진과 문서로 전 세계에 폭로했다. 대한민국정부는 이들의 공훈을 독립장으로 추서 보답했다.

▶ **프랭크 윌리엄 스코필드 박사**는 제 암리 학살사건의 참상을 전 세계에 폭로한 공로로 34번째 민족대표'로 불리고 있다. 한국의 독립과 인권에 관련하여 가장 존경받고 있는 선교사 가운데 한 분이다. 이 분에 대한 상세한 이야기는 '애국지사들의 이야기·2' 29 페이지 (김대억 글)에서 만날 수 있다.

프랭크 윌리엄 스코필드 박사

▶ **프레드릭 맥켄지**는 종군기자로 내한 일본의 만행에 저항했던 의병들의 전쟁과 3·1운동의 실상을 취재해 전 세계에 알렸다. 또한 영국에서 '한국친우회'를 조직해 한국의 독립운동을 후원했다. 이 분에 대한 상세한 이야기는 '애국지사들의 이야기·2' 93 페이지(이은세 글)에서 만날 수 있다.

프레드릭 맥켄지

▶ **로버트 그리어슨**은 '천사 같은 사람, 맥켄지(W Mackenzie)'가 하나님께 돌아가자 그 후임으로 내한했다. 병원, 학교, 교회 등을 설립하며 애국계몽운동을 추진하면서 3·1운동 당시 성진교인들의 만세운동을 지원했다. 또한 일

로버트 그리어슨

본인들의 추적을 받던 교인들과 학생들을 숨겨주었다는 이유로 일본 당국에 소환되어 조사를 받기도 했다. 이 분에 대한 상세한 이야기는 '애국지사들의 이야기·3' (김대억 글)에서 만날 수 잇다.

스탠리 마틴

▶ **스탠리 마틴**은 3·13 북간도 지방의 독립만세운동 부상자들을 치료하고 희생자들의 장례식을 치러줬다. 당시 한인 피해상황을 국제사회에 알려 일본의 만행을 폭로했다. 또한 세브란스 교수로 부임하여 결핵퇴치운동에 공헌했다. 이 분에 대한 상세한 이야기는 '애국지사들의 이야기·3' (유영식 글)에서 만날 수 있다.

아치발드 바커

▶ **아치발드 바커**는 1913년 명신여학교를 설립하고 여성교육, 한글, 국사교육에 힘썼다. 3·1만세운동 당시에는 정의와 사랑의 정신으로 독립운동가들을 보호하는 한편 독립운동을 적극 지원했다. 안타깝게도 이분에 대한 자료가 미비해 좀 더 많은 이야기를 전달 수가 없다.

-편집자 주

우리민족의 영원한 동반자
로버트 그리어슨(Robert G. Grierson) 목사

-우리 민족의 영원한 동반자-

김 대억 애국지사기념사업회(캐나다) 회장

1910년 8월 29일이 대한제국의 슬픔과 치욕의 날이었다면 그로부터 35년 후인 1945년 8월 15일은 삼천만의 가슴에 표현하기 힘든 기쁨과 소망을 안겨준 해방의 날이었다. 하지만 삼천리 방방곡곡에 기쁨의 환호성이 울려 퍼진 광복의 날을 맞이하기 위해 우리는 너무도 비싼 대가를 지불해야 했다. 수많은 독립투사들이 목숨을 건 항일투쟁이 이어지는 가운데 헤아릴 수 없이 많은 사람들이 조국이 해방되는 것을 보지 못하고 숨져갔기 때문이다. 일제와 맞서는 한국인들을 격려하며 우리 편에 서 준 외국인들의 헌신과 희생도 크기만 했다. 지금 우리가 살고 있는 캐나다에서도 국권을 일본에게 빼앗기고 실의에 빠져있는 우리민족에게 소망의 등불을 비쳐주며 우리의 독립을 위해 함께 투쟁해준 선교사들을 파송해 주었다. 그들 중 삼일운동의 34번 째 민족대표로 불리는 프랭크 스코필드(Frank W. Schofield), 프레드릭 맥켄지(Frederick A. Mackenzie·1869~1931), 로버트 그리어슨(Robert G. Grierson), 스탠리 마틴(Stanley H. Martin), 아취볼드 바커(Archibald H. Baker) 다섯 분의 활약은 항일투쟁 독립투쟁

로버트 그리어슨(Robert G. Grierson)

사에 영원히 기억될 것이다. 대한민국 정부에서 그들을 독립유공자로 인정했다는 사실은 우리의 독립을 위한 그들의 공헌이 얼마나 큰가를 잘 말해주고 있는 것이다.

캐나다 장로교단에 의해 한국으로 파송된 최초의 의료 선교사인 로버트 그리어슨은 노바스코티아 헬리팩스에서 스코틀랜드 태생인 아버지 존 그리어슨(John Grierson)과 헬리팩스에서 태어난 어머니 메리 패래트(Mary Parrett)의 7남매 중 장남으로 태어났다. 그리어슨이 태어났을 때 아버지 존은 헬리팩스에 있는 상업학교의 교장이었다. 그러나 그리어슨이 9살 정도 되었을 때 그 자리에서 물러나 원래하던 캐비넷 만드는 목수로 돌아갔다. 성경지식이 풍부하고 훌륭한 선교사의 자질을 지니고 있던 그는 뉴브런스윅의 미라비치 강변 숲 속에서 일하는 벌목꾼들에게 성경을 가르치며, 헬리팩스 빈민촌에서 선교를 하기도 했고, 헬리팩스 항구의 선원들을 위해 선교회를 조직하고 여러 해 동안 운영하는 등 다양한 선교활동을 전개하였다.

그리어슨의 어머니 메리는 능력 면에서는 남편보다 뒤졌지만 매력적이고 아름다운 자태를 지녔으며, 남편이 선교사역을 하느라 집을 비우는 동안에 아이들에게 신앙교육을 시키며 경건과 기도의 시간을 가진 믿음의 여인이었다. 존 그리어슨은 은퇴할 때까지 라브르다의 핼링톤에서 선교사역에 충실하게 교회 일을 돌보았으며, 목수경력을 살려 교회건물을 지어주기도 했다. 아들 그리어슨이 한국에서 의료 선교를 할 때 한국에 2년 간 머물면서(1902-3) 함께 선교하고 아들 집의 문짝과 창문들을 고쳐주기도 했다. 그는 캐나다로 돌아온 후에도 선교활동을 계속했으며 아들이 첫 안식년 휴가로 핼리팩스에 왔을 때도 하나님의 일을 하고 있었다.

로버트 그리어슨은 핼리팩스 아카데미를 거쳐 1890년에 댈하우지 대학(Dalhousie University)에서 문학사 학위를 획득했다. 1893년에는 파인 힐(Pine Hill) 신학교를 졸업했으며, 1898년 프린스 에드워드 아일랜드의 샬로테 타운(Charlotte Town)에서 목사 안수를 받았다. 그가 의학박사 학위를 받은 것은 1897년 댈하우지 의과대학(Dalhousie Medical College)에서였다. 그가 대학을 졸업하던 해에 "학생선교회"의 미국대변인이 댈하우지 대학에 와서 강연을 하면서 외국선교를 자원할 학생은 손을 들라고 했다. 그때 그리어슨은 예수님의 손이 그의 팔꿈치를 만지는 것처럼 느껴져서 주저하지 않고 손을 들었는데, 손을 든 학생은 그 하나뿐이었다. 집에 와서 그리어슨이 부모님에게 그 날 생긴 일을 말하자 그의 어머니와 아버지는 할 말을 잊은 채 서로를 쳐다보며 감격스러워 했다. 의아해 하는 그리어슨에게 아버지는 그 까닭을 들려주었다.

그리어슨이 태어나던 해에 그의 아버지는 외국선교위회에서 뉴히브라이스 원주민들에게 기계에 관해 가르칠 선교사를 모집한다는 광고를 보고 지원했으나 불합격했다. 선교사로서의 자격은 충분하지만 필요한 정규교육을 받지 못했다는 것이 그 이유였다. 그 일이 있은 후 그리어슨이 태어나자 그의 아버지와 어머니는 아이가 누운 침대 앞에 무릎을 꿇고 그들의 손을 어린 그리어슨의 머리에 얹고 "예수님, 이 아이가 자라면 우리가 하려다 못한 일을 하게 해주셔

요."라 기도했다. 그러기에 그리어슨의 부모님은 아들이 해외선교를 자원했다는 말들 듣고 감격할 수밖에 없었던 것이다.

그리어슨은 1897년 캐나다 장로교단에서 한국에 선교사를 보내기로 결정했을 때 선발된 선교사 중의 하나다. 그 전에도 한국에서 활약한 캐나다 선교사가 없었던 것은 아니지만 그들은 캐나다 교단에서 공식적으로 파견된 것이 아니라 개별적으로 또는 대학 선교단체들이나 미국교단의 도움으로 한국에 발을 디딘 선교사들이었다. 그들 중의 하나가 윌리엄 맥캔지 목사인데 그는 신학공부를 마친 1년 후인 1892년에 캐나다 장로교단의 후원을 얻어 한국에 가기를 원했다. 그러나 캐나다 동부선교위원회(Foreign Mission Committee Eastern Division)는 예산이 부족하다는 이유로 그의 청원을 받아들이지 않았다. 맥캔지 목사는 포기하지 않고 그 다음 해인 1893년에 가족과 친구들의 재정지원을 받아 단독으로 한국에 나갔다.

그가 한국으로 가는 배에 승선하기 위해 기차를 타고 알버타 주를 지나고 있었는데 그 날이 토요일 밤이었다. 주일날 여행하기를 꺼렸던 그는 기관사에게 아무 역에서나 내려달라고 했다. 한 밤중에 어느 시골 정거장에서 내린 맥캔지 목사는 역장이 가리키는 작은 불빛을 향해 걸어가 보니 아래층에서는 술을 팔고 이층에 손님방이 있는 살롱이었다. 맥캔지 목사는 자욱한 담배연기 속에 술을 마시며 도박을 하는 사람들로 북적거리는 아래층 홀을 지나 이층으로 올라가 하루 밤을 지냈다. 이튼 날 아침 아래층으로 내려간 맥캔지 목사는 아침부터 떠들어 대며 술을 마시는 사람들에게 자기는 한국으로 가는 선교사인데 캐나다에서 마지막으로 설교를 하게 해달라고 요청했다. 그들은 양순하게 홀 안의 의자들을 바로 놓고 앉아 그의 설교를 들었다. 그런데 그 자리에서 2,000년 전 오순절에 내렸던 성령의 역사가 일어나 술과 놀음 속에서 방탕한 생활을 하던 사람들이 떼를 지어 예수님을 구주로 영접하게 되었다. 이때 그 살롱을 운영하던 사람은 맹인이었는데 그도 회개하고 영의 눈이 밝아지는 기적이 일어났으며, 그는 떠나는 맥캔지 목사에게 숙박료를 한 푼도 받지 않았다.

이 같은 기적이 일어나는 가운데 1893년 한국에 도착한 맥캔지 목사는 서울을 경유하여 황해도 소래로 가서 한복을 입고 한국음식만을 먹으며 선교에 전념했다. 그러나 낯선 풍토에서 불철주야 활동하다 보니 건강을 해쳤고, 일사병에 걸리게 되었다. 치료다운 치료도 받지 못한 채 교회 부속실에서 계속하여 토하며 고열에 시달리던 맥캔지 목사는 5일 후에 숨지고 말았다. 그의 죽음이 일사병으로 인한 것임에는 틀림없으나 심한 구토와 고열로 인한 고통 때문에 정신착란을 일으켜 소지했던 권총으로 스스로 목숨을 끊었다는 사실이 후에 드러났다. 맥캔지 목사의 슬프고 외로운 죽음은 땅에 떨어진 한 알의 밀알 되어 풍성한 결실을 거두게 된다.

맥캔지가 한국에 머문 기간은 일 년 반 정도에 불과했지만 "마지막 나팔소리를 들을 때까지 한국인들과 함께 살겠다."며 그가 보여준 사랑과 희생은 망국의 서러움을 지니고 가난과 역경 속에서 온갖 핍박을 당하며 살던 조용한 아침의 나라 백성들의 가슴에 밝고 큰 소망을 안겨주었다. 뿐만 아니라 맥캔지 목사가 죽었다는 소식과 소래교회에서 그와 같은 선교사를 보내달라는 청원을 받은 캐나다 장로교회 총회는 1897년에 한국에 선교사를 파견하기로 결의하였다. 그 결정에 따라 1898년 9월 8일에 푸트 목사(Rev. W. P. Foote), 맥크레이 목사(Rev. D. M. McRae), 그리고 그리어슨 선교사(Dr. Robert Grierson)를 한국으로 파송하게 된 것이다. 따라서 캐나다 최초의 의료 선교사 그리어슨 목사가 한국에 발을 디디게 된 것은 땅에 떨어져 죽어간 한 알의 밀알로 살다간 맥캔지 목사의 생이 맺은 결실이었던 것이다.

푸트 목사 부부와 맥크레이 목사 그리고 그리어슨 박사 부부가 한국에 도착한 것은 1898녀 9월 초였다. 그때 한국에는 1884년에 한국에 온 미국 장로교와 감리교 선교사들과 1889년 호주에서 파송된 선교사들이 활동하고 있었다. 그런 상황에서 캐나다 선교사들이 도착하자 미국 선교사들이 그들이 활동하던 지역인 원산을 맡아달라고 제의 했고, 캐나다 선교사들은 그 제안을 받아들였다. 그 당시 원산 지역에는 한국인들뿐만 아니라 일본인, 러시아인, 중국인, 독일인, 영국인들과 적지 않은 외국 방문객들이 거주하고 있었다. 원산을 거점으로 선교활동을 시작한 그리어슨 일행은 함흥을 그들의 두 번째 선교지로 정했다. 함흥에는 그들 전에도 선교사들이 들어가기는 했지만 별다른 성과를 거두지 못했었다. 그 지역을 제2 선교지로 정한 후 그들은 제3 선교지로 성진을 택하고, 원산은 후트 목사와 새로 온 로브 선교사(Alec F. Robb)가, 함흥은 매크래이 목사와 맥밀란 박사(Dr. McMillian)가, 성진은 그리어슨 박사가 맡기로 합의했다. 성진에 그리어슨을 보내고, 함흥에 맥밀란을 가도록 한 것은 원산지역에는 그들 보다 먼저 온 미국 선교사들에 의해 병원이나 약국을 통한 의료봉사가 행해지고 있었지만 함흥과 성진은 그렇지 못했기 때문이었다.

1850년 이후부터 미국이나 캐나다의 해외선교방침이 바뀌기 시작했다. 원주민들에게 복음을 전하며 기독교 교리를 가르치는 선교사들을 파견하던 방식으로부터 조금 방법을 달리하며 의사 자격까지 갖춘 목사들을 파견하기 시작한 것이다. 의사이면서 목사인 선교사들이 현지인들의 건강을 돌보아주며 병까지 치료해주면 그들에게 쉽게 접근하여 신임을 얻을 수 있어 보다 효과적으로 선교할 수 있었기 때문이었다. 다시 말해 선교사가 아무리 사명감을 가지고 열정적으로 복음을 외쳐대도 들으려고 하지 않던 사람들이 그들의 병을 치료해 주는 의사에게는 고마움을 표시하며 그가 들려주는 복음을 받아들이는 것을 알게 된 것이다.

이런 현상을 목격한 어느 선교사는 목사가 가기 힘든 곳에 의사는 쉽게 갈 수 있고, 선교사가 전하는 복음에는 무관심하던 사람들이 그들의 병을 치료해 주는 의사가 들려주는 구원의 메시지는 받아들이게 된다고 말한 바 있다. 1884년 9월 22일 서울에 도착한 알렌(Horace N. Allen)을 비롯하여 미국 장로교단의 언더우드(H. G. Underwood), 미국 감리교단의 스크랜톤(William B. Scranton)은 모두 의사였으며, 그들로 인해 현대의학의 혜택을 입게 된 왕실이 그들을 신임하게 됨으로 그네들은 한국에서 선교의 기반을 잡게 되었다. "북미에서 온 선교사들의 의료사역으로 한국선교를 향한 길이 닦아

졌다."란 말이 생긴 것은 결코 우연이 아닌 것이다.

의사 그리어슨이 현대의료 혜택을 거의 입어보지 못한 성진에 투입된 것은 이 같은 사실이 고려되었기 때문이었다. 이것을 잘 알고 있었던 그리어슨은 그 곳 주민들에게 의술을 베풀며 복음을 전하는 두 가지 사명을 충실히 감당하기 위해 최선을 다했다. 그러나 그리어슨은 두 가지 임무를 다 만족스럽게 수행하는 것은 역부족임을 느끼게 되었다. 한국선교의 필수적인 조건인 우리말을 배우는 데도 엄청난 시간과 노력이 필요하다 보니 선교와 의료봉사를 같이 하기는 더욱 힘들었다. 하는 수 없이 그는 우리말부터 익히기로 마음먹고 환자 진료를 거부하기도 했다. 그러나 위급한 환자나 급히 수술을 요하는 병자들을 외면할 수가 없어서 우리말을 유창하게 할 때까지 환자를 보지 않겠다는 결심은 오래가지 못했다.

1898년부터 37년 간 한국에서 선교한 기독교인 의사 그리어슨은 각종 병자들을 치료해 주며 눈, 코, 입, 목 등 머리에서 발가락까지 안 해본 수술이 없었다. 심지어는 그 당시에 잘 하지 않았던 성형수술까지 한 의사가 그리어슨 이었다. 그가 한국에서 행한 의술은 너무도 많고 다양했기 때문에 1915년 뉴욕에서 새로 개발된 수술을 그에게 보여주던 의사가 "어느 분야의 전문의로 한국에서 일했느냐?"고 묻자 그리어슨은 "I was an universal specialist."(난 모든 분야의 전문의였습니다.)라 대답할 수밖에 없었다.

한국인의 영혼을 구하기 위한 목사 그리어슨의 사랑과 열정도 의사로서 보여준 것 이상으로 크고도 헌신적인 것이었다. 담당한 지역은 넓고, 해야 할 일들은 많기만 했기에 선교와 의료사역 중 하나만 하는 것이 타당하다는 의견을 캐나다 선교회에 제출하기도 했지만 그는 성진을 본거지로 삼고 원근 각처를 다니며 선교의 사명을 충실하게 수행하였다. 교통수단이 제한되어 있던 때였으므로 그는 자전거를 많이 이용했는데 울퉁불퉁하고 언덕이 많은 한국의 길들을 수십 키로 때로는 수백 키로를 자전거를 타고 다닌다는 것은 결코 쉬운 일이 아니었다. 그러나 운동으로 다듬어진 강인한 체력과 불타는 사명감으로 그는 자전거를 타고 산을 넘고 물을 건너며 복음의 기쁜 소식을 한반도 구석구석까지 전할 수 있었던 것이다.

동시에 성진에 있는 교회의 예배를 인도하고 새 신자들을 양육하며, 세례, 결혼, 장례 등의 모든 교회의식을 주관하며, 성경공부까지 담당해야 했다. 목사가 마땅히 해야 할 일들이었으나 의사의 역할까지 해야 했기에 그리어슨에게는 벅차고 힘들 수밖에 없었다. 하지만 그리어슨은 이처럼 어렵고 힘든 목회를 통해 대원군의 쇄국정책으로 우물 안 개구리로 살고 있었던 한국인들에게 넓은 세상을 보여주었다. 나라를 일본에게 빼앗긴 것은 힘이 없었기 때문이라며 힘을 기르기 위해 "배워야 한다."고 외친 도산 안창호 선생의 호소에 응답하듯이 그리어슨은 선교를 통해 한국인들의 감겼던 눈을 뜨게 해주었고 닫혔던 마음 문을 열어준 것이다.

북미 선교사들의 한국에서의 활동은 복음을 증거하며 병든 자들을 고쳐주는데 그치지 않고 철두철미 유교사상에 사로잡힌 완고한 지배층에 억눌리고 통제되어 급변하는 세계정세를 알지 못했던 한국인들의 눈과 귀를 열어주었다. 그들은 한국 사람들이 볼 수 없었던 새로운 하늘과 땅을 볼 수 있게 해주는 신학문을 가르쳤던 것이다. 그들의 도움으로 깊은 잠에서 깨어난 사람들은 대한제국이 일본의 수중에 들어갈 수밖에 없었던 근본원인은 그들이 배우지 못했기 때문이라는 사실을 깨닫게 된 것이다. 그 결과 1905년 을사늑약으로 외교권을 박탈당한 후부터 곳곳에 학교가 세워지면서 한국인들의 가슴 속에 배워야 한다는 갈망과 열정이 불타오르기 시작했다. 이러한 열망은 항일투쟁으로 이어졌으며, 배워서 기른 힘은 일제와 맞서는 강력한 무기가 되었던 것이다. 이 같은 민족적 각성과 정신무장을 하는데 가능하게 한 선교사들의 역할은 크기만 했다. 세계의 신조류를 이 땅에 흘러들게 한 것도 그들이었으며, 그것이 한국인들의 가슴속으로 스며들게 한 것도 그들이었기 때문이다.

1850년 이후 앞장서서 이 일을 주도한 것은 미국 선교사들이었다. 이화학당의 설립자 스크랜톤 여사와 배재학당을 세운 아펜젤러 목사 모두 미국 선교사들 이었다. 하지만 그들에 이어 한국선교를 시작한 캐나다 선교사들도 그들 못지않은 헌신과 열정으로 한국인들을 위한 애국계몽교육에 임했는데, 그리어슨도 그들 중의 하나였다. 1898년 함흥에서 시작한 그의 의료사역은 1901년에 한국에 온 맬밀란(Kate MacMillian)에 의해 '자혜병원'으로 발전하는 초석이 되었고, 그는 한국인들을 위한 애국계몽교육에도 괄목할만한 기여를 했다.

1906년 그리어슨은 평양신학교에서 "구원과 예언"을 가르쳤는데,

어느 날 졸업을 앞둔 학생들 중에서 서경조와 길선주가 그를 찾아와 그들은 성경 밖에는 아무것도 모르니 과학, 역사, 철학, 천문학 등의 신학문을 가르쳐 달라고 했다. 그리어슨은 그런 과목들을 교과과정에 포함시키는 것은 스왈렌 교장(Dr. Swallen)의 권한인데 그가 안식년으로 부재중인 까닭에 혼자 결정할 수 있는 일이 아니라고 했다. 그러자 학생대표로 온 두 사람은 "이 문제를 스왈렌 교장이 꼭 알아야 할 필요가 있나요?"라 물으며 그리어슨의 눈을 똑바로 쳐다보았다. 그들의 간절하면서도 강렬한 눈빛 속에서 그리어슨은 그들이 왜 신학문을 배우기 원하며, 그들이 배우려는 새로운 지식들이 한국인들에게 얼마나 필요하고 중요한 것인 가를 깨달을 수 있었다. 그리어슨은 "이것이 바른 길이니 너희는 이리로 가라."는 이사야서의 말씀을 생각하며 그들의 청을 받아들여 교장도 모르게 그들이 원하는 신학문 특별교안을 만들어 가르쳤다. 신학교를 졸업한 후 서경조와 길선주가 한국교회에 이바지 한 공로는 크기만 했다. 그리어슨 목사가 한국의 젊은 지도자들에게 실시한 애국계몽교육의 결과가 아닐 수 없었다.

목사이면서 의사였을 뿐 아니라 운동과 음악에도 재능이 뛰어났던 그리어슨은 음악사역을 통해서도 한국인들에게 신앙심을 심어주며 민족의식을 고취시켜주는 큰 역할을 해주었다. 더 나아가서 그리어슨은 한국이 필요로 하는 독립투사들을 양성하기도 했다. 어느 날 대한제국 군대의 소령으로서 황실호위대 소속이었던 이동휘가 그리어슨을 찾아와 그의 선교사역에 동참하고 싶다고 했다. 일본의 대한제국에 대한 제반처사에 반대하다 투옥되었던 그가 석방될 때 일제는 그들에게 협조하면 중용하겠다고 제의했지만 이동휘는 거절하고 성진에서 가까운 그의 고향인 단천으로 돌아와서 그리어슨을 찾아왔던 것이다.

이동휘는 나라를 되찾으려면 힘을 길러야 한다는 것을 잘 알고 있었다. 그러나 하나님께서 함께 하셔야만 배양한 힘과 능력을 제대로 발휘할 수 있다고 믿었기에 그리어슨의 선교에 가담하기를 원한 것이다. 그리어슨은 그에게 성경을 보급하는 일부터 시작하여 선교에 필요한 교육을 받도록 한 후에 그와 함께 일하도록 해주었다. 확고한 민족의식을 지녔을 뿐만 아니라 명석하고 깊은 통찰력을 지닌 이동휘는 그리어슨 밑에서 기지와 재치를 발휘하며 성실하게 일하다 1912년 일본 황제가 죽은 후 많은 애국지사들이 독립운동을 벌이고 있는 블라디오스톡으로 떠나갔다. 그리어슨이 양성한 독립투사가 치열한 항일운동이 벌어지는 전선으로 투입된 것이다.

그리어슨 목사가 한 설교의 주제를 생각해 보는 것은 그의 선교사역을 이해하는데 큰 도움이 된다. 1800년 후반부터 한국을 찾기 시작한 선교사들은 심오한 기독교 진리가 담긴 설교를 하지 못했다. 교리 설교는 기독교를 알지 못하는 사람들이나 초 신자들이 알아듣기도 힘들었고, 우리말을 잘 하지 못했던 초기 선교사들이 하기도 힘들었다. 그러기에 선교사들은 "예수 그리스도를 구주로 믿으면 모든 근심과 걱정으로부터 해방되며 영원한 하늘나라에 갈 수 있다."란 기독교의 본질적이고 핵심적인 설교를 할 수밖에 없었다. 하지만 그런 간단한 설교가 온갖 불의와 부정 속에서 억압당하고 핍박받으며 살던 한 맺힌 서민들에게 한없는 위로와 큰 소망을 안겨주었다. 물론 선교사들은 환란과 역경에서 벗어나 예수님 안에서 화평과 기쁨을 누리며 천국을 향하려면 지은 죄를 자백해야 한다는 회개의 설교도 잊지 않았다. 동시에 그들은 하나님께서 역사하시면 멀지 않은 장래에 한국인들의 염원인 광복의 날이 찾아올 것을 암시하는 설교를 필요할 때 마다 하곤 했다.

그들은 그 당시 한국이 일본의 식민통치를 받으며 신음하는 실정을 그 옛날 이스라엘이 애굽에서 종살이하던 시대와 비교하여 설교하였다. 즉 그들은 애굽의 압제를 받으며 신음하는 이스라엘 백성들의 울부짖음을 듣고 모세를 보내어 그들을 애굽에서 탈출시켜 약속의 땅 가나안으로 인도하신 하나님께서 일제의 폭정에 허덕이는 한민족의 후예들에게도 광복의 날을 가져다 줄 것이라는 취지의 메시지를 전하였던 것이다. 이 같은 설교는 나라 없는 슬픔에 잠겨 실의에 빠져있던 한국인들에게 힘과 용기를 부여하며 장차 다가 올 찬란한 하늘나라의 영광을 기다리며 살아갈 믿음을 심어주기에 충분했다. 당시에 기독교가 한반도 전역에 "산불처럼 번져갈 수 있었던 것"은 우연히 일어난 일이 아니었던 것이다.

그리어슨을 비롯한 캐나다 선교사들도 이와 유사한 설교를 하였다. 특히 한국에 머문 2년도 못되는 짧은 기간 동안 "현재의 고난은 장차 나타날 영광과 비교할 수 없음"을 보여주는 인생을 살다 가신 맥캔지 목사의 삶을 통한 설교는 한국인들의 가슴속에 믿음을 심어줌과 동시에 영원한 천국을 바라보는 소망으로 인해 지금 당하는 시련과 환란을 극복할 수 있는 힘과 용기를 공급해 주었다. 맥캔지 목사를 존경하며 그이 뒤를 따른다고 자부하는 그리어슨도 나라 잃은 한국인들에게 희망찬 내일을 바라보며 전진해야 한다는 내용을 담은 소망적인 설교를 하였다. 1919년 삼일운동이 일어난 후 주일 설교에서 그리어슨은 "바람이 불어 하늘이 말끔하게 되었을 때 그 밝은 빛은 아무도 볼 수 없느니라. 북쪽에서는 황금 같은 빛이 나오고 하나님께는 두려움이 없느니라."(욥기 37:21-22)를 본문으로 폭풍이 하늘의 구름을 깨끗하게 쓸어버리면 찬란한 태양이 비추이고 하나님의 위엄이 드러나듯이 한반도에도 악랄한 일제가 물러가고 자유와 평화의 날이 올 것이라는 정치적이며 소망적인 메시지를 전달했다. 국내는 물론 해외 각처에서 갖가지 형태로 항일투쟁을 이어가는 독립투사들을 격려하며 삼천만 동포에게 용기를 북돋아 주는 설교로서 우리나라의 독립을 바라며 지원하는 마음이 없으면 할 수 없는 말씀증거였다.

그리어슨 목사가 첫 번째 안식년을 맞아 고향인 캐나다 핼리팩스로 갈 때 생긴 일이었다. 밴쿠바에 도착하여 핼리팩스로 가는 기차를 탄 그리어슨은 달리는 기차 안에서 그 밤이 토요일인 것을 알게 되자 기관사에게 아무 역에서나 내리게 해달라고 했다. 주일에 여행하는 것을 원하지 않았기 때문이었다. 그의 정신적 지주였던 맥캔지 목사가 한국으로 가기 위해 핼리팩스에서 기차를 타고 가다 그 날이 토요일이었기에 도중에 내렸던 것과 똑 같은 일을 그리어슨이 한 것이다. 단지 방향이 정 반대여서 맥캔지는 핼리팩스에서 한국으로, 그리어슨은 한국에서 핼리팩스로 가고 있었을 뿐이다. 어딘지도 모르는 작은 역에서 내린 그리어슨은 역장이 가리키는 작은 불빛이 비치는 곳을 향해 걸어갔다. 이 또한 맥캔지 목사가 했던 그대로였다.

그리어슨 가족이 도착한 곳은 작은 여관이었다. 문을 두드리자 어린 소녀가 그들을 안으로 들어오게 하여 이층에 있는 객실로 안내했다. 잠시 후 그 소녀가 들고 온 숙박부에 그리어슨은 "한국에서 온 의사 그리어슨과 가족"이라 기재했다. 필요이상으로 오래 동안 그것을 들여다보던 소녀가 "아빠, 아빠, 이 분들은 한국에서 왔어요!."라 소리치며 아래층으로 뛰어 내려갔다. 잠시 후 소녀에게 이끌려 한 남자가 올라왔는데 그는 보지 못하는 맹인이었다. 방으로 들어선 맹인이 그리어슨에게 정말 한국에서 왔느냐고 물었다. 그리어슨이 그렇다고 대답하자 맹인은 떨리는 목소리로 "거기서 맥캔지 라는 목사님을 만난 적이 있나요?"라 물었다. 그리어슨이 만나기는 했지만 맥캔지 목사는 한국에서 죽었다고 말했다. 맹인은 어떻게 그런 일이 일어났느냐며 비통해 했다. 그리어슨이 어떻게 맥캔지 목사를 아느냐고 묻자 그는 맥캔지 목사가 한국으로 가는 도중 그의 살롱에서 숙박했으며, 그때 그의 설교를 듣고 술과 도박에 빠져 방탕한 생활을 하던 사람들이 모두 회개하고 그 마을에 교회가 들어섰다고 들려주었다.

그리어슨에게 한국선교의 길을 열어주었으며, 그리어슨이 앞서 간 대장으로 생각하는 맥캔지 목사가 술집을 교회로 만든 넓디넓은 알버타 평원의 이름 모를 작은 마을에서 술집을 운영하던 맹인과 그리어슨이 만나게 된 사실은 말해준다. 그리어슨이 한국으로 갈 수 있도록 해준 사람은 맥캔지 목사가 아니라 예수님 이셨다는 사실을. 다시 말해 캐나다 선교사들에 의한 한국선교의 주관자는 하나님이셨던 것이다.

　의료 선교사 그리어슨과 삼일운동의 민족대표 34번 째 인물로 간주되는 스코필드 박사가 우리의 독립을 위해 한 역할은 여러모로 달랐다. 그리어슨은 스코필드 박사와는 다른 방법으로 한국인들을 계몽시키고 우리 독립운동을 지원하며 후원한 우리민족의 동반자 역할을 한 선교사였기 때문이다. 그는 직접 삼일운동에 참여하거나 관여하지도 않았다. 표면적으로는 그와 삼일운동과는 연관성이 없을 뿐 아니라 그는 그 같은 범국민적인 독립운동이 추진된다는 사실도 알지 못했다. 그러나 그가 한국에 와서 한 모든 일들은 한국인들에게 한민족의 정체성을 되새기게 해주며, 사람들의 마음속에 박탈당한 국권을 되찾아야겠다는 결의와 각오를 굳게 해주었다. 뿐만 아니라 그는 어렴푸시나마 독립을 위한 민족적인 거사가 계획되고 있음을 감지했으며, 자신도 모르게 그 준비를 돕는 일을 하기도 했다.

　삼일운동이 일어나기 이틀 전인 2월 27일 저녁에 교회의 몇 몇 원로들이 그의 집으로 와서 토의할 일이 생겼는데 병원 방을 하나 사용하게 해달라고 했다. 그리어슨은 병원보다는 그의 집에서 하라고 하고 한 편에 앉아 그들의 회의내용을 들었다. 그들은 서울에서 무슨 운동을 준비한다는 전갈이 왔는데 그것이 무엇인지 확실히 알아보기 위해 두 명을 보내기로 하고 회의를 끝냈다. 그리어슨이 서울에서 그들에게 왔다는 전갈이 삼일운동에 관한 것이었음을 알게 된 것은 3월 3일 성진에서 만세운동이 일어났을 때였다.

그 날 성진에서 남녀노소 모두 손에 손에 태극기를 들고 "대한독립 만세"를 부르며 성진시내를 누볐다. 만세행렬이 병원 앞에 이르렀을 때 선두에 섰던 사람들이 병원현관을 사용하게 해달라고 했다. 그리어슨이 비켜서자 그들은 현관을 단상삼아 열변을 토했고, 사람들은 태극기를 흔들며 환호했다. 그런 후 태극기를 들고 일사불란하게 행진해 나갔다. 그리어슨은 그들을 뒤쫓아 가며 모든 것을 보았는데 그들은 쉬지 않고 "대한독립 만세"를 외쳐댔지만 질서를 파괴하는 행동은 하나도 하지 않았다. 그들이 경찰서 앞을 지날 때 경찰들은 사격을 가할 만반의 태세를 갖추고 있었다. 그러나 군중들은 그들이 총을 쏘아야 할 난동을 부리거나 난폭한 행동을 전혀 하지 않은 채 "대한독립 만세"만을 되풀이 해 외쳤을 뿐이다.

그날 경찰은 아무런 폭력도 행사하지 않았다. 그러나 다음 날은 달랐다. 아침부터 도끼를 든 소방대원들과 총으로 무장한 경찰들이 평화로운 마을로 진입하여 도끼로 찍어대고 총을 난사하는 만행을 저질렀다. 많은 사람들이 부상당하여 병원으로 실려 왔다. 그들 중 한 사람은 가슴에 총을 맞고 병원까지는 살아서 왔지만 워낙 치명적인 상처여서 그리어슨이 지켜보는 가운데 죽고 말았다.

그 다음 날 경찰의 소환을 받고 경찰서로 가면서 그리어슨은 거리마다 총을 든 경찰들이 경계태세를 갖추고 있는 것을 목격할 수 있었다. 경찰서장은 그리어슨에게 삼일만세 운동에 어떻게 관련되었는지에 관해 물었다. 그리어슨이 이번 거사에 대하여 자기는 아는 바 없다고 하자 서장은 2월 27일 밤 그의 집에서 있었던 회의는 무엇이

냐고 물었다. 그리어슨이 그날 밤 그들이 구체적으로 다룬 안건도 없었고, 결정된 것도 없다고 답하자 서장은 "성경에는 각 사람은 위에 있는 권세에게 복종하라."고 되어 있는데 당신은 어째서 성도들에게 그것을 실천하라고 가르치지 않았느냐고 따지고 들었다. 그리어슨은 "가이사의 것은 가이사에게 하나님의 것은 하나님에게 바치는 것"이 성경의 가르침이라 말한 후 서장에게 물었다. "만약 일본이 다른 나라의 속국이 된다면 당신은 일본인들에게 일본을 탄압하는 국가에 복종하라고 권장할 것입니까?" 라고 말이다. 얼굴이 붉게 달아오른 서장은 "물론 그렇게 하지 않을 것이요."라 말하더니 "당신은 지난주에 정치적인 설교를 하지 않았소?"라 따지고 들었다. 경찰서장은 욥기를 인용해 일본이 패망하는 날이 올 것을 암시한 그리어슨의 설교에 관한 정보를 입수하고 있었던 것이다. 그리어슨은 침착하게 "서장 말씀이 옳소. 그러나 나는 일본이 한국의 근대화를 위한 공적에 대하여도 언급하였습니다."라 응수했다. 서장은 잠시 침묵하더니 그리어슨에게 다과를 대접했다.

만세운동의 여파로 성진에서도 교회제직들을 포함하여 많은 사람들이 체포되어 투옥되었다. 그 다음 주 그리어슨이 교회에 들어섰을 때 교회 안은 텅 비어 있었다. 그리어슨은 밖으로 나가 교회 마당에 세워진 종탑의 종을 힘껏 치기 시작했다. 후에 그리어슨은 그날 그가 종을 친 일을 이렇게 회상하였다. "나는 종탑의 종을 힘차게 그리고 아주 오래 동안 쳤다. 강 건너 감옥에 갇힌 사람들에게 그들이 일으킨 삼일운동에 동조하며 아낌없는 성원을 보낸다는 사실을 알리기 위해서였다."

그의 자녀들과 친지들에게 그가 한국에서 무엇을 했는가를 알려 주기 위해 그가 89세에 쓴 자서전의 성격을 지닌 "길고 긴 여정에서 생긴 일들"(Long Long Trail)에서 그리어슨은 삼일운동에 관해 다음과 같이 말하고 있다. "1919년 3월 1일 토요일. 그 날은 한국역사에서 참으로 위대한 날이었다. 그 날은 세계혁명의 역사에서도 위대한 날이었다. 모든 국민들이 손과 손에 무기 아닌 국기를 들고 흔들면서 빼앗은 나라를 돌려달라고 외치며 궐기한 날이 그 날이기 때문이다."

삼일운동을 이같이 평가한 로버트 그리어슨 목사는 일제의 쇠사슬에 묶인 채 암흑 속에서 고통당하며 신음하던 우리민족에게 복음의 밝은 빛을 비춰줌으로 삼천만 동포 모두가 소망을 지니고 살 수 있도록 해주었다. 뿐만 아니라 그리어슨은 "즐거워하는 자들과 함께 즐거워하고 우는 자들과 함께 울라."는 성경의 가르침대로 우리민족의 슬픔과 고통을 함께 감당하며, 우리의 기쁨에도 함께 동참하며 수난의 길을 걷는 우리들의 동반자가 되어준 우리들의 다정하고 믿음직스러운 길벗이었다.

그리어슨이 우리에게 베풀어준 사랑을 가슴 깊이 간직하고 우리의 조국 대한민국의 무궁한 발전과 번영을 위해 매진하는 것이 우리를 위해 37년이란 긴 세월을 이국 땅세서 헌신한 그에게 진 사랑의 빚을 갚으며 우리에게 주어진 사명을 완성하는 것임을 기억하며 살아야 할 것이다.

스탠리 마틴(Stanly H. Martin)

수술실에서 학살 현장으로:
'노루바위 학살'[1]로 보는
스탠리 H. 마틴(Stanly H. Martin)의 삶과
선교에 대한 소고

유영식 (육대학교 인문학교수)

1. 서론

1백 년 전 3.1 독립운동의 여세는 국경을 넘어 북간도 지역으로까지 확대되었다. 북간도는 많은 항일 망명인사들이 집결하여 살고 있었기 때문에 북간도에서의 독립운동의 기세는 충천하여 드디어 3.13일 천주교 성당의 종소리를 신호탄으로 북간도의 독립운동은 곳곳에서 대대적으로 확산되어 나갔다. 일본군은 1919년 5월의 용정의 일본 총영사관 방화사건, 1920년 조선은행 15만원 탈취 의거사건 그리고 여기저기서 일어나는 항일 독립운동의 주동자들은 기독교인들이었다는 것을 주목하였다.

때를 같이 하여 1920년 6월의 봉오동 전투[2]와 그 해 10월 청산

---

1) 영어 제목은 "Nora[u]pawee Massacre"다.

2) 1920년 6월 홍범도 장군등 독립군이 중국 길림성 허둥현 봉오동에서 일본군을 무찌르고 승리한 전투.

리 대첩에서[3] 패전한 일본군은 분풀이의 일환으로 만주에 있는 조선인들에 대한 무차별 학살을 감행했다. 특히 기독교인들을 불령선인(不逞鮮人)으로 몰아 참혹한 학살을 했는데 그 중에 산골짜기의 한 조그마한 마을에서 일어난 사건을 역사는 '노루바위 사건'·'간장암 사건'·'장암동 사건'이라는 여러 가지 이름으로 부르는데 그 이유는 그 마을을 지칭하는 이름이 다양하기 때문이다.[4] 간장암 학살 사건은 제암리 학살의 레프리카(replica)다. 캐나다 선교사 제임스 게일은 경기도 제암리와 세강리등 일본의 학살 현장을 돌아보고 일본의 잔학상을 "하피(Harpy)"[5]·"현대판 네로 황제"[6] 혹은 "피에 굶주린 아모크"[7]라고 비교를 했는데[8] 역시 캐나다 선교사 스탠리 마틴은 일본이 북간도에서 저질은 만행을 마치 로마 신화에 나오는 "신조차 무서워한다"는 "Hydra 같은 괴물 뱀"[9]이라고 비교했다.

이 논문은 마틴의 "노루바위 학살 사건"을 중심으로 스탠리 H. 마틴의 삶과 선교에 대한 소고다.

---

3) 1920년 10월 김좌진 장군등이 이끄는 대한 독립군이 간도에 출병한 일본군을 중국 길림성 화룡현 청산리에서 일본군과 10여 차례의 전투 끝에 일본군을 격퇴시킨 전투를 말함.

4) 이런 일련의 사건들을 취재하기 위하여「동아일보」장덕준기자가, (확증되는 자료는 없으나 필자는 장 기자가 일본군에 의해 피살되어 한국 언론사상 최초의 종군기자로 애도하지만) "실종되었다"고 하는 곳도 바로 이 지역이다.

5) 하피는 그리스·로마 신화에 나오는 몸은 여자이고 새의 날개와 발톱을 가진 괴물을 말한다.

6) 네로(Nero) 황제는 로마 제국의 제5대 황제였다. 그가 황제였을 때 기독교가 로마 제국의 신흥 종교로 융성해지가 기독교도를 탄압하고 대학살을 감행함으로써 로마 제국 황제 중 최초의 기독교 박해자로 기록되었다.

7) 아모크 (Amock)는 피에 굶주린 야만인이 갑자기 흥분하여 살인을 범하는 사람을 지칭하는 말로, 특히 야만족인 말레이 족 (Malay)에게서 유래한 말이다. 정신장애 살인범을 뜻하는 말로도 사용된다. Amock는 Amuck이라고도 쓴다.

8) 유영식, 《착흔목쟈 게일의 삶과 선교》, vol. 2 (진흥 2013), 219, 224-225, 251-52.

9) Stanley H. Martin, "Dr. Martin to Consul-General Wilkinson" St. Andrew's Hospital, Kanddo, Chosen, October 24, 1920, 545.

2. 출생과 교육

마틴(Stanely Haviland Martin: 민산해 閔山海)은 아버지 Arthur William Martin과 어머니 Charlotte Goodison과의 사이에서 캐나다 뉴파운드랜드의 쎄인트 존스라는 곳에서 1890년 1월 23일 출생하였다.[10] 출생한 그해 A. Morton 목사에게서 세례를 받았다. 몰튼 목사는 마틴 가족이 출석하는 당시 Gower Street 감리교회 목사였다. 마틴의 종교적 배경은 웨스리안 감리교다. 그 당시 현지 주소록의 기록에 의하면 아버지 Arthur의 직업은 양복상(merchant tailor: 洋服商) 이었다가 후에는 우체국 서기로 전업을 했다.[11] New Gower에 있던 스탠리 마틴의 생가는 필자가 방문했던 1997년 6월 현재 Lar's 라는 가게 터로 변했다. 대서양 물줄기의 끝자락이 뻗쳐있는 마틴의 집 뒤에는 작달막한 어선들이 정박하고 있었고 아름답고 조용한 주위는 마틴의 유년시절을 연상케 했다.

마틴은 이 조용하고 한적한 고향 쎄인트 존스라는 곳에서 대서양의 해풍을 호흡하면서 유년시절을 보냈다. 그리고 웨슬리안 감리교 지도자 양성을 목적으로 설립한(1852) 전통 있는 감리교 대학(Methodist College)을 1911년 졸업했다.[12] 졸업한 그해 온타리오 주

---

10) 일반적으로 여기저기에 또는 공식, 이를테면 캐나다 연합교회에 보관된 재한 캐나다 선교사 리스트에도 마틴의 출생연대는 7월 23로 기록되었다. 그러나 필자가 1월 23 이라고 수정하여 쓴 이유는 Provincial Archives of Newfoundland and Labrador의 Archives 기록된 그의 출생 기록에 January 23이라고 기록되어 있기 때문이다.

11) McAlpine's Newfoundland Directory 1894 to 1897, p.291; McAlpine's Newfoundland Directory (St. John's) (1904), p. 232. Published by McAlpine Publishing Co., Ltd., Halifax, Nova Scotia.

12) Ronald Romskey, ed., Jessie Luther at the Grenfell Mission (McGill-Queen's University Press, 2001), 324

킹스턴에 있는 퀸즈대학 의과대학에 입학, 4년 후인 1915년 졸업했다. 의과 대학에 다니는 동안 마틴은 여름 방학을 이용하여 무려 다섯 차례나 당시 윌프레드 그랜펠이 뉴파운드랜드와 레브

뉴파운드랜드주 쎄인트 존스에 있는 스탠리 마틴의 생가 터. Lar's 라는 상가로 변한 오늘 날의 모습
(사진: 유영식 1997)

라도어 도서(島嶼)지역 선교를 위하여 설립한 'Mission to Deep Sea Fishermen'이라는 의료선교회에서 봉사활동을 했다.[13] 이 때 마틴은 위 선교회 소속 스트라스코나(Strathcona) 라는 순항 선교선을 타고 섬을 찾아 순회 선교를 하면서 그랜펠의 조수로 일했다.[14] 마틴은 그랜펠에게서 보다 많은 영향을 받고 의료 선교사의 꿈을 키운 것으로 보인다.

졸업 후 1년 동안 Montreal General Hospital에서 인턴을 지내던[15] 마틴은 조선으로 떠나기 15일 전인 1915년 11월 15일 미국 메

---

13) "Mr. Stanley Haviland Martin, M.D., C.M. on July 24, 1941" Eulogy; List of missionary profile kept in the United Church of Canada Archives; Ronald Romskey, 324; Wilfred Thomason Grenfell (1865-1940)는 영국 출신으로 Newfoundland와 Labrador에서 'Mission to Deep Sea Fishermen'이라는 선교회를 만들어 활동하던 선원 의료선교사였다. 그는 캐나다의 미래 의료선교사들에게 많은 영향을 끼쳤고 동경의 대상이 되었던 선교사. 이를테면, 의료 선교사로 한국에 나온 Robert Grierson도 상기 Grenfell의 선교회에서 한국에 나오기 전에 훈련을 받았다.

14) Nigel Rusted, comp., Medicine in Newfoundland c. 1497 to the early 20th Century - The Physicians and Surgeons Biographical Gleanings (Faculty of Medicine Memorial University of Newfoundland, 1994), 69

15) Ronald Romskey, 324; 연세대학교 의과대학 의학백년 편찬위원회, 《의학 백년:1885-1985》 (의학 백년 편찬 위원회, 1986), 351에서는 스탠리 마틴은 "졸업한 위 인턴, 레지덴트 과정을 모교에서 이수한 뒤 한 때 선의 (船醫)로 근무한 바도 있다"라고 기록했다.

인 주 출신 마가렛 로저스(RN)와 결혼했다.[16] 마틴은 그가 졸업하기 전 1914년 12월 4일 캐나다 장로교회로부터 이미 의료 선교사로 임명을 받았다. 마틴 부부는 1915년 11월 30일 조선을 향해 태평양을 건너는 배를 타고 캐나다를 떠났다.

3. 캐나다 선교부와 북간도 용정

간도 혹은 간토(墾土) 라고 부르는 지역은 북간도와 서간도로 구분되는데 우리는 흔히 간도하면 북간도를 말한다. 북간도는 훈춘, 연길, 왕청, 화룡등 네 개의 현(縣)을 말한다. 우리 이야기의 포커스는 연길현에 있는 용정이다. '용정'은 'Lungching'을 말하는데 선교사들은 Lungchingtsun 이라고 불렀고 그들의 문건에도 그렇게 기록되어 있다. 본고에서는 우리말 용정이라는 말을 사용하기로 한다.

캐나다 선교사 윌리암 스캇은 간도는 춥고 험난한, 그리고 고생을 각오하는 곳이긴 하지만 미래에 대한 미지수의 희망을 주는 곳이기 때문에 조선 사람들이 이민을 자초하는 것은 마치 미국역사에서 'The West'[서부]와 같기 때문이다라고 했다.[17] 환경은 열악하여 고생이 되는 곳이지만, 넓고 기름진 땅이요, 기회의 땅, 희망의 땅이라는 것을 비유하는 말이다.

1880년대 흉년이 들었을 때 기근을 피하여 함경도 사람들이 많이

---

16) Eulogy; Nigel, 69; List of missionary profile.

17) W. Scott, "The Church in Kando" Korea Mission Field (hereafter cited as KMF) (Sept. 1918), 187.

이주를 했고, 특히 1905년 을사조약을 전후하여 많은 독립투사들이 독립운동의 기지로 삼아 찾아온 곳이다. 1900년경 간도의 한인은 약 9만 명 정도였는데 1918년의 통계는 23만 명이 넘었다.[18] 한인들이 간도 이주를 선호하는 이유는 보다 삶의 질을 향상시킬 수 있는 미래가 있는 곳이며, 특히 일제하에서는 기독교인에게는 신앙과 자유의 땅이었고 애국지사들에게는 독립투쟁과 독립운동기지를 만들 수 있었기 때문이다.

'용정'이란 이름의 기원이 된
용두레 우물 터의 2004년의 모습
(사진: 2004 유영식)

도전과 기회의 동토 만주에서 농사를 짓던 재만 농민들이 1920년대 부르던 다음의 민요는 그 때의 형편을 잘 묘사하고 있다.

만주 땅 넓은 들에/ 벼가 자라네, 벼가 자라/ 우리가 가는 곳에 벼가 있고/
벼가 자라는 곳에 우리가 있네./ 우리가 가진 것 그 무엇이냐/
호미와 바가지 밖에 더 있나/ 호미로 파고 바가지에 담아/ 만주

---

18) Ibid.

벌 살림을 이룩해 보세.[19)]

종교란 흐르는 물과 같다. 만약 종교가 산으로 오르면 그것은 퇴색
된 종교가 되는 것이다. 물로서의 종교는 물이 필요한 곳을 찾아 자
랑하지 않고 낮은 곳으로 흐른다. 메마른 땅에 흘러 비옥한 땅을 만
들고 그러면 그곳에서 나무가 자라고 열매를 맺는다. 삶과 영혼이 메
마르고 척박한 동토 북간도 조선족 유민들이 증가하자 함경도지역
에서 선교를 하던 캐나다 선교사들은 선교의 '물'이 되어 그들의 뒤
를 따라 흘러간 것이다. 캐나다 선교사들은 북간도를 마치 위에서 설
명한 것과 같이 그곳을 "The West"라고 생각하고 모여든 유민들을
찾아 그곳에 복음과 개화 개명을 향한 여명의 횃불을 들고 물처럼 찾
아갔다. 말하자면 그것이 선교지만.

용정 혹은 Lungchingtsun을 최초로 방문한 캐나다 선교사는
1903년 그리얼슨과 랍이었다.[20)] 그리얼슨은 1898년에, 랍은 1901
년에 내한했다. 1900년 초에는 캐나다 선교사들은 함경도지역과 북
간도 그리고 블라디보스토크지역까지 선교지를 넓혀가고 있었는데
그러한 이유는 물론이고 선교지 개척이라는 근본적인 이유가 있었
겠으나, 또 하나의 다른 이유는 현지의 기후에 대한 호감성이다. 예
컨대 미국의 남부 출신들에게는 선교의 환경이 맞지 않는 곳이다.
1909년 간도를 여행했던 한 캐나다인은 간도는 "Korea's Canada'

---

19) 박영석, 《만주·노령지역의 독립운동》 (독립기념관, 1989), 23.

20) "간도선교" 《기독교대백과》 (교문사, 1980), 186. 천주교는 개선교 이전인 1897년 2월에 Bret 백이라
는 신부가 용정촌을 방문하여 그 곳에 이미 형성된 기독교인들을 방문한 적이 있다.

라고 묘사하고 이곳 기후와 비옥한 흙은 마치 마니토바와 같다[21] 고 했고, 날씨가 캐나다 날씨와 같다[22] 고도 했다. 혹은 캐나다의 대초원지역(Canadian prairies)[23] 과 매우 흡사하다"[24] 고도 했는데 정치에서 말하는 지정관계(地政關係)는 선교에서도 같은 관계가 있다는 것을 알 수 있는 대목이다.

캐나다 선교사중 용정지역을 최초로 찾은 사람은 1903년 로버트 그리얼슨과 알렉산더 롭 선교사였다. 재한 캐나다 선교부는 용정에서의 미래적 가치를 보고 1912년는 용정에 26acres의 선교 부지를 $500 불에 매입하고 다음해인 1913년 A.H. 바커(박걸) 부부를 상주 선교사로 파송하였다.[25] 캐나다 선교사들이 정착하여 선교활동을 하면서 살았던 바로 이 지역을 흔히는 '영국 덕이' 영어로는 'English Hill'이라 불렀는데 울창한 백향목으로 둘러싸인 영국 덕이에는 제창병원 (St. Andrew's Hospital), 명신여학교, 은진학교, 동산교회가 있었다. 용정은 바로 윤해영이 작사를 하고 조두남이 작곡을 한 우리 근대사에서 잊을 수 없는 '선구자'의 무대인 일송정이 있는 곳이다.

21) Hugh Miller, "An Interesting Tour Through Korea's Canada," KMF (May 1909), 66.

22) Unpublished Memoir (January 4, 1928) by Earl Knechtel (c. 1980s), unpaginated.

23) 캐나다의 곡창지대인 Manitoba, Saskatchewan, Alberta 주 등을 말함.

24) "Lungchingtsun Station" KMF (Feb. 1931), 35.

25) William Scott, Canadians in Korea: Brief Historical Sketch of Canadian Mission Work in Korea (United Church of Canada, 1970), 74, mimeographed edition.

4. St. Andrew's Hospital(제창병원: 濟昌病院) 설립

마틴이 만주 용정에 도착한 정확한 월일을 확인할 수 없다. 그의 한국 도착에 대하여 1916년에 도착했다는 기록과[26] 1915년이라는 두 가지 기록이 있다.[27] 마틴이 선편으로 캐나다를 출발한 날짜는 1915년 11월 30일이다. 그 시대에는 캐나다에서 조선까지의 여행 날짜는 약간씩 차이는 있으나 통상 3-40여일이 걸렸다. 정확한 날짜를 확인 할 수 있는 문건을 발견할 때까지는 그가 용정에 도착한 것은 1915년 말 혹은 1916년 초였을 것이라는 것이 필자의 생각이다.

조선에서 100여 년 전 의료선교사들이 세운 '병원'은 병원이라 할 수 없는 '진료소'였지만, 그것마저도 선교사들 스스로는 '캇테지 하스피탈'(cottage hospital)이라 불렀다. 시설이 빈약하다는 말이다. 만주 즉 용정지역도 이와 다를 바 없었을 것이다. 마틴이 용정에 도착한 바로 그 다음 날 그가 최초로 환자를 수술했는데 그 환자를 부엌 식탁에서 수술을 했다는 이야기도 이를 증명한다.[28] 우리나라에서 이런 빈약하고 열악한 의료시설과 의료 환경을 서양의 근대의술로 변화를 일으킨 것이 1904년에 에비슨이 설립한 세브란스 병원이다.

---

26) Florence Murray, "Stanley Haviland Martin," KMF (Sept. 1941), 117; Elizabeth McCully and E.J.O Fraser, Our Share in Korea (United Church of Canada), 49. undated; Nigel, 69.

27) 김승태, 박혜진, 《내한선교사 총람》 (한국기독교연구소, 1994), 359; "마틴" 《기독교대백과》 (교문사, 1984), 913; "제창병원" 《기독교대백과》, 1181; 이만열, 《한국기독교의료사》 (아카넷, 2003), 460. 이만열은 p. 460에서 "마틴 의사는 1915년에 바커 (A.H. Barker) 목사와 함께 용정에 도착하여 의료사업을 시작하였다"라고 했는데, 바커 부부는 1911년 2월에 한국에 도착하였고 용정에는 1913년 6월 6일 부인과 함께 도착하여 최초로 캐나다 용정 선교부의 문을 열었다. 이에 비하여 마틴은 2년 뒤인 1915년 혹은 1916년 초에 용정에 도착하였으므로 이만열의 기록에는 날짜의 차이가 생긴다. 바커와 용정 선교의 시작에 대하여는 Scott, 73-74 참고.

28) Florence Murrary, KMF (Sept. 1941), 117.

에비슨이 그러했듯이 북만주 지역에서의 선진 의료 발전은 마틴의 용정 도착과 더불어 서양의술 시대가 도래 하였다.

'세브란스 병원 혹은 세브란스 의과대학'이라는 이름은 미국인 루이스 세브란스(Louis H. Severance) 라는 자선가가 낸 거금으로 건축되었기 때문에 그의 이름을 영예롭게 기억하려는 의도로 병원과 의과대학의 이름을 그의 이름을 붙여 명명한 것이다. 필자는 여기까지는 알고 있었는데, 용정에 있는 제창병원을 영어로는 St. Andrew's Hospital이라고 하는데 왜 'St. Andrew's' 라는 영어 이름을 붙였을까 하는 물음과 병원을 짓는 기금은 어디서 나왔을까 하는 물음을 풀수가 없었다.

그런데 필자는 다음의 두 가지 사실에서 그 물음의 답을 얻을 수가 있다.

(1) 필자는 자료의 출처를 제공할 수 없어서 안타깝지만 한 문건에서[29] 비록 그 문건이 '병원 건축을 위하여 기금을 후원했다.'라고 적시는 하지 않았지만, 마틴에게 경제적 후원을 한 교회는 "St. Andrew's Presbyterian Church, Aurora"라는 것과 "St. Andrew's Presbyterian Church, St. John's"라는 기록을 보았다. Aurora 는 토론토에서 가까운 온타리오 주에 있는 장로교회이고, St. John's는 바로 마틴의 고향에 있는 장로교회인데 우연히 두 교회 이름이 St. Andrew's 라는 것이다. 마틴의 종교적 배경이 감리교라는 것은 앞에서 언급했으나 마틴은 캐나다 장로교 선교사로 파송을 받았

---

29) 한국에서 활동했던 선교사의 후손이 필자에서 준 문건들 가운데 자료의 출처가 없는 기록.

기 때문에 위에서 언급한 장로교회의 경제적 후원은 자연스럽다. St. John's에 있는 St. Andrew's 장로교회를 소개하는 인터넷에는, 마틴이 병원을 건축하는데 후원금을 주었다는 기록은 없지만, Stanley H. Martin의 이름을 언급하고 있는 것을 볼 수 있다.

(2) 또 하나의 문건은 Newfoundland 지역 출신 의사들에 관한 역사를 편찬한 Memorial University of Newfoundland의 Nigel Rusted 교수는 캐나다 장로교회는 1916년 마틴을 한국에 선교사로 파송했다고 기술하고 "그는 [마틴은] 용정(Yong Jung)에 $20,000을 드려 벽돌로 St. Andrews라는 병원을 건축하였다. 그리고 1917년부터 1926까지 그 병원의 원장을 지냈다. 그 후로는 서울에 있는 세브란스 병원에서 임상의학(clinical medicine)과 진단의학(Diagnosis) 교수가 되었다. 1915년 11월 15일 미국 Cathance[Maine 주] 출신 마가렛 E. 로저스와 결혼했다"라는 사실도 덧붙였다.[30]

위의 두 개의 문건은, 지금까지 알려지지 않은 즉 용정 캐나다 선교부 관할 제창병원을 왜 St. Andrew's Hospital'이라고 명명하게 된 배경과 건축비용의 출처를 알 수 있는 단초를 제공한다. 다시 말하자면, 마틴이 1918년에 완성한 캐나다 용정 선교부의 St. Andrew's Hospital의 이름은 위에서 언급한 두 교회 이름 "St. Andrew's"에서 유래한 것이고 건축비는 이 두 교회가 기부한 기금 20,000 불로 건축했다는 합리적인 결론을 우리는 유출할 수가 있다.

---

30) Nigel, 69.

St. Andrew's Hospital 용정 제창병원
(Courtesy of United Church of Canada Archives 1918)

마틴은 제창병원 건축을 1916년 11월에 착공하여 1918년에 완공하였다. 제창병원의 중앙건물을 중심으로 좌측은 외래환자 진료소, 우측은 남자 병동, 뒤로는 여자

제창병원 Staff
뒷줄 중앙이 스탠리 마틴 병원장
앞줄 중앙에 앉아 있는 간호원은 노바 스코시아
시드니 출신 모드 맥키난 (한국명 목긴론)
(유영식 소장 c. 1918-1919)

병동이 있었고 여자병동 바로 옆에는 간호사 숙소를 지었다.[31] 당시 조선과 용정에는 현대식 건물을 짓는데 전기배선이나 수도시설을 놓은 기술에 대한 지식이 있는 건축가가 없었기 때문에 마틴이 현지인들을 가르치고 자신이 손수 이런 작업을 했다고 한다.[32]

제창병원은 지리적 특수성 때문에 조선족 75%, 중국인 20% 그리고 러시아인이 5%였다고 한다.[33]

---

31) 이만열, 460-61.

32) 마틴은 그가 고향에 있을 때 무선전신사의 기술이 있었고 전기공 (electrician)의 훈련을 받은 적이 있다. 이러한 훈련이 병원을 지을 때 전기 배열과 수도공사를 하는데 큰 도움이 되었다. 이런 형편은 세브란스 병원을 지을 때 캐나다인 건축가 헨리 B. 고오든이 전기 공사나 수도공사를 했던 것과 같다.

33) 이만열, 462.

연변 조선족 용정시 외각에 세운
3.13 반일의사능
(사진: 유영식 2004)

3월 1일에 있었던 독립운동은 북간도에서는 1919년 3월 13일에 이른바 '三·一三 독립운동'이 일어났다. 이 때 일본의 사주를 받은 맹부덕(孟富德)이 지휘하는 중국군은 시위하는 한국인들을 향하여 무차별 총격을 가한 일이 일어났다. 이때 17명이 사망하고 30명이 부상을 당했다. 마틴은 자신의 위험을 무릅쓰고 국민회원들과 청년들과 함께 시신 17구를 병원 지하실로 운반한 후 옥양목으로 덮어 판자위에 안치하였다. 이 때 한국인 의사, 서양 및 한국인 간호원, Barker(박걸)의 부부등 제창병원의 전 staff이 총동원하여 밤낮을 가리지 않고 치료를 했으나 결국 사망자가 속출하여 총 33명이 북간도에서의 '三·一三 독립 운동'으로 생명을 잃었다. 만주대한국민회는 용정 남쪽 허청리 엿점거리 뒷산에 국민회장으로 33인의 혼을 모시는 장례식을 정중하게 치러 드렸다.[34]

마틴은 부상자의 몸에서 빼낸 탄환이 모두 일본제 탄환인 것을 확인하여 이러한 만행은 일본이 중국군에게 뒤 집어 씌우려고 일본군을 몰래 중국군에 투입시켰던 일본군의 계략임을 입증했다. 마틴은 그 당시의 상황을 사진을 찍어 심양에 있는 영국영사를 통하여 영국에 보고하였고 세상에 알렸다.

---

34) 홍상표, 《간도 독립운동 비화: 역사의 소용돌이 속에서》 (선경도서 출판사, 1990), 53-4; "제창병원" 《기독교대백과》 (교문사, 1984), 1181과 "마틴" 《기독교대백과》, vol. 5, 913에서 종합.

뿐만 아니라, 三·一三 거사를 위하여 3.1 독립선언서와 각종 행사에 필요한 인쇄물은 바로 제창병원 지하실에서 이루어 졌다. 이렇게 제창병원은 북간도에서의 독립운동의 본거지가 되어 주었고 독립운동가들의 피난처가 되어 주었다.

1919년 한국에서 3.1운동 그리고 만주에서는 3.13 독립운동이 일어나기 1년 전인 1918년 12월 15일 마틴은 자기 집에 외국인 선교사, 한국인 목사, 그리고 용정 천주교회 신부등 지역 기독교계 지도자를 초청하여 크리스마스 축하연을 베풀었다. 그는 모인 손님들에게 캐나다에서 온 소식이라는 것을 전제하고 "강화회의에서[35] 반드시 인류의 자유, 평등주의가 토론될 것이며, 그러면 한국 문제도 자연히 해결될 것이다"[36]라는 말을 했다고 한다. 마틴이 그러한 새로운 소식을 전해주는 것은 그가 조선의 독립에 대한 관심이 있었다는 것과 조선인들과 마음을 같이 하고 있다는 것을 시사한다. 그러한 마틴의 태도는 간도 지방에 거주하는 독립지사들이나 교계의 지도자들에게 독립에 대한 희망을 불어 넣어 주었을 뿐만 아니라 독립과 항일운동에 박차를 가하는 큰 힘이 되어 주었고 마틴은 튼튼한 머팀목이 되어 주었을 것이다.

다음에 소개하는 심양 영국 총영사에게 보낸 마틴의 "노루바위 학살 사건"이라는 글의 경구에는 "Yours for humanity, S.H.M.이라는 경구가 있다. humanity 즉 인간애는 마틴 스스로가 자기에 대하여 그렇게 쓴 말이지만, 그것은 곧 마틴을 이해하는 key word다. 그

35) 여기는 말하는 "강화회의"는 언제 어떤 강화회의인지 분명하지 않다.

36) "마틴" 《기독교대백과》, vol. 5 (교문사, 1984), 913

출처: 《연세의료원 120년 화보집》 (2007)

의 그런 인류애의 근원이 의료인이기 때문이었건, 기독교 선교사였건 간에 그것을 따지는 것은 중요한 것이 아니다. 그것은 마틴의 삶과 선교의 본질이었다고 믿기 때문이다.

만주에 있던 동포들은 마틴의 헌신적 노력과 봉사에 감사한 마음으로 1920년 만주대한국민회(Korean National Assosiation[sic] in Manchuria)[37]는 사은의 훈장을 수여하였다.

마틴이 1926년 세브란스 병원으로 옮기자 중국에서 선교활동을 하고 있던 블랙(Donald Black)이 제 2대 병원장을 맡아 병원을 운영하다가 1940년 강제 추방을 당하는 지경에 이르렀다. 1941년 가을에 일본 군대가 인수, 그 후로는 군인 병원으로 1943년 3월 까지 병원업무는 계속되었다고 한다.

필자가 2004년 옛 제창병원을 찾았을 때는 병원 건물은 흔적도 없고 사진에서 보는 것과 같은 brick 벽만이 허접스러운 모습으로 허전하고 의미 없이 댕그랑 서 있었다.

---

37) Korean National Assosiation in Manchuria에서 Assosiation은 Association의 오기이다. 대한국민회 (Korean National Association)는 1910년 미국에서 결성된 독립운동 단체로서 위에서 말한 대한국민회는 만주지부다.

5. 노루바위 학살과 마틴

필자는 서두에서 노루바위
학살 사건은 제암리 학살 사
건의 레프리카(replica)라는
말을 했고, 캐나다 선교사 제
임스 게일은 경기도 제암리
와 세강리등 일본의 학살 현
장을 돌아보고 일본의 잔학

제창병원 자리에 남아 있는 현재의 벽돌 벽
(사진: 유영식 2004)

상을 "하피(Harpy)"·"현대판 네로 황제" 혹은 "피에 굶주린 아모크"
라고 했다고 했다. 역시 캐나다 선교사 스탠리 마틴은 일본이 북간
도에서 저질은 만행을 마치 로마 신화에서 일컫는 "신조차 무서 워
한다"는 "Hydra 같은 괴물 뱀"이라고 했다고 했다. 일본의 잔학상
의 도나 형태는 여기나 저기나 유사하지만, 또 무엇을 꼬집어 그것들
을 서로 비교하는 잣대로 삼는 것은 어리석은 일이기도 하지만, 어쩌
면 북만주에서의 학살은 제암리 잔학상 보다 더 잔악했는지도 모른
다. 북간도의 광범한 전역에서 일어났다는 것도 그렇고 제암리에서
는 23, 노루바위에서는 33이라는 숫자도 약간은 다르다. 필자는 노
루바위 사건의 현장을 둘러보고, 무엇보다도 조국을 떠나 타국에서
당했던 동포들의 외로움과 고통을 참기가 더 어려웠지 않았을 까 하
는 생각을 해 보기도 했다. 눈에 띄지 않는 후미진 골짜기에 "1920
년 10월 30일 일군의 간장암 참사 사건 희생자 33인의 추념비" 옆면
에 "희생자 유족대표 고 김경삼의 자 김기주 건"이라 쓰인 작은 추념
비를 보고 나는 더 그렇게 느꼈다. "얼마동안은 아무런 흔적도 없었

간장암 학살의 최초의 현장에 세운 추념비
(사진: 유영식 2004)

겠지. 그러다가 그 공동무덤에 희생자 중 김경삼씨의 아들 되는 김기주씨가 훗날 이렇게 세웠겠구나" 하는 생각을 하면서 더 그런 생각이 들었다. 산 표면에서 눈에 띄지 않는 후미진 외딴 곳에 세워진 추념비! 청명한 하늘과 멀리 모아산을 보면서 나의 뇌리에는 만상이 오갔다.

이렇듯 외롭고 고통스러운 시련에서 허덕이는 우리 동족을 향하여 '물'이 되어 흘러 들어가 그들 가슴에 겹겹이 뇌 놓인 아픔을 싸매주고 함께 분노를 터뜨리며 함께 울었던 사람들이 있었다. 바로 벽안의 캐나다 선교사들이었다. 노루바위 소식을 듣고 현장을 찾아간 기록에 나타난 캐나다 선교사들은 Emma Palethorpe, Jessie Whitelaw, Thomas Mansfield, William Foote 그리고 Stanley Martin등이다. 그들은 그들 나름대로 그 참상을 폭로하고 분노하며 정의와 공의 그리고 인권을 호소하고 갈구하고 염원하는 글들을 남겼다. 선교사들은 노루바위를 Norapawie, Norapawee, Kan Chang Am, 혹은 No-ru-pa-wi등으로 표기하였다. 노루바위는 중국 길림성 용정시에서 동북쪽으로 약 12km 지점에 있는 마을이다. 노루바위는 간장암 혹은 장암동이라고도 부른다. 노루바위는 향토 말이다. 필자가 노루바위 학살 현장 마을을 찾아 가서 보고 느낀 것은 노루바위 마을 뒷산의 산

세(山勢)가 마치 노루가 마을을 향해 내려오는 것 같은 모양을 하고 있는 것처럼 보였다. 그렇기 때문에 붙여진 이름이었겠지만. 여기서 는 노루바위, 간장암 혹은 장암동이라는 말로 호환하여 사용하지만, 선교사들의 문건을 다루기 때문에 노루바위라는 말을 더 많이 사용 한다. 노루바위는 용정 캐나다 선교부에서 거리상 가까운 곳에 있었 기 때문에 캐나다 선교사들이 선교활동을 하던 곳으로 간장암 교회 와 영신학교(永信學校)가 있었다. "노루바위 학살 사건"은 만주에 주둔 하고 있던 일본군이 조선인 마을을 침투하여 조선인을 무차별 참살 을 했던 이른바 '1920년 경신년대토벌' 중에서 그해 10월 30일 일 제가 노루바위 주민 33인을 교회 안에 감금한 상태에서 불태워 죽 인 참혹한 사건 현장이다. 노루바위 학살 사건은 제암리 사건의 재 연이었다. 스탠리 마틴은 10월 31일 현장을 방문하고 "Norapawie Massacre"라는 제하의 폭로기사를 당시 심양에 있는 영국 총영사 F.E. Wilkinson에게 보고했고 윌킨슨은 "Memorandum by Dr. Martin on the Norapawie Massacre"라는 제목을 달아 북경주재 영국 대사 H. Clive 에게 보고하였다. Clive는 이것을 영국 외무성에 보고하였는데 마틴의 보고서는 일본군의 만행을 사실대로 폭로한 것이다.

'노루바위 학살사건'[38]
여기 기록한 사건들은 중국 길림성 간도의 남부 전 지역에서 일어 난 사건들에 대한 보고입니다. 중국의 완강한 반대에도 불구하고, 일 본은 가능하면 이 지역에서 모든 기독교인들, 특히 젊은이들을 전멸

---

38) "노루바위 학살사건"의 원문은 "Nora[u]pawie Massacre"라는 제목이다.

간장암 참살 현장으로 가는 길목의 노루바위 산 (사진: 유영식 2004)

시키기 위한 의도를 가지고 일본군 1만 5천명 이상을 현지에 투입했습니다. 마을은 조직적으로 하나씩 하나씩 매일 매일 소각되어 가고 있으며 젊은이들은 총살을 당했습니다. 그래서 지금 내가 살고 있는 이곳 용정시 주위의 상황은 그야말로 전소한 마을이거나 아니면 마을 전체가 대대적인 살상을 당했거나 혹은 그 두 가지를 동시에 당하여 고통을 당한 마을들로 점철되어 둘러싸여 있습니다. 다음에 열거한 사건들은 필자와 필자의 영국인 친구 중 한명이 직접 목격한 것으로 의심할 것 없이 정확한 사건들입니다.

우리 일행은 [1920년] 10월 31일 일요일 아침 중국인들이 타는 마차를 타고 여기서 12마일 거리의 조그마한 산골짜기 위쪽에 자리 잡고 있는 노루바위 마을을 향하여 용정을 떠났습니다. 그날은 바로 천황의 탄생일이었기 때문에 우리가 시골길을 가는 동안 일본 군인들과 경찰이 우리를 귀찮게 굴지 않았습니다. 그래서 우리는 마치 꿩사냥이라도 가는 양 목적지까지 갔습니다. 큰 길에서 샛길로 들어서자 저 멀리 언덕위로 짙은 연기가 끼어 있는 것을 보고 우리는 그곳이 우리가 가는 목적지인 것을 알았습니다.

지금부터는 우리가 보고 또 많은 현지인 목격자들로부터 들은 바를 토대로 10월 29일 이 마을에서 정말로 무슨 일이 일어났는가를 말씀드리겠습니다.

[29일] 날이 밝아오자 완전무장한 일본보병의 경계병들이 그곳 중심 기독교인 마을을 포위했습니다. 그리고 대량으로 쌓아 놓은 채 아직 탈곡하지 않은 수수, 보리, 또는 밀짚 등 곡물에 방화를 했습니다. 그리고는 집에 있는 사람들을 밖으로 나오라는 명령을 내렸습니다. 아들이나 아버지 [남자가] 나올 때 마다 일본군은 그 즉석에서 총으로 쏘았습니다. 만약 그 사람이, 어쩌면 아직 반쯤은 살아서, 앞으로 거꾸러지는 경우에는 불붙은 많은 짚 덤불을 그 사람 위에 덮어 씌워 불태워 죽였습니다.

주민들은 [우리에게] 불붙은 현장을 뛰쳐나와 피신한 사람들에게 일본군이 총검으로 찔러 땅 바닥에 생긴 얼룩진 핏자국을 보여주었습니다. 실제로, 그 조선인들은 일본 군인들이 3 차례나 근거리 총격을 했는데도 불구하고 화염 속에서 일어 나왔던 것입니다. 그 시체들은 알아 볼 수 없을 정도로 곧장 숯검정이로 변했습니다. 우리는 그 잿더미 속에 아직도 널려 있는 팔과 다리뼈를 보았습니다.

우리가 그 마을 가까이 이르렀을 때, 우리들은 마을의 부녀자들, 아이들 그리고 몇 명의 머리가 하얀 노인 남자들만을 발견했습니다. 등에 어린 아이들을 업은 여인들은 우리가 옆에 있는 것을 알아차리지도 못한 채 비탄의 울음을 울면서 여기저기를 배회하고 있었습니다. 우리가 발견한 그 마을의 첫 번째 피해의 모습은 한 채의 큰 한옥의 잔해였습니다. 그 한옥은 아직도 3년분이 될 식량이 저장된 곳 여기저기서 타는 불로 인하여 나오는 검고 짙은 연기로 둘러싸여 있었습니다.

새로 만든 3개의 무덤 앞에는 어린 아이를 등에 업고 앉아있는 여인과 8살짜리 어린 여아, 그리고 장례식 때 만들어 쓰는 하얀색의 두건(頭巾)을 머리에 쓰고 있는 노인 남자가 있었습니다. 우리는 잔해의 현장들을 촬영하였습니다. 그런데 그 사망자 중 이 남성은 훌륭한 기독교인이었다고 들었습니다. 그는 그의 몸 4곳에 총탄을 맞았고 그의 두 아들도 총을 맞았습니다. 그리고 또 다른 세 사람은 불이 타고 있는 집의 화염속으로 던져 넣었다고 합니다.

나는 주위에 있는 몇 사람을 불렀고, 그들은 여러 개의 시체 중 한 구의 시체에 묻어 있는 흙을 깨끗이 닦아 내고 보니 몸에는 몇 군데 총상을 맞은 자국이 있었고 수족은 뒤틀린 채 까맣게 탄 남자 노인의 모습이 들어났습니다. 그의 시체 중 불에 타지 않은 유일한 부분은 하얀 머리카락으로 덮여 있는 머리 부분이었습니다. 우리는 남은 잔해들 그리고 두 개의 무덤을 촬영한 후 계곡의 위쪽으로 갔습니다. 방화한지 36시간이 지났는데도 불구하고 시

간장암에 세워진 추모비와 마을 주변.
멀리 보이는 산이 모아산이다.
(사진: 유영식 2004)

체에서 나는 냄새를 맡을 수 있었고 지붕이 무너져 내리는 소리 그리고 집의 목재들이 떨어지는 소리를 들었습니다. 우리가 어떤 모퉁이를 돌아갔을 때 우리는 4명의 여인을 보았습니다. 그들은 모두가 어린애를 등에 업고 있었고 새로 만든 각각의 무덤 앞에서 마치 정신이 혼미한 사람이나 할 수 있을 통곡을 하고 있었습니다. 그들은 우리가 오는 것도 알아보지 못하고 마치 세상을 자포자기한 것처럼 보였습니다.

그 후 나는 불에 탄 19채 가옥의 잔해를 촬영하였습니다. 그 중에는 분노에 치를 떨며 울고 있는 노인 남자들이 있었고, 연기 때문에 눈을 부비면서도 아낙네들과 그들의 딸들은 토막 난 시체의 부위들을 주섬주섬 모으면서, 그 타버린 잔해들 속에 채 타지 않은 무슨 귀중품이라도 있는가 하여 잿더미를 뒤지고 있었습니다. 우리가 친절하게 경어를 써서 사진을 찍도록 부탁을 드렸고 그에 응했던 한 노인은 슬픈 감정이 복받쳐 마치 정신 이상자 마냥 울음을 터트렸습니다. 나는 그 모인 사람들 중에서 지도자 한 사람을 불러 예배를 드릴 수 있도록 사람들을 모아달라는 부탁을 했습니다.

내가 그 불에 탄 가옥의 잔해에서 시체들을 찾아 깨끗한 멍석위에 안치하는 일을 하는 동안 구경하는 이교도들도 자진하여 도와주었습니다. 우리가 찾은 다리 하나와 발 부분 하나는 시체의 정상적인 위치에 놓아 준 후 네 차례 시체의 사진을 찍었습니다.

이 때 많은 여성들이 애곡을 했습니다. 짙은 연기 때문에 사진기의 시간 노출기를 사용하는 것이 필요한 상태였지만, 나는 사진 노출기를 들고 동시에 사진기를 붙잡고 있을 수가 없도록 격분해 있었습니다.

그 후 불탄 잔재를 중심으로 한쪽에는 약 50여명의 부인들과 소녀들이, 그 맞은쪽에는 약 10-15명의 남자 노인들과 소년들이 조그마한 통로를 두고 마당에 앉은 후,[39] 거기 모인 사람들이 이미 잘 알고 있는 "예수 사랑하심은 거룩하신 말일세"라는 찬송을 불렀습니다. 이 찬송을 부른 후에 그들 가운데서 가장 연장자가 기도를 했습니다.

부녀자들은 그들의 사랑하는 사람의 묘 앞에 주저앉은 채 통곡을 했고, 많은 한국인 이교도들과 중국인들이 고개를 숙이고 눈물을 적시며 이 모습을 지켜보았습니다.

큰 나무아래 있었던 교회는 지금은 하나의 잿더미로 변했고, 학교의 건물도 같은 모습이었습니다.[40]

내가 세어보니 31기의 묘가 있었는데 매 가호마다에서 사망한 사람의 묘가 바로 그 집 가까이에 안장되어 있었습니다. 시신들을 [분간하여] 찾아내고 불에 타서 숯 검장이가 된 잔해들을 매장 하는데 꼬박 하루가 걸렸습니다. 그런데 이 모든 일은 부녀자들 그리고 어린이들이 했다는 것을 기억하셔야 합니다.

그 후 나는 그곳을 떠났고 오는 길에 가옥들이 방화되고 마을 사람들이 총살을 당한 다른 두 개의 마을을 방문했습니다. 내가 그 마을을 떠날 지음 그 마을에서 벌어졌던 참상을 모면한 부상자가 있으니 가서 그를 보아 달라는 요청을 했습니다.

---

39) 그 당시의 교회는 예를 들면 'ㄱ' 자 형 혹은 영어로 'L'형으로 지었다. 그리고 그 꺾인 곳을 중앙으로 가운데 커텐 같은 천으로 칸을 막아 남녀가 따로 앉았다. 설교자는 그 꺾인 점에 서서 양쪽의 남녀를 볼 수 있었다. 말하자면 남녀의 자리를 구별한 것이다. 여기서도 그렇게 남녀를 구별하여 앉게 했다는 말이다.

40) 여기서 말하는 교회와 학교는 당시에 있었던 간장암 교회와 영신학교를 말한다.

우리는 용정에 돌아와서, 술에 만취가 된 일본 군인들을 보았고 그리고 용정시는 일장기로 온통 뒤덮여 있는 것을 보았습니다. 일장기를 게양하지 않은 한국인 가옥은 일본 기마병에 의하여 모두가 적발되었습니다.

들리는 소문에 의하면 우리가 사는 용정시에서 강 건너편에[41] 있는 그 마을을 일본군들이 불을 지를 작정이라고 합니다. 그 마을은 실제로는 용정시의 한 부분인데 그 마을에는 1백여 가구의 기독교인이 살고 있습니다. 그 마을의 젊은이들은 피신을 가는데 그중 어떤 젊은이들은 용정으로 피신을 옵니다. 엄격히 말하면 용정에서는 보호를 받기 때문입니다. 왜냐하면, 용정시에는 일본인 가옥이 여기 저기 산재해 있는 관계로 용정의 가옥 전체를 한데 뭉뚱그려 방화하는 것을 피 할 수 있다는 기대가 있기 때문입니다.

내일 페이레쏘르프[42]양과 화이트로[43] 양 그리고 저는 노루바위에 갈 것입니다. 가서 "마음이 상한 자를 고치며"[44]하는 말씀과 같이 환자들과 부상자들을 돌보려고 합니다.

---

41) 해란강을 말한다.

42) Emma M. Palethorpe. 한국명 배의도. 온타리오 주 Ingersoll 출신으로 1916년 내한, 1941년에 추방 당했다. 전쟁 후 1953년에 다시 한국에 갔다가 1956에 한국을 떠나기 까지 총 25년간 한국에서 선교사 생활을 했다.
 Palethorpe는 그가 용정에 있을 때, 1960년대 캐나다 한인 초기 이민자였던 전충림의 부친 전택후 (후에 목사가 됨) 와 함께 개척전도를 했던 사람이다.

43) Jessie G. Whitelaw. 한국명 하일라. 온타리오 Penetanguishene 출신으로 1918년 내한, 1935년에 은퇴하였다. 17년 간 한국에서 선교사로 일했다.

44) King James Version: Isaiah 61; 1b "He hath sent me to bind up the brokenhearted. 마음이 상한자를 고치며" 라는 성경 구절을 인용한 것이다.
 King James Version: Psalm 147:3 He health the broken in heart, and bindeth up their wounds. 위와 비슷한 성경구절이다.

E[45].H. Martin, M.B.[46] C.M.[47] November 1, 1920.

[추신][48]

이 편지의 지참인은 안전 합니다(The bearer is O.K.). 일본군이 살인과 방화를 저질은 32 마을에 대한 마을 이름과 정확한 내용을 확보하고 있습니다. 그중 한 마을에서는 148명이 살해되었고, 대부분의 마을에서는 30명 이상이 피살되었고 많은 집들을 여인과 어린이들이 집안에 있는 채로 방화를 했습니다. 소눈동 마을에서는 큰 묘지

---

45) 문건에 'E'라 쓴 것은 S의 오기임. 스탠리 마틴의 원문에는 경구와 November 1, 1920이라는 말이 없다. 이런 말들은 마틴의 보고서를 심양주재 영국 영사관의 총영사 F.E. Wilkinson이 북경주재 영국 대사관에 Clive에게 보고하는 과정에서 첨부된 것들이다.

46) M.B.는 Bachelor of Medicine이라는 약자다. 초기 캐나다의 의과대학은 영국식의 교육제도를 모방하였기 때문에 영국제도에 따라 캐나다 의과대학에서는 M.B. 학위를 수여하였다.
그러나 캐나다 의과대학이 수여하던 M.B.에서 M.D. (Doctor of Medicine) 학위로 바꾼 것은 1928년부터다. M.B.에서 M.D. 학위로 전환하게 된 것은 학위의 북미화를 했기 때문이다. 왜냐하면, 'Bachelor'와 'Master'라는 용어의 차이가 있고 미국의 의과대학에서는 M.D. 학위를 수여하고 있었다. 토론토 의과대학에서는 1928년 이전 졸업생들에게 M.B.에서 M.D.로 학위를 전환하려면, 약간의 수수료를 내던지 혹은 간단한 paper를 쓰고 전환하는 기준을 세웠다고 한다. 이러한 고증은 1993년 4월 22일 당시 토론토대학교 약학대학 J. K. Ferguson 교수와 인터뷰를 할 때 설명 해 주었다. 캐나다에서 의대를 졸업하고 한국에 선교사로 나온 에비슨, 하디, 더그라스 에비슨, 셜우드 홀, 노만 파운드, 프로렌스 머리, 스탠리 마틴, 도날드 블랙, Ernest Struthers등의 학위는 M.B.인데 그냥 M.D.로 쓴다. Professionalism에는 하등의 차이가 없다. 단, O.R. Avison은 자신이 M.B.를 M.D.로 바꾸었다는 기록이 있으나 다른 선교사들은 바꾸는 것에 상관하지 않았다. 그러나 함흥의 Kate McMillan, 대구 동산병원의 Archibald Fletcher 또는 Sherwood Hall의 부인 Marian Hal, Thomas Mansfield등은 미국 의과대학을 나왔다. 미국 출신 어떤 선교사는 캐나다 의료선교사가 M.B.학위를 가졌다는 이유로 의료선교사의 자격이 없는 의료선교사라고 평가하기도 했으나 이는 캐나다의 초기 의과대학 학위제도를 모르고 하는 말이다.
세브란스 의과대학이 언제부터 M.D. 학위를 수여하였는지 필자가 확인 할 수 없으나, 《사진으로 본 한국 근대의학 120년》(2007), 64, 148에 나타난 졸업증서를 보면 'Bachelor of Medicine'으로 되어 있다. 초기 에비슨등 캐나다 출신들의 영향일 것으로 사료되기고 하고 M.B.나 M.D에 하등의 구별을 느끼지 못했기 때문일 것도 있다.

47) C.M.은 Latin어로 Magister Chirurgiae 라는 말로 외과전문의라는 말이다. C.M. 소유자는 특별이 외과전문교육을 수료한 후 받는 자격증을 소유한 의사라는 말이다. 영어로는 M.S. 즉 Master of Surgery라고도 쓴다. M.D. 학위 외에 수술 전문의 자격증이다.

48) [추신]이란 말은 역자가 첨부한 말이다. 마틴은 자신의 보고서 원문을 위에서 언급한 심양 주재 영국 영사 Wilkinson에게 보내면서 원문에 기록하지 못한 것들을 후에 추신하였다.
당시 일본 정부는 선교사들의 우편물을 일일이 검열했기 때문에 인편으로 보냈다. [추신] 첫 줄에 "The bearer is O.K."라는 말이 이를 증명한다. 자신의 편지를 전달하는 사람에 대한 의심을 하지 말고 믿어도 좋다는 말이다.

앞에 14명을 세워놓고 총살을 한 후 시체들을 장작과 함께 넣고 마을에서 등유를 가져다가 박멸을 해 버렸습니다. 이것이 [조선 사람들을 죽이는 일본군의] 전형적인 방법입니다. 여기 상황은 정말 매우 처참합니다. 일본군 사령관이 안전을 보장할 수 없다는 이유로 외국인들에게는 여행을 허용하지 않습니다. 사리꼴 마을에서는 부상을 입은 다섯 남자들을 불속에 던져 넣었습니다.

인간애를 위하는 당신의
스탠리 마틴 드림

6. 결론

필자는 캐나다 선교사 스탠리 마틴의 삶과 선교, 특히 그가 일본의 한국인에 대한 만행에 어떻게 대응했는가를 간략히 살펴보았다. 마틴에게서 보여지는 인도적 행위는 비단 마틴에게서만 보는 것은 아니다.

심훈이 말한 "그날"이 온 3년 후인 1948년에는 대한민국이 탄생하였다. 새로 탄생한 정부는 서둘러 1년 뒤인 1949년 4월 27일 대통령령으로 〈건국 공로 훈장령〉를 공포했다. 〈건국 공로 훈장령〉은 국내외에서 일제의 국권침탈에 항거하면서 독립을 이룩한 애국투사들의 정신과 혼을 후손에게 전수하고 역사에 기리는 수훈 법령이다.

《대한민국 독립유공인물록(1949-2002)》이라는 2002년 국가보훈처가 발행한 인물록에는 1949년부터 2002년까지, 따지고 보면 어디 여기에 수록된 분들 만이겠는가 마는, 캐나다인으로써 '독립장'[49]을 수훈한 구례선(Robert G. Grierson)·민산해(Stanley H. Martin)·박걸(Archibald H. Barker)·석호필(Frank W. Schofield) 등 4명의 이름이 수록되어 있고[50] 미국 선교사들도 4명이 수록되어 있다.[51] 당시 미국 선교사들이 한국 선교현장에서 주도적 역할을 했던 것을 감안하면 캐나다와 미국인 '독립장' 서훈의 수가 4:4 동률이라는 것은 놀랍다. 우리는 다음의 통계 자료를 통하여 이를 과학적으로 입증할 수 있다.

한국에서 선교한 선교사들을 국적별로 구분한 통계 자료에 의하면, 미국인 선교사는 1,059명(전체 비율의 69.3%), 캐나다 선교사는 98명(전체 비율의 5.6%)이라는 통계로 보면[52] 4:4라는 동률은 캐나다에 주는 의미는 대단히 크다. 캐나다 선교사의 숫자는 미국인 선교사에 비하면 겨우 10분의 1 정도니까.

광복 70주년이 되던 2015년 《조선일보》와 〈대한민국역사박물관〉은 외국인으로서 한국의 독립과 발전에 헌신한 영웅 70인을 선정하고 "Salute Your Love for Korea"라고 찬사로 그들의 공훈을 기렸다.(70 Heroes whose lives have been dedicated to the liberation and development of Korea) 선정위원회는 70인 중에서 Frank W.

---

49) 독립장을 영어로는 Order of Merit for National Foundation 이라고 표기했다.

50) 국가보훈처 (2002), 624-26.

51) 미국 선교사들의 이름은 Eli M. Mowry, G.A. Fitch, G.S. McCune, H.G. Hulbert.

52) 《내한 선교사 총람 1884-1984》(한국기독교역사연구소, 1994), '머릿말.' 필자가 조사한 재한 캐나다 선교사의 숫자는 적어도 260여명이 된다. 더 발굴된 자료를 토대로 하면, 캐나다 뿐 만 아니라 각국의 숫자는 상당한 차이가 있을 것으로 보여 진다.

Schofield·Oliver R. Avison·Frederick A. McKenzie·Stanley H. Martin·James S. Gale등 캐나다인 5인을 선정했다.

종종 캐나다 선교사들과 미국 선교사들의 차이점이 있는가? 만약 있다면 무엇이 다른가를 묻게 된다. 이것은 필자가 여기서 논하는 주제도 아니고 또 과학적 근거를 일일이 제시하지 못하면서, 지나가는 말로 하자면, 우선 미국계 선교사들은 중산층의 자제들인데 비하여 [53] 캐나다 선교사들은 가난한 농사꾼의 자제들로 가난을 이해하는 사람들이다. 미국은 돈이 많고 캐나다는 상대적으로 빈약하다. 똑 같이 독신이었던 미국인 사무엘 모펫의 1년 연봉은 1천불이었고 캐나다인 제임스 게일의 1년 연봉은 5백 불이었다.[54] 게일은 모펫의 반의 급여로 살아야 했다. 특히 청일전쟁, 로일전쟁 때는 서울의 물가가 대단했다.

미국이 소비하는 나라라면 캐나다는 절약하는 나라다. 미국은 스스로 만든 미국문화를 자랑하는 나라라면 캐나다는 영국문화를 존중하고 그 영향권 아래 있는 보수적인 나라다.

이민의 종교적 배경이 다르다. 미국은 청교도의 나라라 하겠지만, 캐나다의 이민은 영국 국교인 'Church of England'에 맞서는 'Free Church of England'를 탄생시킨 '비국교파' 즉 '자유 교회파' 사람들이 종교의 자유를 찾아 이민 온 자들로 형성된 나라다. 저들은 영

53) 류대영, 《초기 미국선교사 연구 1884-1910》 (한국기독교역사연구소, 2001), passim.

54) Young Sik Yoo, Earlier Canadian Missionaries in Korea: A Study in History 1888-1895 (The Society for Korean and Related Studies, 1987), 29; Young Sik Yoo, The Impact of Canadian Missionaries in Korea: A Historical Survey of Early Canadian Mission Work, 1888-1898, unpublished Ph.D. thesis, University of Toronto, 1996, 141, 152; 유영식, 《착흔목쟈...》, vol. 1, 27.

국 국교와 대항하여 투쟁을 했기 때문에 타협을 모르는 정의감이 강한 사람들이고 스코틀랜드 기질이 있어 고집에 센 사람들이다.

저들의 종교적 배경은 복음주의적이고 살아 남기위해서는 서로가 연합하는 에큐메니칼 마인드를 가져야만 했다.

캐나다는 한국과 같이 남의 나라를 침략해 본 적이 없는 피 침략국이다. 영불전쟁으로 승리한 영국은 캐나다에서 패전국 불란서의 언어, 종교, 문화를 영국의 것으로 귀속시키지 않고, 말하자면 두 개의 민족 두 개의 문화가 공존하는 나라로 인간의 보편적 가치인 평등과 존엄성을 지향하는 마인드를 가진 사람들이다. 캐나다는 대립보다는 조화의 나라다.

선교사들의 조상은 식민(植民)이다. 그래서 식민의 설움을 안다. 특히 동부 연해주 출신 선교사들은 한국의 계절과 풍경을 보고 그들의 유년시절과 그들 조상의 나라 스코틀랜드를 연상하기도 했다.

한국에 온 캐나다 선교사들은 이러한 가정적, 사회적, 종교적 배경에서 자랐고 교육을 받았기 때문에 약자에 대한 인간애를 발휘할 수 있었고 불의에 항거하고 자유를 지향하는 정신적 유산을 이어 받은 사람들이었다. 그래서 일본의 수탈과 잔학성을 보고 캐나다 선교사들은 한국인들에 대한 애틋한 마음으로 한국인 편에 섰을 수도 있었을 것이다. 여기서 다루는 주제는 아니지만, 이른바 아시아 태평양 전쟁이 일어 났을 때 어떤 선교사는 목사의 옷을 벗고 군복으로 갈아입고 일본군과 싸우기도 했다.

필자는 북간도 연변 노루바위 산 나지막한 계곡에서 조를 심고 보리를 경작하면서 가정을 이루고 마을을 이루어 삶의 터전을 만들며 오순도순 소박하게 살고 있었던 나의 동족들에게 청천벽력 같았을 일본군의 만행의 현장을 찾았던 그 해에 수원에 있는 제암리를 방문했다. 두 현장을 비교해 보기 위해서였는데 아직까지도 그것을 정리하지 못하고 있으니 마음이 아련하다.

우리는 모두가 내 자신의 역사를 스스로 만들며 살아가는 역사의 주체들이다. 그리고 나는 나보다 더 큰 집단 역사의 일원이라면 나는 나 보다 큰 그 집단 역사를 만드는 주체가 되는 것이다. 우리는 모두 이런 역사의 중요성을 인식하고 어떻게 하면 지혜로운 삶을 살면서 보다 낳은 역사를 후세에 전수해 줄 것인가를 고민한다.

옛 선조들은 온고지신(溫故知新)이라고 했다. '보다 낳은 미래를 만들기 위해서는 먼저 옛것을 알라'라는 말이다. 영국이 낳은 20세기 역사학자 E. H. 카는 이런 의미의 역사 인식을 "진보로서의 역사"("History as Progress")라고 표현했다.[55] 역사는 앞으로 발전해야 한다는 말이다. 지난 역사를 가슴에 안고 애도(mourn over) 하기 보다는 우리 모두에게는 온고지신하여 보다 낳은 역사를 만들어 가는 지혜가 필요하다. 우리 모두가 다 미래를 만드는 역사의 주체이니까.

노우바위·제암리 학살 사건의 현장을 견학할 수 있는 기회는 나에게 온고지신이라는 말과, E. H. 카의 '역사란 무엇인가?'라는 질문이 자꾸만 내 뇌리를 스쳐가는 기회였다.

필자는 제암리를 떠나면서 CD 한 장을 구입했다. "용서는 하되 잊지는 말자"라는 제목의 CD였다.

※ 이 글은 '애국지사기념사업회(캐)'의 편집방향과 다를 수 있습니다.

---

55) Edward H. Carr, What is History?, (London: MacMillan & Co., 1961), 103.

특집·2

위대한 유산

김 세영

▶ 하늘사랑 나라사랑

노 삼열

▶ 이민자들에게 전하는 애국지사들의 이야기

이 은종

▶ 위대한 유산

최 승남

▶ 우리민족의 아픈 역사를 돌아보며

황 환영

▶ 토론토의 보석-애국지사기념사업회

하늘사랑 나라사랑

김세영 (토론토 한카노인회장)

겨울이 지나면 어김없이 봄이 와서 마른 나뭇가지에 새순이 피어 난다. 어둠의 밤이 지나고 새날이 동터오는 것이다. 희망과 꿈을 간직한 사람만이 이 신비를 느끼며 보는 것이다.

마찬가지로 고난과 고통의 어두운 터널을 살아오신 애국지사님들의 삶은 우리가 느끼고 볼 수 없는 삶의 빛이었기에 지금 전 세계와 나란히 걸어갈 수 있는 대한민국이라는 나라가 있는 것이다.

인도의 타고르 시인은 동방의 빛이 빛날 때 세상을 비춘다는 말로 미리 예언을 하셨다. 바로 하느님이 보호해 주시고 애국지사들의 피와 땀이 서려있는 이 나라, 지금 우뚝서있는 대한민국, 우리의 모국을 지칭하는 말이다.

현재 오직 하나 남은 남과 북으로 갈라져있는 나라이지만, 사회주의, 민주주의 이념이 무엇이라고, 그것은 강대국들의 결정일 뿐이다.

한민족, 한 언어를 사용하며 살아온 배달민족, 백의민족의 역사를 가진 국민으로, 영토와 주권과 나라와 불굴의 힘을 가진 국민으로, 세계를 향해 한라산에서 백두산까지 아름다운 사계절의 변화 속에서 꿈을 키우며 성장하며, 매일의 주어진 여건 안에서 열심히 살아가는 힘과 용기를 가진 우리는 애국지사들이 보여주신 하늘사랑 나라사랑에서 오는 불굴의 정신에서 영향을 받은 것이다. 보라! 우리나라 태극기를 보라, 얼마나 많은 꿈과 이야기가 있는가.

하늘과 땅 사계절의 이야기, 봄 여름 가을 겨울의 노래, 빛과 어둠이 있다. 동서남북의 방향을 제시하며, 하얀 배경은 나라를 뜻하고, 둥근모양은 사람을 뜻하며, 사각형의 모양은 정부를 뜻하며 세 개의 줄은 하늘의 정의를, 세 개의 갈라짐은 땅의 양분을, 가운데 한 줄과 양쪽의 열림은 물의 생명을, 가운데 열림과 양쪽의 두 줄은 불과 지혜를 뜻한다는 선조들의 넓은 우주와 인간의 사랑을 세계에 알리는 특출한 지혜와 사랑이다. 이는 하늘과 땅 그 안에 존재하는, 인간과 자연을 사랑하는 우주적 사랑이다. 어느 나라가 이런 사랑을 보여주었는가!

꽃샘추위도 가고 봄비가 내리며 바람이 불고 있다. 땅위에는 이름 모를 풀들이 고개를 내밀고 냉이 달래 민들레가 눈인사를 한다. 양지쪽 바른 곳에 노랗게 올라온 세 송이의 꽃이 얼어붙은 마음을 부드럽게 감싸준다. 엄지손가락만큼 작은 키에 여섯 장 꽃잎이 주위를 밝고 빛나게 하여준다. 그 옆에서 모이를 찾고 있는 로빈 새들도 노란 꽃 송이에 경의를 표했을까?

오늘은 성지주일이다. 예수님께서 하느님의 뜻을 이루시기 위해서 예루살렘에 입성하시는 날이다. 히브리 아이들이 옷을 길에 깔고 종려나무가지를 들고 주님을 맞으러나가며 외치는 소리 '호산나! 다윗의 자손, 주님의 이름으로 오시는 분, 찬미 받으소서!'

고난 받은 종으로 수난과 죽으심으로 만민을 구원하시는 예수님,

만민의 임금님이 자신을 낮추셔서 하느님의 뜻에 순종하여 영광을 드리시는 마음을 보시고 그분을 높이 올리셨다. 사랑한다는 것은 죽기까지 순종한다는 것, 벗을 위해 목숨까지 바치는 것이다. 험준한 산과 바다를 건너온 그 분들, 애국지사의 고난의 삶이 있었기에 오늘 우리는 그 빛을 받고 새롭게 날마다 피어나는 것이다. 세상의 역사를 이끄시는 주인은 하느님이시고, 전쟁, 환경오염, 자연파괴는 인간들의 욕심에서 오는 결과이다. 물질문명의 급속 된 발달로 인간은 편안하고 안락한 삶을 영위할지 몰라도 기계화되어가고 스스로 죽고 있다는 것을 느끼지 못한다. 자녀 생산력이 없어지고 반려동물이 자식을 대신하고 있다. 먼 훗날 만물의 영장인 인간은 없어지고 모두가 사라지는 참혹한 세상이 올까 두려울 때도 있지만 역사를 주관하시는 하느님께서는 또 새로운 세상을 준비하고 계획하시리라 믿는다.

온몸과 마음을 바쳐서 나라를 사랑하시는 애국지사님들의 삶을 대할 때 고개 숙여지며, 하느님의 크신 사랑과 무한하신 은총이 언제나 함께하셨기에 그 험준한 길을 참아내고 이겨내신 불굴의 정신과 그 사랑에 감사드리며 예수님의 가신 길을 묵상해보았다.

2019년 사순절에

이민자들에게 전하는
애국지사들의 이야기

노 삼열박사 (전 토론토대학교의과대학정신의학과석좌교수)

애국지사를 생각하면, 그분들에 대한 존경과 고마움으로 옷깃을
여미게 된다. 동시에, 정직하게 말하면, 의무감이나 죄책감 같은 무
거운 기분을 떨칠 수 없다. 국가와 민족을 위해 자신의 모든 것을 송
두리째 희생한 그분들의 삶이 너무나 크고 숭고하며, 그분들의 처절
한 결단이 나에게는 바위처럼 눌러와 지금까지 자신의 성공만을 위
해 살아온 나의 삶이 비참하게 작아지고, 이기적인 나의 판단이 한없
이 부끄러우며, 여름에 엿가락 휘어지듯 하는 욕망을 스스로 다스리
지 못하였기에, 내 자신이 처절하게 느껴지기 때문이다.

백범일지를 4독했다. 마지막으로 읽은 것이 10년이 넘었다. 읽으
면서 그분의 삶의 무게를 견딜 수 없어서 한없이 작아지는 자신으로
괴로워하지 않은 한국인 남성은 많지 않을 것이다. 윤봉길 의사와 그
의 모친의 언행을 배우면서 주먹에 힘을 주어보지만 연약한 가슴을
감쌀 뿐이다. 모든 한국인들이 도산과 윤동주 시인의 삶을 읽으면서
가슴이 터지는 아픔으로 답한다. 이들과 많은 지사들은 자신에게 주
어진 길을 죽음도 두려워하지 않고 걸었다. 그런데 그들의 신념과 용

기는 도대체 어디에서부터 솟아난 것일까? 참담함속에서도 소망을 잃지 않고 끝까지 투쟁을 이어갈 수 있었던 것은, 아마도 종교적 차원의 믿음에 근거한 것이라고 생각된다. 그분들에게 비추어 누구에게도 본이 되지 못할 나의 삶이 부끄러운 것이다.

이러한 삶에 대한 반성과 후회는 일제 강점기의 지사들에게서만 느끼는 것이 아니다. 지난 반세기 이상 대한민국을 지배해온 독재정치를 상대로, 정직함과 신념으로 정의를 지켜온 사람들을 대하여도 같은 부끄러운 마음을 갖고 있다. 독재정권의 무지로 떠나간 장준하 선생, 인권이라고 갖지 못하고 살아가던 노동자들의 설음과 비통함을 대신하여 스스로 몸을 불살은 노동자 전태일, 5.1항쟁의 희생자들을 대하여 같은 마음으로 고마움과 수치를 느낀다. 그리고 너무나 청결한 삶을 추구하였기에 스스로 떠나간 노무현, 노희찬 두 분을 생각하면서, 하늘을 우러러 부끄러움이 너무 많아서 묵묵히 고개를 숙일 뿐이다.

캐나다에서 사는 기간이 늘어나고, 나름 한자리 차지하고 의미 있는 결과를 이루는 쾌감을 반복하면서 바쁜 일상 속에서 오랫동안 내 안에 자리했던 마음의 빚과 부끄러움은 서서히 잊혀져갔다. 그런 중 토론토에서 애국지사기념사업을 발기한다는 소식을 들었을 때, 둔한 통증을 느꼈다. 약간은 짜증스러웠다. 마치 지금까지 감추어온 나의 치부가 들어난 기분이었다. 캐나다에서까지 아픈 곳을 후벼내야만 하는가? 이왕 캐나다에 살면서 덮고 지나도 좋을 텐데.

주위에서 자신의 치부를 건드리면, 자긍심을 방어하기 위한 수단을 찾는 것은 본능이다. 우리에게 애국지사들이 있다는 것이 과연 우리의 자랑거리인가? 애국지사가 있었다는 것은 우리민족에게 치명적 수치를 지적하는 것이 아닌가? 한일합방과 지도자들의 매국행위와 일본의 비 인륜적 식민정책에 굴하거나 빌붙었던 친일 인사들의 치졸한 이야기를 하지 않을 수 없기 때문이다. 이런 점들을 들먹이는 것이 어찌 Korean Canadian들에게 자랑거리가 될 수 있으며, 자긍심을 키워줄 수 있는가? 조용히 묻어두고 열심히 노력하여 성공적 Canadian들이 되는 것이 더 현명한지 않은가? 이런 변명의 논리를 자신에게 되풀이 하면서 자신의 부끄러움을 감추려는 생각을 할 수 있는 것이다.

애국지사의 이야기를 묻어두고 싶은 또 하나의 이유는 내 삶의 연약함만이 아니라, 모국의 부끄러운 실체를 드러내는 것이기 때문이다. 극단의 위험 속에서 동족간의 분쟁과 당파를 만드는 것은 당연하지는 않더라도 어느 국가에서도 있을 수 있다. 하지만 나는 개인적으로 애국지사들과 독립운동인사들 사이의 시기와 내분에 대한 기억을 새삼 끄집어내 밝히고 싶지 않다. 그들의 그런 모순이 훗날 남북 분단의 아픈 역사로 이어지고, 결과적으로 오늘까지 남과 북이 모두 강대국의 영향에서 독립하지 못하고 있다는 점에서 잊고 싶은 마음이다.

이런저런 이유로 나는 지금까지 애국지사 혹은 독립유공자에 대한 마음의 빚을 정면으로 마주하지 못한 채 비겁한 자세로 살아왔다고 고백한다. 이번에 김대억 회장의 요청으로 이 글을 준비하면서 나의 부끄러움을 들어내 고백할 수 있는 용기를 얻은 것을 다행으로 생각하며, 기회를 주신 회장님께 진심으로 감사드린다.

캐나다와 미국의 교민들의 다수가 나와 같이 마음의 빚을 지고 살고 있다고 믿는다. 투쟁의 선봉에 선 지사들이 교민들에게 어필하기 힘든 점은 또 있다. 캐나다는 미국, 호주, 뉴질랜드 등과 함께 이민자들로 구성된 대표적 이민국가다. 대한민국이나 조선공화국은 여전히 민족국가로 존속하고 있다. 이민국가의 국민들이 국가에 대한 애착이 두터워지려면 상당한 기간을 필요로 한다. 동화 acculturation or assimilation 과정을 마치려면 상당한 세월이 흘러야한다. 이민 집단 중에는 2세 혹은 3세에서도 완전한 assimilation이 이루어지지 않을 수도 있다. 물론 다수의 이민자들이 캐나다가 훌륭한 나라라고 생각하고 캐나다인으로써의 자부심을 갖고 있다. 올림픽 경기를 관전하면서 캐나다를 응원하기도 할 것이다. 그러나 많은 이민자들은 이곳보다 더 부유하고 안정된 곳에서 살 수 있는 기회가 주어진다면 주저함 없이 캐나다를 버릴 것이다. 캐나다로 이민을 결정할 때 이미 매우 특정한 점들을 노리고 왔기 때문에, 그 목적을 더 확실하게 얻을 수 있는 곳이 있다면 그곳으로 둥지를 옮기는 것이 매우 자연스런 것이다. 그리고 그동안 지녔던 캐나다에 대한 자부심과 감사한 마음의 자리에 새국가가 들어앉게 될 것이다.

남들이 가꾸어놓은 땅에 천막을 친 이민자들의 다수는 자신과 자녀들의 유복함만을 바라면서 새 삶을 시작하게 된다. 캐나다에 거주하는 한인들의 경우 역시 다수는 자신과 가족의 풍요로운 삶에만 몰두하고 있다. 또 캐나다는 국민들이 그렇게 자신을 위하여 노력하면서 살 수 있도록 사회, 정치, 경제적 환경을 제공한다. 국민들이 단순한 생각만하면서 자신과 가정에 충실할 수 있도록 제도적, 구조적, 문화적 보호막을 제공하기 때문에 캐나다가 훌륭한 국가인 것이다. 이런 평온한 삶에 취한 캐나다 교민들에게는 애국지사들의 처절한 투쟁이야기에서 부담감이나 불편한 마음을 떨치기 어려울 것이다.

이런 삶의 상황 속에서 모국의 가장 무거운 이야기, 부끄러운 이야기를 지키려는 노력이 고상하다 하지 않을 수 없다. 애국지사들의 초상화를 제작하고, 그들의 투쟁과 헌신에 왜 관심을 가져야하며, 알지 못하는 2세 자녀들에게 왜 우리의 부끄러운 과거와 이에 항거하는 끈기와 용기와 지혜를 전해야 하는지를 일깨워주는 출판 작업은 이어져야하겠다. 이곳에서 한국인을 포함한 동양인(Asian)들은 모범 소수민modelminority 으로 인식되면서 동시에 영원한 이방인 perpetual foreigner 이라는 선입관속에서 살고 있다. 우리의 자녀들과 손주들 그리고 이어지는 세대의 후손들 역시 오랜 기간 이와 같은 동양인에 대한 선입관에서 완전히 헤어나지 못할 것이다. 실망과 좌절을 되풀이 경험 할 수도 있는 후손들에게 불합리적 현실에서 굴하지 않고 떳떳했던 애국 혹은 독립지사들의 이야기는 우리민족의 긍지와 지혜를 가르칠 수 있다고 생각한다. 자신들의 부모와 조상들의 믿음과 희망을 지켜온 이야기가 켜켜이 쌓여있기 때문이다.

대한민국임시정부 수립과 3.1만세운동 100주년을 기억하면서
노삼열 박사(전 토론토대학교 의과대학 정신의학과 석좌교수)
Samuel Noh, PhD.(Former David Crombie Professor of Cultural
Pluralism in Health
Department of Psychiatry, University of Toronto)

위대한 유산

이 은종 목사 (은퇴목사회 회장)

이민 1세대들은 열이면 열 모두 자식들을 위해서 이민을 왔다고 말합니다. 그래서 자녀들을 성공시키기 위해서 아무리 어려운 이민 생활이라도 감내해 나가고 있습니다. 이러한 현상은 자손들의 성공이 곧 자신의 성공이라는 생각에서 산출된 결과입니다. 아울러 자손들에게 가능한 한 많은 재물을 유산으로 남겨주고 싶어 합니다. 물질이 곧 성공의 열쇠이고, 행복의 지름길이라고 생각하고 있기 때문입니다. 그래서 많은 돈을 모으기 위해서 더 열심히 일하게 됩니다. 이같은 사고방식 속에는 아물지 않은 우리민족의 아픈 상처가 도사리고 있습니다.

지난 날 우리민족은 일제강점기와 한국전쟁 등으로 전대미문의 학대와 함께 고통과 빈곤을 경험했습니다. 그 죽음의 늪에서 빠져나오려고 앞만 보고 달려왔습니다. 그런 여정에서 돈이면 모든 것이 해결되는 것을 보고 듣게 되었습니다. 그리고 자신도 모르게 반면교사로 삼게 되었습니다.

실제로 청산됐어야 할 일제의 앞잡이들이 돈으로 사면 받고 권력과 힘의 중심에서 떵떵거리고 사는 것을 보고 들었습니다. 그들의 후손도 잘 먹고 잘사는 것을 먼발치로 보면서 살아야하는 것이 현실이 되었습니다. 이렇게 물질만능시대의 병폐는 청산돼야할 유산으로 대물림하고 있습니다. 돈으로 대학에 들어간 어느 졸부의 딸이 궁지에 몰리자 "돈도 실력이다."라고 당당하게 주장해도 당당하게 반론을 제기할 수가 없는 세상입니다. 이런 유산이 쌓이고 쌓이다보면 돈으로 나라를 사고파는 세상이 오지 않을까 심히 걱정이 됩니다. '돈도 실력이다'라는 공감대가 확산되다보면 또다시 일본에 나라를 팔아먹는 사태가 발생하지 않을까하는 우려 때문입니다.

이런 사태를 예방하기 위해서 우리가 후손들에게 물려줘야할 유산은 물질보다 정신이 우선돼야 한다고 생각합니다. 정신적인 유산이 물질적인 유산보다 얼마나 위대한 유산인가를 증명해 보이는 실화가 있습니다.

미국 건국초기 A와 B라는 두 사람의 이민자가 있었습니다. A는 뉴욕에서 술집과 주류도매상으로 막대한 돈을 벌었습니다. 그는 자녀들에게 재물을 모아 부자가 되는 방법과 많은 재산을 유산으로 남겼습니다.

반면 B는 방황하는 이민자들을 위해 목사가 되어 교회를 개척했습니다. 그리고 하나님의 말씀을 전파하면서 자녀들을 신학교에 보냈습니다.

150년이 지난 후, 뉴욕 시교육위원회에서 A와 B[1] 두 사람의 삶이 어떤 결과를 가져왔는가를 추적해서 발표했습니다. 놀라운 결과가 나왔습니다.

---

1) B : 美 프린스턴 대학 창립자인 에드워드 조나단

막대한 유산을 물려받은 A의 후손들 중 범죄로 인해 감옥에 간 자손이 96명, 알코올중독자가 58명, 창녀가 65명, 극빈자가 286명이 나왔습니다.

반면 신앙으로 정신적인 유산을 물려받은 B의 후손들 중 목사가 116명, 교사가 84명, 군인이 76명, 관리가 80명, 사업가가 73명, 상하의원 2명, 부통령 1명, 대학교총장 1명이 나왔습니다.

이와 같은 결과는 물질적인 유산이 후손들에게 얼마나 치명적인 타격을 주고 있는가를 증명해보이고 있습니다. 반면 정신적인 유산이 후손들이나 국가·사회 나아가서 인류를 위해 얼마나 귀중하고 위대한 것인가를 보여주고 있습니다.

또 하나 재미있는 사례가 있습니다. 미국과 프랑스 부자들의 이야기입니다. 프랑스 부자들은 "내가 최고라서 성공했다."고 한답니다. 반면 미국의 부자들은 "나는 운이 좋았다. 신이 나를 도왔다."라고 한답니다. 이 이야기 속에서 현대인의 민낯을 발견할 수 있습니다. 그렇습니다. 물질과 정신의 틈바구니에서 방황하고 있는 현대인들의 모습입니다. 그래서 유대인들이 묘안을 짜냈습니다. 자녀들에게 물질교육과 정신교육을 병행시키는 것입니다. 즉 자녀들에게 재물을 모으는 비결뿐만 아니라 유대교신앙을 철저히 주입시키는 교육방침입니다.

실제로 유대인들은 자녀들에게 유산으로 물질보다 우선적으로 역사적인 인물들과 지식(율법)을 물려주고 있습니다. 그들은 하나님께서 택하시고, 나라를 만들어 주신 역사와 말씀을 유산으로부터 물려받았습니다. 그들은 그 유산을 대대손손 물려주기 위해 물질교육보다 우선해서 정신교육을 시킵니다. 그 유산으로 인해 그들은 나라를 잃고 2천여 년 동안 방황하다가도 다시 나라를 세울 수 있었습니다. 이와 같이 그들은 지나간 역사와 다윗과 같은 역사적 인물들을 위대한 유산으로 물려받고 물려주고 있습니다.

우리의 조국, 대한민국은 5천년 역사를 자랑하고 있습니다. 그 기나긴 역사를 가능케 했던 것은 정치가나 재벌들의 힘이 아니었습니다. 그들은 사리사욕에 빠져 자기들 뱃속만 채우기에 급급했습니다. 그들은 그들의 자손들에게 더 많은 재물을 물려주기 위해 나라가 망하는 것도 외면했습니다. 나아가서 그들은 나라를 팔아먹기까지 했습니다. 그들이 나라를 팔아먹은 돈으로 그 후손들이 지금도 떵떵거리며 우리들 곁에서 살고 있는 것이 현실입니다.

그래도, 그래도 말입니다. 태극기는 대한민국이란 간판위에서 힘차게 펄럭이고 있습니다. 일제의 탄압에도 굽히지 않고 품마다 꼭꼭 숨겨서 지켜낸 애국지사들의 덕분입니다. 매국노들이 친일로 팔자를 고칠 때도 목숨을 바쳐 지켜낸 애국지사들이 덕분입니다. 친일의 앞잡이들이 나라를 팔아서 막대한 유산을 마련할 때도 가족도 돌보지 못하고 조국과 민족을 지켜낸 애국지사들의 피눈물 나는 애국심 덕분입니다.

우리가 이와 같이 위대한 애국심, 즉 위대한 유산을 물려받았다는 것이 5천년 역사보다도 더 자랑스럽습니다. 이 위대한 유산을 물려받은 행복을 많은 동포들에게 알리고 있는 단체가 캐나다에 있습니다. 바로 '애국지사기념사업회(캐)'입니다.

주지하다시피 애국지사기념사업회는 조국과 민족을 위해 모든 것을 바치신 애국지사들의 삶을 통해 그분들의 남기신 '위대한 유산'인 애국심을 동포들에게 물려주는 사업을 펼쳐나가고 있습니다. 이 협회는 현실적인 어려움과 많이 부딪히고 있는 것으로 알고 있습니다. 그럴 때마다 슬기롭게 극복해나가면서 꾸준하게 발전하고 있는 모습이 대견스럽습니다. 이번에 발간하는 '애국지사들의 이야기 3'만 보더라도 그렇습니다. 막말로 돈도 안 되는 사업에 잘 팔리지 않을 책을 발간한다는 아이디어 자체가 무모한 발상이라고 생각할 수도 있습니다. 그러나 물질적인 번민으로 병폐하기 쉬운 우리 동포사회에서 반드시 필요한 사업입니다. 우리 동포들이 반드시 읽어서 가슴에 새기고 지켜야할 내용들입니다. 아울러 이곳에서 자라고 있는 우리 후손들에게 물질보다 우선적으로 물려줘야할 유산입니다. 천만 금으로도 사고 팔수 없는 우리들만의 소중하고 위대한 유산입니다. 이 유산이 훼손당하지 않고 대대손손 물려줄 수 있게 되기를 기원합니다.

우리민족의 아픈 역사를 돌아보며

최 승남 (토론토한인노인회회장)

'조국과 민족을 위해 모든 것을 바친 애국지사들의 이야기 1권과 2권'을 읽었다. 아는 내용도 있었고 새롭게 알게 된 내용도 있었다. 그러나 이 책을 통해서, 우리민족의 아픈 역사를 돌아보며, 그 지난한 시간 속에서 자기 자신의 안위보다는 나라와 민족을 위해 모든 것을 바친 애국지사들의 신념과 철학, 독립정신을 다시 되짚어 볼 수 있었다. 또한, 그분들의 희생 없이 지금의 우리는 없었으리라는 것을 다시 한번 생각하게 되었다.

지금도 세계 곳곳에서는 분쟁으로 인하여 하루하루 목숨에 위협을 느끼며 살아가는 많은 사람들이 있으며, 나라를 잃어버리고 이 나라 저 나라에 흩어져 살아가는 민족들도 있다.

이곳 캐나다에도 안전한 삶을 보장받기를 희망하는 많은 사람의 난민신청이 줄을 잇고 있다. 이런 뉴스들을 접하면서 우리의 과거를 생각해보게 된다. 우리 민족이 겪었던 36년의 일제강점기, 만일 우리애국지사들의 포기할 줄 모르는 신념과 자신의 목숨까지도 버리고 감행했던 숭고한 행동들이 없었다면 지금 우리는 어떤 모습이었을까.

'당신은 어느 나라에 서왔습니까?'라는 질문에 '코리아.'라고 당당히 말할 수 있었을까? 우리는 현재의 평화와 행복한 삶의 밑거름이 되셨던 수많은 순국선열과 애국지사들의 희생을 늘 생각하며 살아야 한다. 그럼에도 불구하고 최근 설문조사에 따르면 초, 중고생 40%가 3.1운동을 모른다고 한다. 하물며, 여기 캐나다에서 태어났거나 어릴 때 이민 온 우리 10대 20대들은 어떻겠는가?

그들에게 우리나라의 역사를 가르치고 우리선조들이 이 나라를 지키기 위해 어떠한 노력과 희생을 하셨는지 알리는 것은 우리 동포사회의 의무이며, 애국지사기념사업회의 창립목적이기도 할 것이다.

애국지사기념사업회가 2010년 발족하여 뜻 깊은 행사들을 많이 진행해왔다. 앞으로도 더욱 왕성한 활동으로 토론토를 넘어, 캐나다 전역에 사는 우리 동포들이 뿌리를 잃지 않고 살아가도록 우리 역사의식을 고취시켜주기를 바라는 마음이다.

'역사를 잊은 민족에게 미래는 없다.'라는 말처럼, 우리가 과거와 같은 아픈 역사를 되풀이 하지 않고 더 나은 대한민국으로 성장하기위해서는 역사를 바로알고 미래를 설계해야 할 것이다. 그런 점에서 애국지사기념사업회의 향후 활동에 주목하는 바다.

안타깝게도 우리는 애국선열들의 희생에도 불구하고 아직도 하나의 나라를 이루지 못하고 분단된 땅에 살고 있다. 게다가 시간이 갈수록 한민족이라는 민족의식이 흐려지고 우리만 잘살면 된다는 생각이 커져가는 것 같다. 애국선열들이 이루고자 했던 나라는 분명 이런 나라는 아니었을 것이다. 그분들이 찾고자 했던 나라를 제대로 찾기 위해서 우리는 애국지사와 순국열사들의 정신을 다시금 새겨보며 온전한 한반도에서 한민족으로 함께 사는 희망을 놓지 않았으면 좋겠다.

2019-04-17

토론토의 보석-애국지사기념사업회

황 환영 (비전펠로우십,내한캐나다선교사전시관관장)

애국지사는 누구인가? 애국(愛國)은 나라를 사랑하는 일이다. 지사
(志士)란 나라사랑하는 일에 큰 뜻을 품고 헌신하는 분들을 이른다.
광범위하게 말하자면 나라사랑하는 모든 사람은 애국자라고 말할
수 있지만 나라사랑하는 마음이 지극하여 조국을 위해 과감히 자신
의 모든 것을 내어던지는 사람을 진정한 애국자, 또는 애국지사라고
말할 수 있겠다.

토론토에 많은 단체나 기관이 있지만 애국지사기념사업회(이하기
념사업회)라는 보석 같은 단체가 있다. 애국지사라 하면 고조선시대
의 단군 할아버지부터 을지문덕, 강감찬, 이순신 등으로 수많은 분들
을 거론 할 수 있지만 이 기념사업회에서는 1910년 경술국치로부터
시작하여 빼앗긴 나라를 되찾고 민족의 자주독립을 이루기 위해 희
생하시고 투쟁하신 분들을 기념하고자 설립된 단체다.

2010년 3월 15일 발족된 이후 기념사업회는 동포들의 적극적인
지지와 후원에 힘입어 여러 가지 사업들을 추진해왔다. 그 결과 아홉
분(김구선생, 안창호선생, 안중근의사, 유관순열사, 윤봉길의사, 이봉창의사, 이

준열사, 김좌진장군, 이범석장군)애국지사들의 초상화를 제작하여 동포 사회에 헌정하고 토론토한인회관에 전시했다. 지속적으로 애국지사 들에 관한 문예작품을 모집하여 동포들이 애국지사기념사업의 필요 성과 중요성을 인식하며 독립투사들에 관하여 생각하며 배울 수 있 는 계기도 마련했다. 그밖에 애국지사들에 관한 책자와 문헌과 사진 을 비롯하여 제반 자료들을 수집하고 있는 것으로 알고 있다.

토론토 이토비코에 자리 잡고 있는 비전펠로우십은 6년에 걸친 조 사 끝에 200여명의 캐나다선교사님들이 130년 전 어둠에 잠긴 조선 땅에 들어가 복음의 빛을 전하신 위대한 사역을 발굴해내어 '내한캐 나다선교사전시관'을 만들어 운영하고 있다. 한국, 일본, 미국을 비 롯하여 전 세계에서 매년 500여명이 방문하는 곳이다. 비전펠로우 십은 일제강점기에 고통 받는 우리민족을 위해 헌신과 희생을 치르 신 캐나다선교사들의 사료를 지속적으로 발굴하고 있다.

두 기관이 긴밀하게 협조하고 자료를 공유하며 연구, 노력한다면 더 많은 시너지를 얻을 수 있으리라 본다.

그동안 많은 일을 해내시며 헌신적으로 수고하시는 김대억 회장님 과 관련하신 분들을 노고를 치하 드린다. 각박한 이민 사회 속에서 저마다의 생존을 위해 발버둥 치다 보면 우리선조들의 훌륭한 조국 사랑, 민족사랑에 대한 정신을 잃기 쉬운데 언제나 우리와 후손들에 게 뿌리를 잊지 않도록, 역사를 잊지 않도록 항상 수고하시는 기념사 업회에 박수를 보내며, 무궁한 발전을 기원한다.

3·1운동과 대한민국 임시정부

3·1운동
- 기미독립만세운동 -

최봉호 (시인)

3.1운동이란?

3.1운동 또는 3.1만세운동이란 일제강점기에 조선인들이 일제의 지배에 항거하여 1919년 3월 1일 한일합병조약의 무효와 한국의 독립을 선언하고 봉기(蜂起)한 비폭력 만세운동을 말한다. 기미년에 일어난 운동이어서 기미독립운동이라고도 한다.

대한제국 고종이 독살되었다는 '고종 독살설'이 소문으로 퍼진 것을 계기로 고종의 인산일(장례일)인 1919년 3월 1일에 맞추어 한반도 전역에서 일어났던 독립운동이다. 3.1운동 100주년을 맞아 이 운동의 규모와 영향력을 고려해 3.1혁명이라고 부르자는 논의가 일고 있다.

3.1운동의 배경

1910년 일본에게 나라를 강탈당한 조선의 독립 운동가들은 국내외에서 세계정세를 예의주시하며 독립운동을 준비하고 있었다. 이 시기에 활동했던 독립운동가들 중 특히 세계정세에 발 빠르게 움직인 몽양 여운형의 활약을 기억할 필요가 있다.

1918년 11월 11일 제1차 세계대전이 연합국의 승리로 막을 내렸다. 승전국 측은 전후처리를 위한 파리강화회의 개최(1919, 1, 18~1919, 6, 28)를 앞두고 있었다. 이 회의는 패전국들의 배상문제를 논의하려는 국제회의였지만 식민지 독립문제도 다루어질 예정이어서 약소국 민중들이 큰 기대를 갖고 있었다.

당시 윌슨 대통령의 외교임무를 받아 극동지역을 순회 중이던 크레인씨가 상해를 방문, 칼턴카페에서 방중 환영행사(1918년 11월 27일)가 열렸다. 이 자리에 조선인으로선 유일하게 여운형이 참석했다. 이날 크레인은 "윌슨 대통령이 무력이 아닌 정의와 보편적 상호이해에 기초한 세계 공화국을 건설하려 한다."는 취지의 연설을 했다. 여운형은 지난해 1월 윌슨 대통령이 미국 의회에서 밝힌 '민족자결주의' 원칙을 재확인했다. 이에 크레인을 직접 만나서 "우리들도 피압박 민족이니 모쪼록 이번 기회에 그 해방을 도모하고자 한다."면서 "대표파견에 문제없는가?" 물었다. 이에 크레인은 "문제없으며 이에 대해서는 나 자신도 충분히 원조할 수 있으니 모쪼록 대표를 파견하라"고 했다. 이에 여운형이 상해에 체류하던 일본 유학생 출신 장덕수(25)씨 등 젊은 독립운동 동지들과 사흘간 두문불출하며 윌슨 대통령 등에게 보낼 조선독립청원서를 작성했다. 이어서 그는 파리강화회의에 신한청년당 대표로 김규식을 파견하는 한편 이 소식을 일본의 유학생들과 국내에 알려 독립운동을 촉구하고자 국내에 밀사를 파견했다.

1919년 1월 18일 파리강화회의 개막 사흘 후 고종이 급사(1,21)했다. 도쿄에서 여운형의 소식을 듣고 '2·8독립선언'을 준비하던 유학생들은 송계백을 국내에 밀파 독립선언 준비소식을 알렸다. 국내외적 상황이 한국인의 독립 열망을 세계에 알릴 호기라고 판단한 종교계와 학생들이 본격적인 독립운동 모의에 나섰다. 그 결과 1919년 3월 1일에 일어난 독립선언식과 만세시위는 천도교에서 '일원화'라고 표현했던 연대의 가치에 기반을 두어 준비했다.

2월 24일 천도교와 기독교의 연대가 성사되었다. 양측의 합의는 구체적이었다. 첫째, 독립선언은 3월 3일 고종 장례식에 참석하고자 수십만 명이 운집하게 될 서울에서 3월 1일 오후 2시 탑골공원에서 하기로 정했다. 둘째, 독립선언서를 대량 인쇄해 서울은 물론 각 지방에 배포하고 지방에서는 서울의 독립선언 일시와 독립선언서의 배포 방식 등을 따르도록 요청하기로 했다. 셋째, 독립선언서의 인쇄는 천도교가, 배부는 천도교와 기독교가 함께 담당하기로 했다. 또한, 일본 정부와 귀족원·중의원에 대한 의견서 제출은 천도교가, 미국 대통령과 파리강화회의 참석국 위원들에 대한 의견서 제출은 기독교가 담당하기로 했다. 넷째, 조선민족대표는 천도교와 기독교에서 각각 선정하되, 독립운동에 참가를 요구하고 있는 불교와도 연대하기로 결정했다.

최린은 한용운을 통해 유림과의 연대를 시도했다. 곽종석과 김창숙이 호의적인 반응을 보였다. 그러나 중심이나 조직이 뚜렷하지 않아 자칫 개별접촉을 시도하다 보면 사전에 발각될 염려가 있고 시일도 촉박해 결국 성사되지는 않았다. 천도교와 기독교, 불교의 연대가 이루질 무렵, 학생 지도자들도 종교계의 독립운동에 연대하기로 결정했다.

"터지자 밀물 같은 대한독립만세!"

3월 1일 새벽 학생들이 살포한 독립선언서가 시내 도처에서 발견되었다. 오전에는 덕수궁에서 고종 장례절차의 하나인 조문을 낭독하는 의식이 치러졌다. 시내에는 전국에서 고종 장례식에 참석한 사람들로 가득 차 있었다. 정오 무렵부터 학교 교문을 나온 학생들은 탑골공원으로 행진하면서 독립선언서를 배포했다. 민족대표 33명 중 29인은 태화관에 집결했다. 오후 2시 민족대표들은 태화관에서 독립선언식을 가졌다. 이종일이 독립선언서 약 100매를 꺼내 돌렸으나, 낭독하지는 않았다. 한용운이 무사히 독립선언서를 발표하게 된 것을 축하하는 연설을 한 다음 식사를 하고 다함께 독립만세를 외치고 축배를 들었다. 그리고 태화관 주인인 안순환에게 조선총독부 경무총감부에 전화를 걸어 민족대표들이 독립축하연을 베풀고 있음을 알리도록 했다. 오후 5시 반경 헌병과 경찰 80여명이 태화관에 나타나 29인을 체포했다.

민족대표들이 태화관에서 독립선언식을 가지던 그 시각, 탑골공원에는 많은 학생들이 집결해 있었다. 시간이 되어도 민족대표들이 나타나지 않자 학생 대표인 강기덕 등이 태화관으로 민족대표들을 찾아가 탑골공원에 갈 것을 종용했다. 하지만 민족대표들은 독립선언식이 폭동이 일어날 것을 우려해 이를 거절했다.

그때 탑골공원에서는 3천~4천여 명의 시민들이 민족대표를 기다리고 있었다. 그런데 아무리 기다려도 그들이 나타나지 않자 해주 출신 기독교 지도자 정재용이 팔각정에 올라가 독립선언서를 낭독했다. 정재용의 독립선언서 낭독이 끝나자 시민들은 독립만세를 부르며 탑골공원을 나와 행진을 시작했다.

이 운동은 국내는 물론 해외까지 확산돼 5월까지 이어졌다. 조선총독부의 공식집계에 따르면 106만 명이 참가하여 진압과정에서 553명이 사망했고, 12,000명이 체포됐다고 기록하고 있다. 반면 역사학연구소의 《함께 보는 한국근현대사》(서해문집, 2004)와 한영우의 《다시 찾는 우리역사》(경세원, 2002년)에서는 참여 인원 2백만여 명, 전국의 만세 시위 건수 1,542 회, 사망 7,509 명, 부상 15,961 명, 체포 46,948 명이라고 서술하고 있다. 이외에도 기록마다 참여인원 등이 큰 차이를 발견할 수가 있었다. 이런 차이가 나는 이유는 전거(典據)로 삼은 사료가 각각 다르기 때문인 것 같다.

3.1운동의 반응과 효과

3.1만세운동은 한국인들 스스로 민족의식을 깨우치는 계기가 되었다. 동시에 국내외에 한국인에 대한 시각을 개선시켰다. 실제로 조선의 멸망을 당연시하고 일본인들에게 긍정적이었던 국내체류 미국 선교사들의 시각이 변했다. 3.1만세운동이후 미국지식인들과 선교사들이 일제의 3.1운동 진압의 잔인한 현장을 목격하고 일본에게 등을 돌리거나 일본을 부정적인 시각으로 보게 되는 계기가 됐다는 평이다.

반면, 3·1 만세 운동이 전국으로 확산되자 친일파 박중양이 "경거망동으로 인하여 국민의 품위를 손상케 하는 일이 없도록 상호 자제케 함"을 목적으로 한다면서, "소요(3·1 운동)를 진압하고 불령한 무리를 배제" 하자는 자제단을 조직 3.1운동을 방해하기도 했다. 또한 윤치호는 천도교, 기독교 인사들이 "학생들을 앞세운 뒤, 만세 대열에서 슬그머니 발을 뺀 음모꾼들"이라며 "~만약 약자가 강자에 대해서 무턱대고 대든다면 강자의 노여움을 사서 결국 약자 자신을 괴롭히는 일이 됩니다. 그런 뜻에서도 조선은 내지에 대해서 그저 덮어 놓고 불온한 언동을 부리는 것은 이로운 일이 못됩니다."라는 등의 담화문을 발표해 심한 비판을 받기도 했다.

그럼에도 불구하고 3.1운동을 계기로 우리민족의 독립을 향한 마음이 모두 하나임을 재확인됐다. 아울러 전 세계에 한국의 독립의지를 전파했고 일본 패망 후 대한민국을 독립국가로 인정하게 만들었다. 그 뿐만이 아니었다. 3.1운동은 중국의 5.4운동[1]에 영향을 주기도 했다. 또한 인도의 반영운동, 베트남, 필리핀, 이집트의 독립운동에도 영향을 끼치기도 했다.

---

1) 5·4 운동 : 중화민국에서 확산한 반제국주의·반봉건주의 혁명운동으로서, 중국에 변화가 발생하는 사건이 되었다. 학생운동이 혁명 운동으로 탈바꿈되는 정치운동의 모습으로 나타나기도 했다

삼일만세운동 토론토 재현행사

이와 같은 역사를 기록하고 있는 3.1만세운동이 2019년 3월 1일
100주년을 맞았다. 앞으로 100년, 200년,… 이 흘러가도 당시 조국의
독립을 위해 목이 터지도록 부른 그 만세소리는 대대손손 이어져 영원
히 지워지지 않을 것이다.

멜라스트광장에 울려퍼진 '대한독립만세' 3.1만세운동 100주년 기념 토론토재현행사'

3.1만세운동 100주년을 기념하고 순국선열들의 고귀한 희생을 추
모하기 위한 기념행사가 3월 1일 11시 350여 명의 동포들이 참가한
가운데 토론토 한인회관에 거행되었다.

캐나다 한국무용 연구회의 '오고무'로 막을 올린 이날 행사는 문재
인 대통령의 기념사 대독(정태인 주토론토 총영사), 공장헌 한인회 이사장
의 기념사, 독립선언문 낭독, 김대억 애국지사기념사업회 회장이 사업
회가 동포사회에 헌정한 애국지사 초상화 소개, 한국전통예술협회의
무용극 '아! 그날이여!', 만세삼창, 조이플 합창단의 '함께 가자 우리
이 길을', 한인회 앞 소녀상에 헌화 등의 순서로 진행됐다.

특히 이 행사를 공동주최한 '애국지사기념사업회(캐)'가 열일곱 분

멜 라스트먼 광장에 울려 퍼진 '대한독립 만세' 3.1만세운동 100주년 기념 토론토 재현행사

의 애국지사 초상화와 약전, 대한제국의 멸망과 일제강점기, 독립운동 등을 동영상과 함께 소개 동포들을 감동시켰다.

다음 날, 노스욕 멜리스트먼 광장에서 열린 '3.1만세운동 100주년 기념 재현행사'는 한국전통예술협회의 무용극 '아! 그날이여!' 의 공연과 한카 드림합창단의 '삼일절 노래'등을 시작으로 진행됐다.

추운 날씨와 펑펑 쏟아지는 눈발 속에서도 300여명의 동포들은 멜라스먼 광장이 쩌렁쩌렁 울리도록 '대한독립만세'를 부르며 행진에 들어갔다.

노스욕 경찰의 경호아래 질서정연하게 진행된 '3.1만세운동 100주년 기념 토론토재현행사'는 참가자들이 손에 손에 태극기를 들고 '대한독립만세'를 외치며 멜라스먼 광장으로부터 Young & Finch의 올리브스퀘어까지 행진했다.

이번 재현행사로 현지인들에게는 삼일절의 의미를 제대로 알리고, 한인 2세들에게는 한국의 역사를 바로 알릴 수 있는 계기기 됐고, 중장년 층 동포들에게는 3.1절과 애국지사들의 애국심을 다시 한 번 되새기는 계기가 됐다는 평이다.

3·1운동과 대한민국 임시정부

대한민국임시정부

임시정부가 3·1운동의 결과물? … 망국을 전후해 들불처럼 번졌다.

최봉호 (시인)

임정수립 100주년과 외면당한 임시정부 수립운동

3·1운동이 발발한지 40여일 후인 1919년 4월 11일, 대한민국 임시정부가 상하이에서 수립되었다. 정부는 이날을 법정기념일로 제정(1989년)하여 기리고 있다. 또한 '대한민국 헌법 전문(前文)[1]'에는 임시정부(이하 임정) 수립에 대해 "유구한 역사와 전통에 빛나는 우리 대한국민은 3·1운동으로 건립된 대한민국임시정부의 법통과…"라고 명시하고 있다.

이와 같이 수립시기와 헌법 전문(前文)의 문구 때문인지는 몰라도 많은 사람들이 임정이 3·1운동의 결과로 탄생한 것으로 생각하고 있다. 이 생각이 사실이라면 한국인들은 3·1운동이 일어날 때까지 임정수립을 위해 아무런 노력도 안한 것, 또는 못한 것이 된다.

고금의 역사를 살펴보자. 동서양을 막론하고 대부분의 나라들이 나라가 망한 직후부터 국내외에서 치열하게 임정수립운동을 벌였다. 대한민국 임정수립운동도 이와 마찬가지였다.

---

1)대한민국헌법 전문(大韓民國憲法前文) : 대한민국 헌법의 조문 앞에 있는 공포문(公布文)이을 말한다.

1910년 8월 29일, 우리나라는 경술국치(庚戌國恥)로 일본에게 나라를 송두리째 빼앗겼다. 그러자 수많은 독립 운동가들이 미국, 중국, 러시아 등지로 망명 그곳에서 임정수립운동을 끊임없이 전개했다.

대한민국임시정부수립100주년

망국과 함께 탄생한 일어난 임시정부 수립운동

대한민국 임시정부수립운동은 대한제국의 멸망을 전후해서 일어났다. 경술국치가 임박했던 1910년 5월, 한인들의 자치결사단체인 '대한인국민회의'가 미국에서 결성됐다. 동 국민회는 경술국치체결 직전인 1910년 7월 6일 북미지방총회 기관지사설을 통해 "우리는 인민의 정신을 대표하여 우리의 복리를 도모할만한 정부를 세울것"이라고 천명했다. 이어서 경술국치 체결 직후인 1910년 9월 21일자 사설에서는 "우리 손으로 자치하는 법률을제정하며 공법에 상당한 (국제법상 인정받는 임정)가(假)정부를 설치함이 목하의 급무"라고 임정수립의 필요성을 거듭 주장했다.

삼일만세운동 토론토재현 사진임

미주 한인회 자치 기관지였던 '신한민보' 주필 박용만은 동 민보 1911년 4월 5일자를 통해 '무형 정부론(안)'을 제안했다. 즉 "국외에 살고 있는 한인이 무형의 정부로 결집해 헌법을 채택하고 지역별 행정기관을 갖추는 동시에 개인에게는 의무와 권리를 부여하자" 는 것이었다. 이 안의 공감대 확산으로 1911년 8월, 국외 한인을 대표하는 자치기관으로 '대한인국민회 중앙총회'가 출범했다. 그러나 이와 같은 임시정부 수립운동은 여러 가지 여건상 현실화되지 못했다.

한편 러시아 연해주 한인 결사체인 '권업회'는 1914년 1차 세계대전이 발발하자 일본이 패전할 가능성을 예단하고 '대한광복군정부'를 수립했다. 하지만 일본과의 마찰을 피하려는 러시아 정부의 탄압으로 좌절됐다.

중국에서 활동하던 독립 운동가들은 1차 세계대전에서 독일이 승리할 것이라고 예상했다. 아울러 독일이 승리하면 중국과 함께 일본을 공격할 것이라고 예견했다. 이 같은 상황을 독립의 기회로 보고 1915년 3월 베이징에서 신한혁명당을 결성하고 임정수립을 준비했다. 이어서 고종을 망명시켜 망명정부를 세우는 계획도 마련했다. 하지만 세계대전에서 독일이 패전하고, 고종 망명을 위해 국내에 밀파된 밀사가 체포되는 바람에 수포로 돌아가고 말았다.

1917년 7월 상하이에서는 박은식, 신채호, 김규식, 조소앙 등 14명이 국외 한인대표자회의를 열고 공화정체의 임시정부건설을 의결 '대동단결선언'을 발표했다.

3·1운동 전후의 임시정부 수립운동

제1차 세계대전(1914. 7. 28~1918. 11. 11)은 일본을 비롯한 연합국의 승리로 끝났다. 그러나 종전 후 전쟁에 대한 가공할 공포는 염전사상(厭戰思想)을 확산시켰다. 승전국 측에 전쟁의 상처를 치유하고 새로운 국제질서를 회복해야할 책무가 부여된 것이다. 아울러 제국주의 열강들에게 식민지배와 관련한 민족의 문제를 논의하게 하는 분위기를 만들었다.

승전국 측은 파리에서 장기간 평화회의를 열고 대책을 논의했다. 이 자리에서 우드로 윌슨 미국 대통령이 약소민족(또는 점령지역)의 독립 및 복귀와 관련 '민족자결주의 원칙'을 인정하자고 제안했다. 윌슨의 이 제안은 전 세계로 확산됐다. 우리나라 독립 운동가들에게도 민족자결주의가 부상하면서 독립의 희망과 함께 임시정부 수립운동을 본격적으로 가동했다.

제일 먼저 1917년 12월 연해주에서 결성된 전로한족회중앙총회가 임시정부 수립운동에 나섰다. 이어서 3·1운동 나흘 전인 1919년 2월 25일 전로한족회중앙총회 상설위원 15명이 대한국민의회를 조직했다. 대한국민의회는 '의회'라 불렀지만 실제로는 행정·사법 기능 등 삼권을 하나에 담아낸 조직체로 대통령제를 지향했다. 대한국민의회는 3·1운동이 한창이던 3월 17일 독립선언서를 발표하면서 공식 출범했다.

국내에서는 3·1운동발발 이틀 후인 3월 3일, 〈조선독립신문〉 제2호가 임시정부가 조직되어 임시대통령을 뽑는다는 소식을 전했다. 이즈음 종교계와 유림들이 한성정부 수립운동을 위해 같은 달 17일 민주공화정 수립의 절차와 방법을 논의했다. 4월 2일에는 인천 만국공원에서 13개 도 대표자회의를 열어 한성정부 수립을 선포하려 했으나 성원부족으로 실패했다. 이들은 4월 23일 다시 13개 도 대표가 모여 정부수립을 선포하는 국민대회를 열 계획이었으나 역시 성원 부족으로 소규모 시위를 하는 데 그치고 말았다.

4월 17일, '신한민국'은 평북 선천·의주·철산 등에 '신한민국정부 선언서'를 살포했다. 신한민국은 국내와 간도·연해주 독립 운동가들이 추진한 임시정부였다. 신한민국은 서울의 일어난 한성정부 수립 운동과 하나의 임시정부를 만들고자 했으나 실패했다.

그 외에도 전단정부라는 임시정부도 있었다. 즉 전단 상으로만 존재했던 임시정부를 말한다. 예를 들면 4월 10일 서울에서 '조선민국 임시정부조직포고문' '조선민국임시정부창립장정' 등을 살포한 조선민국임시정부를 비롯해 임시대한공화정부안, 대한민간정부안, 고려임시정부안 등과 같은 전단정부가 있었다. 이들은 공통적으로 공화제 정부를 지향했다.

대한민국임시정부의 탄생

상하이에서도 임시정부 수립을 준비되었다.

1919년 2월 말 서울에서 3·1운동을 준비하던 천도교와 기독교 지도자들이 현순 목사를 상하이로 보냈다. 현순은 3월 1일 상하이에 도착했다. 그는 천도교에서 준 2천원으로 프랑스 조계 안에 독립임시사무소를 차렸다. 3·1운동 소식이 알려지면서 많은 독립 운동가들이 그곳을 찾았고 독립임시사무소는 임시정부 수립을 준비하는 기구역할을 했다.

1919년 3월 26일과 27일, 임시정부 수립을 논의하기 위한 모임이 열렸으나 입장은 갈렸다. 이른 시일에 최고기관을 수립하자는 쪽과 국내 민족대표 33인의 뜻을 기다려 결정하자는 쪽이 맞섰다. 결

대한인국민회의

국 절대다수가 조속한 임시정부 수립에 동의하면서 본격적인 준비
가 진행되었다.

　4월 10일 오후 10시, 29명의 독립운동가가 모여 임시의정원을 구
성하고 정부 수립에 나섰다. 국호는 대한민국으로 정했다. '대한'은
일본에 빼앗긴 나라를 되찾는다는 뜻을, '민국'은 1912년 수립한 '중
화민국'에서 '민국'이 의미하는 것처럼 공화제 국가임을 분명히 한
다는 결의를 담고 있었다. 임시정부 수립 절차는 자정을 넘겨 이튿
날 4월 11일 오전 10시까지 이어졌다. 임시의정원이 '대한민국임시
헌장'을 반포하면서 마침내 대한민국임시정부가 수립되었다. 1919
년 9월 6일에는 상하이의 대한민국임시정부와 연해주의 대한국민의
회를 통합하면서 한성정부의 내각명단을 수용한 통합 임시정부로서
대한민국임시정부가 상하이에서 출범했다. 10여 년 동안 이어져온
임시정부 수립운동이 마침내 결실을 본 것이다.

일제의
대한제국 강탈과정과 매국노

최봉호 (시인)

1.을사늑약(乙巳勒約)과 을사5적(乙巳五賊)

1) 무효임이 확인된 늑약

러일전쟁에서 승리한 일본은 대한제국을 식민지화하기 위해 1905년 11월 17일 대한제국과 강압적으로 을사늑약을 맺었다. 조약의 주요내용은 대한제국의 외교권 박탈과 통감부 설치 등이었다. 이 늑약으로 외교권을 강탈당한 대한제국은 일제의 수중으로 들어가 지구상에 존재하지 않는 나라가 돼버렸다. 이 늑약체결에는 대한제국 외부대신 박제순과 일본 공사 하야시 곤스케가 서명했다.

이 늑약은 처음에 제목이 없이 체결했다가 나중에 제2차 한일협약이라고 이름을 붙였다. 제1차 한일협약은 1904년 8월에 체결된 협약이고 같은 해 2월에 체결된 한일의정서와는 다른 조약이다. 이 늑약을 흔히 을사 보호 조약이라고도 한다. 실록에는 한일 협상조약이

라고 기술되어 있다. 1965년 한일국교정상화라는 한일기본조약(한
일협상)의 제2조를 통해 무효임을 상호 확인했다.

2) 을사5적(乙巳五賊)과 을사3흉(乙巳三凶)

을사늑약에는 우리나라의 지배권 외에도 불리한 조건이 많이 포함
되어 있었다. 그래서 고종
황제를 포함해 백성들이
체결을 반대했다. 하지
만, 을사 3흉과 을사오적
의 찬성으로 일제가 우리
나라를 지배하는 일이 합
법적이고 정당한 일로 처
리되어 버렸다.

을사5적
외부대신 박제순, 내부대신 이지용,
군부대신 이근택, 학부대신 이완용

을사3흉
고종을 협박했던 궁내대신 **이재극**(왼쪽),
늑약체결에 가장 적극적으로 나선 법부대신 **이하영**(중앙),
경술국치 이후 훈장에 남작 작위까지 받고 친일파로 살았던 탁지대신 **민영기**(오른쪽) 등

2. 정미늑약(丁未勒約)과 정미7적(丁未七賊)

1) 실질적인 식민지가 된 대한제국

을사늑약으로 대한제국의 외교권을 강탈한 일제는 2년 후인 1907년에는 강압적으로 정미늑약을 체결 대한제국의 내정을 장악했다.

이 조약의 주요내용은 대한제국의 군대를 해산하고 사법권, 경찰권, 관리임명권 등을 일본에게 위임한다는 것이었다. 이 늑약의 체결로 대한제국의 내정에 관한 모든 권한을 상실당하고 실질적인 식민지가 되었다. 이 조약은 대한제국의 내각 총리대신(수상) 이완용과 전권 위임 특사 겸 조선 통감 이토 히로부미로가 서명했다.

정미7적

정미7적(丁未七賊)
윗쪽 왼쪽부터 이완용 송병준 이병무,
아랫쪽 왼쪽부터 고영희 조중응 이재곤 임선준

2) 정미7적(丁未七賊)

을사오적에 이어 내부대신 이완용은 이번에도 매국행위에 적극적으로 가담했다. 이 자는 경술국치에도 약방의 감초처럼 빠지지 않고 등장 그랜드슬램(Grand Slam)을 달성했다. 그 외에 악명 높은 농상공부 대신 송병준, 군부대신 이병무, 탁지부대신 고영희, 법부대신 조중응, 학부대신 이재곤, 내부대신 임선준 등이다.

3. 경술국치(庚戌國恥)와 경술국적(庚戌國賊)

1) 일제의 대한제국 강점과정

일제는 제2차 한일병합조약을 통해 대한제국이 일본의 식민지가 되었다고 공식적으로 선포한 것이나 다름이 없었다. 일본의 대한제국 식민지화 작업은 그 이전에 이미 끝나있었다.

일본은 청나라와 러시아와의 전쟁에서 연이어 승리했다. 그리고 한반도 장악에 방해가 되는 국제세력들을 제거하고, 한일의정서(1904년)를 시작으로 을사조약(1905년)으로 대한제국의 외교권을 강탈하였다. 나아가서 정미7조약(1907년)으로 행정권박탈 및 군대해산, 기유각서(1909년)로 경찰권과 사법권을 박탈했다. 1909년도에 이르러 대한제국은 명목상으로만 독립국이었을 뿐이다.

2) 대한제국의 멸망

1910년(경술년) 8월 22일, 일본 통감 데라우치 마사타케와 대한제국의 친일파 이완용 사이에 한일합병조약이 체결되었다. 일제는 이 조약을 1주일 동안 발표하지 못하다가 8월 29일 순종황제의 조칙형태로 발표했다. 그런데 이 조칙에는 순종황제의 서명도 없었고, 대한제국의 국새(國璽)도 찍혀있지 않았다. 이 같은 사실은 조약이 정식을 체결된 조약이 아니기 때문에 '원천 무효'라는 근거를 제시했다.

그러나 이 조약은 매국노들에 의해 효력을 발생 대한제국은 일본의 식민지가 돼버렸다. 이렇게 멸망한 대한제국은 36년간이라는 긴 세월동안 통분의 나락으로 빠질 수밖에 없었다.

3) 경술국적(庚戌國賊)

을사오적, 정미칠적에 이어 1910년 8월 29일에 한일 강제병합 늑약체결에 찬성, 협조하여 나라를 팔아먹은 친일파 매국노들은 내각총리대신 이완용, 시종원경 윤덕영, 궁내부대신 민병석, 탁지부대신 고영희, 외부대신 박제순, 농상공부대신 조중응, 친위부장관 겸 시종무관장 이병무, 승녕부총관 조민희 등 8명이었다.

이 중 이완용은 매국의 3관왕이 됐고, 고영희는 을사오적에만 참가하지 않아서 2관왕, 5적 중 그래도 부끄러운 줄 알았던 박제순이 2관왕을 차지했다.

경술국적(庚戌國賊)

여하튼 이들은 매국행위의 횟수를 떠나 대한제국을 팔아먹은 공로를 인정받아 일제로부터 귀족작위와 엄청난 은사금을 받아 호위 호식했다. 이완용은 15만 엔(30억), 이지용 10만 엔, 송병준과 고영희는 자작이지만 10

만 엔, 왕족출신의 후작 이재각과 이재완은 16만 8천 엔을 받았다.
최고액 수령자는 궁내부대신 이재면으로 83만 엔을, 순종의 장인인
윤택영은 50만 엔, 신궁봉경회 총재이자 대원군의 손자인 이준용은
16만 3천 엔, 귀족은 아니지만 이용구는 10만 엔을 받았다.

경술국적 윤덕영이 매국을 한 대가로 누린 대저택이다.
현 서울특별시 종로구 옥인동에 위치했었다.

애국지사기념사업회(캐나다) 약사 및 사업실적

- 2010년 3월 15일 한국일보 내 도산 홀에서 50여명의 발기위원들이 참석한 가운데 창립. 초대회장에 김대억 목사를 선출하고 고문으로 이상철 목사, 유재신 목사, 이재락 박사, 윤택순 박사, 구상회 박사 등 다섯 분을 위촉했다.
- 2020년 8월 15일 토론토한인회관에서 거행된 제 65회 광복절 기념식에서 김구 선생(신재진 화백), 안창호 선생(김 제시카 화백), 안중근 의사(김길수 화백), 등 세분 애국지사의 초상화를 동포사회에 헌정하다.
- 애국지사기념사업의 필요성과 중요성을 동포들에게 인식시킴과 동시에 애국지사들에 관한 책자, 문헌, 사진과 기타자료를 수집하다.
- 2011년 2월 25일 기념사업회가 계획한 사업들을 추진할 자금을 확보하기 위한 모금만찬을 개최하고 $8,000,00을 모금하다.
- 2011년 8월 15일 토론토 한인회관에서 거행된 제 66회 광복절 기념식에서 윤봉길 의사(이재숙 화백), 이봉창 의사(곽석근 화백), 유관순 열사(김기방 화백) 등 세분 애국지사의 초상화를 동포사회에 헌정하다.
- 2011년 11월 캐나다에 거주하는 모든 동포들을 대상으로 애국지사들에 관한 문예작품을 공모하여 5편을 입상작으로 선정 시상하다. / 시부문 : 조국이여 기억하라(장봉진), 자화상(황금태), 기둥 하나 세우다(정새회), 산문 : 선택과 변화(한기옥), 백범과 모세 그리고 한류문화(이준호), 목숨이 하나밖에 없는 것이 유일한 슬픔(백경자)

- 2012년 3월에 완성된 여섯 분의 애국지사 초상화와 그간 수집한 애국지사들에 관한 책자, 문헌, 사진, 참고자료 등을 모아 보관하고 전시할 애국지사기념실을 마련하기로 결의하고 준비에 들어가다.
- 애국지사들에 관한 지식이 없는 학생들이나 그 분들이 조국을 위해 목숨까지 바친 애국정신에 별다른 관심이 없는 동포들에게 애국지사들이 국가와 민족을 위해 무엇을 희생했는가를 알리기 위해 제반 노력을 경주한다.
- 2012년 12월 18일에 기념사업회 이사회를 조직하다.
- 2012년 12월에 캐나다에 거주하는 모든 동포들을 대상으로 애국지사들에 관한 문예작품을 공모 1편의 우수작과 6편의 입상작을 선정 시상하다.
  우수작- (산문)각족사와 국사는 다르지 않다.(홍순정) / 시 : 애국지사의 마음(이신실)/ 산문 : 역사를 잊은 민족에게 미래는 없다.(정낙인), 애국지사들은 자신의 목숨까지 모든 것을 다 바쳤다(활규호), 애국지사(김미셀), 애국지사(우정회), 애국지사(이상혁)
- 2013년 1월 25일 이사회를 개최하여 해당년도 사업계획과 예산안을 확정하다.
- 2013년, 해당년도 사업을 추진하는데 필요한 자금을 확보하기 위한 모금만찬을 개최하고 $6,000,00을 모금하다.
- 2013년 8월 15일 토론토 한인회관에서 거행된 제68회 광복절 기념식에서 이준 열사, 김좌진 장군, 이범석 장군 등 세 분 애국지사의 초상화를 동포사회에 헌정하다.
- 2013년 10월 애국지사들을 소재로 문예작품을 공모 우수작 1편과 입상작 6편을 선정 시상하다.
- 2013년 11월 23일 토론토 영락문화학교에서 애국지사기념사업의 중요성과 필요성에 관해 강연하다.
- 2013년 12월 7일 한인회관에서 거행된 '차세대 문화유산의 날' 행사에서 토론토지역 전 한글학교학생들을 대상으로 "우리민족을 빛낸 사람들"이란 제목으로 강연하다.
- 2014년 1월 10일 이사회를 개최하고 해당년도 사업계획과 예산안을 확정하다.
- 2014년 3월 14일 기념사업회 운영을 위한 모금을 확보하기 위한 모금만찬회를 개최하고 $5,500,00을 모금하다.
- 2014년 8월 15일 토론토 한인회관에서 거행된 제 69회 광복절행사에서 손병희 선

생, 이청천 장군, 강우규 의사 등 세분 애국지사의 초상화를 동포사회에 헌정하다.

- 2014년 10월 애국지사 열여덟 분의 생애와 업적을 수록한 책자 '애국지사들의 이 야기·1'을 발간하다.
- 2015년 2월 7일 한국일보 도산홀에서 '애국지사들의 이야기·1' 출판기념회를 하 다.
- 2015년 8월 4일 G. Lord Gross Park에서 임시 이사회 겸 친목회를 실시하다.
- 2015년 8월 6일 제 5회 문예작품 공모 응모작품을 심사하고 장원 1, 우수작 1, 가 작 3편을 선정하다.

  장원: 애국지사인 나의 할아버지의 삶(김석광)/ 우수작: 백범 김구와 나의소원(윤종 호)/ 가작: 우리들의 영웅들(김종섭), 나대는 친일후손들에게(이은세), 태극기단상 (박성원)
- 2015년 8월 15일 한인회관에서 거행된 제 70주년 광복절기념식장에서 김창숙 선 생(곽석근 화백), 조만식 선생, 스코필드 박사(신재진 화백) 등 세분 애국지사의 초 상화를 동포사회에 헌정하다. 이어서 문예작품공모 입상자 5명을 시상하다.
- 2016년 1월 28일 이사회를 개최하고 해당년도의 사업계획과 예산안을 확정하다.
- 2016년 8월 3일 사업회 야외이사회를 개최하고 이사 상호간의 친목을 다지다.
- 2016년 8월 15일 거행된 제 71주년 광복절 기념식에서 이시영 선생, 한용운 선생 등 두 분 애국지사의 초상화를 동포사회에 헌정하다. 또한 사업회가 제작한 동영상 '우리의위대한유산대한민국'을 절찬리에 상영하다. 이어 문예작품공모 입상자5명 에게 시상하다. 최우수작: 이은세/ 우수작: 강진화/ 입상: 신순호, 박성수, 이인표,
- 2016년 8월 15일 사업회 운영에 대한 임원회를 개최하다.
- 2017년 1월 12일 정기 이사회를 개최하고 사업계획 및 예산안을 확정하다.
- 1017년 8월 12일 사업회 야외이사회를 개최하고 이사 상호간의 친목을 다지다.
- 2017년 9월 11일 한국일보사에서 제7회 문예작품 공모 입상자 시상식을 실시하 다. 장원 : 내 마음 속의 어른 님 벗님(장인영), 우수작 : 외할머니의 6.10만세 운동 (유로사), 입상 ; 김구선생과 아버지(이은주), 도산 안창호 선생의 삶과 이민사회(양 중규, 독후감: 애국지사들의 이야기·1(노기만)
- 2017년 12월 27일 정기 이사회를 개최하다.
- 2017년 3월 7일, 5월 3일 5월 31일, 7월 12일, 8월 6일, 9월 21일, 11월 8일 12

월 3일2일. 임원회를 개최하다.

- 2017년 월 일 애국지사들을 소재로 한 문예작품 공모작품을 심사하다.

  일반부: 최우수작: 김윤배 "생활속의 나라사랑", 우수작; 김혜준 "이제는 대한민국
  만세를 부르자", 입상; 임강식 "게일과 코리안 아메리칸", 임혜숙 "대한의 영웅들",
  이몽옥 "외할아버지와 엄마 그리고 나의 유랑기", 김정선 "73번 째 돌아오는 광복
  절을 맞으며", 임혜숙 "대한의 영웅들"

  학생부: 최우수작: 하태은 하태연 남매 "안창호 선생", 우수작: 김한준 "삼일 만세
  운동". 입상: 박선희 "대한독립 만세", 송민준 "유관순"

  특별상: 필 한글학교

- 2018년 5월 30일 "애국지사들의 이야기·2" 발간하다.

- 2018년 8월 15일 73주년 광복절 기념행사를 토론토한인회관에서 개최하다. 동 행
  사에서 문예작품공모 입상자 시상식을 개최하다.

- 2018년 9월 11일 G. Ross Gross Park에서 사업회 이사회 겸 야유회를 개최하다.

- 2018년 9월 29일 Port Erie에서 한국전 참전용사 위로행사를 갖다.

- 2019년 3월 1~2일 한인회관과 North York시청에서 토론토한인회와 공동으로
  3·1절 및 대한민국임시정부 수립 100주년 기념식을 개최하다.

애국지사기념사업회(캐나다)
동참 및 후원 안내

후원하시는 방법/HOW TO SUPPORTUS

Payable to Canadian Association For Honouring Korean Patriots로 수표를 쓰셔서
Canadian Association For Honouring Korean Patriots
1004-80 Antibes Drive Toronto. Ontario. M2R 3N5로 보내시면 됩니다.

사업회동참하기 /HOWTOJOINUS

애국지사기념사업회(캐나다)에 관심 있는 분이면 남녀노소 연령에 관계없이 누구나 회원으로 가입하실 수 있습니다.
회비는 1인 년 $20입니다.(전 가족이 가입할 수도 있습니다.)
회원가입을 원하시는 분은 416-661-6229나
E-mail:dekim19@hotmail.com으로 연락주시기 바랍니다.

『애국지사들의 이야기·1.2.3』
독후감 공모

『애국지사들의 이야기,1,2,3』에는 우리나라의 독립을 위해 신명을 바치신 애국지사들의 이야기가 수록되어 있습니다. 이분들의 이야기를 읽고 난 독후감을 공모합니다.

● 대상 애국지사
　　본서 및 애국지사들의 이야기1,2에 수록된 애국지사들 중에서 선택

● 주제
　1. 모국의 국권회복을 위해 희생, 또는 공헌하신 애국지사들의 숭고한 나라사랑을 기리고자 하는 내용.
　2. 2세들의 모국사랑정신을 일깨우고, 생활 속에 애국지사들의 공훈에 보답하는 문화가 뿌리내려 모국발전의 원동력으로 견인하는 내용.

● 공모대상
　　캐나다에 살고 있는 전 동포(초등부, 학생부, 일반부)

● 응모편수 및 분량
　　편수에는 제한이 없으나 분량은 A4용지 2~3장 내외(단 약간 초과할 수 있음)

● 작품제출 처 및 작품 접수기간
　　접수기간 : **2019년 8월 15일부터 2020년 7월 30일**
　　제출처 : Canadian Association For Honouring Korean Patriots
　　　　　　1004-80 Antibes Drive Toronto. Ontario. M2R 3N5 /
　　E-mail : **dekim19@hotmail.com**

● 시상내역
　　최우수상/ 우수상 / 장려상(상금 및 상장)

● 당선작 발표 및 시상 : 신문지상을 통해 발표

조국과 민족을 위해 모든 것을 바친

애국지사들의 이야기·3

초 판 인 쇄 2019년 06월 15일
초 판 발 행 2019년 06월 20일

지 은 이 애국지사기념사업회(캐나다)
펴 낸 이 이혜숙
펴 낸 곳 신세림출판사
등 록 일 1991년 12월 24일 제2-1298호

04559 서울특별시 중구 창경궁로 6, 702호(충무로5가, 부성빌딩)
전   화 02-2264-1972
팩   스 02-2264-1973
E-mail shinselim72@hanmail.net

정가 18,000원

ISBN 978-89-5800-210-9, 03810